동양학의
길을
걷다 에세이에서
논쟁까지

**동양학의
길을** 에세이에서
걷다 논쟁까지

초판 1쇄 인쇄 · 2021년 11월 25일
초판 1쇄 발행 · 2021년 11월 30일

지은이 · 정재서
펴낸이 · 한봉숙
펴낸곳 · 푸른사상사

주간 · 맹문재 | 편집 · 지순이 | 교정 · 김수란, 노현정 | 마케팅 · 한정규
등록 · 1999년 7월 8일 제2-2876호
주소 · 경기도 파주시 회동길(서패동) 337-16
대표전화 · 031) 955-9111(2) | 팩시밀리 · 031) 955-9114
이메일 · prun21c@hanmail.net
홈페이지 · http ://www.prun21c.com

ISBN 979-11-308-1857-3 03800
값 26,000원

이 도서는 한국출판문화산업진흥원의 '2021년 우수출판콘텐츠 제작 지원 사업'
선정작입니다.

동양학의 길을 걷다

에세이에서
논쟁까지

Walking the path of oriental studies

정재서 지음

나는 반세기 동안 동양학의 길을 걸어왔다. 조부께 보학(譜學)을 배우던 유년 시절까지 포함한다면 거의 평생을 동양학의 테두리에서 벗어나지 않은 셈인데 아직도 이 길은 끝나지 않았고 나의 발걸음도 계속될 것이다. 바야흐로 노자가 "학문을 하면 날이 갈수록 할 일이 많아지고 도를 닦으면 날이 갈수록 할 일이 없어진다(爲學日益, 爲道日損)."고 한 말을 실감하는 중이다. 이 책의 제목에서 학문 활동을 걷기에 비유한 것은 걷기야말로 실로 인간의 모든 행위 중에서 가장 사람다운 본질을 느끼게 하는 것이기 때문이다. 신화에서 영웅은 언제나 집을 떠나 길을 걷는다. 그들은 괴물을 퇴치하거나 보물을 얻기 위해, 또는 궁극적인 앎을 위해 험난한 지상의 길을 걸어갔다. 잘났거나 못났거나 우리의 일생은 각자 나름대로 이와 같은 신화 속 영웅의 행로와 크게 다르지 않다.

나는 애초부터 동양학에서 인기 없던 험로(險路)를 택해 걸었다. 그것은 소위 한국 동양학의 정체성을 자각하고 수립한다는 일이었는데 이는 그동안 조용히(?) 공부해오던 분들을 공연히 타박하고 꾸짖는 셈이 되어서 학계에 평지풍파를 일으킨 존재로 간주되기 십상이었고 정체성을 추구하기 위해 서양[오리엔탈리즘]도 배척하고 중국[중화주의]도 멀리하다 보니 어느 쪽에도 우군(友軍)이 드물었다. 게다가 내 학문의 콘텐츠는 주로 신화, 도교 등 상상력과 관련된 것들인데 이것들은 동양학에서 줄곧 비정통으로 낙인찍혀 거의 학문 취급을 받지 못했었고 설상가상으로 대학원에서 전공을 결정할 무렵인 1980년대는 이른바 이념의 시대로 리얼리즘과 실증주의가 만연했던 시절이어서 신화, 도교 공부는 황당한 몽상이거나 현실 도피로 여겨질 정도였다.

　예상대로 동양학의 길을 걷는 여정은 순조롭지 않았다. 그 길은 평탄하지 않았고 험로에는 모험과 인내를 필요로 하는 난제들이 기다리고 있었다. 여정에는 간혹 조력자가 있어 힘을 덜 수도 있었지만 호의적이지 않은 시선들로 인해 걷기가 불편한 경우도 있었다. 그러나 곧 분발하여 보속(步速)을 회복하곤 했는데 왜냐하면 이 험로는 스스로 즐겨 선택한 것이기 때문이었다. 무엇보다 나는 "길이란 다니면서 생긴 것이다(道, 行之而成)."라는 장자의 언명에 의지하여 이 길을 걸어왔다. 내가 꾸준히 다녀서 생긴 이 길을 후인들은 편하게 걸을 수 있으리라는 희망을 품으며.

　서두에서 장황하게 학문적 술회 비슷한 것을 한 셈인데 이 책은 상술한 나의 길고 긴 동양학의 도상(途上)에서 학계 활동의 소산이라 할 연구논문, 전공서가 아닌, 주로 문화계 활동을 통해 신문, 잡지 등에 발표한 논설, 서평, 대담, 토론문 등을 거둔 것이다. 이것들은 잡문, 에세이 등의 성격을 띠기도 하고 학술 측에서 보면 주변적인 가치 정도를 지닌 것이겠으나 나의 동양학적 토대를 근거로 외연을 확대한 것이기 때문에 넓은 의미에서는 여전히 동양학의 범주에 속하는 작품들이라 할 것이다. 이것들은 나의 동양학 농사에서 파생한 낙수(落穗)

같은 것으로 일찍이 밀레의 관심을 끌었던 '이삭 줍기'라는 행위가 주는 감흥과 취지는 다르지만 '학문적 이삭 줍기'의 풍경이라는 점에서 나름 볼만한 가치가 있다 할 것이다. 아울러 나는 이것들이 비록 잡문, 에세이이고 낙수 같다고는 하나 구상과 글쓰기에서 일점일획도 연구논문이나 전공서를 작성할 때보다 소홀히 하지 않았음을 확언할 수 있다. 아니, 독자의 폭이 넓은 일반 문화계를 대상으로 하다 보니 오히려 학술적인 글을 쓸 때보다 더 고심하고 퇴고를 거듭한 것이 사실이다.

이 책에서는 모든 글들을 크게 세 개의 범주로 나누었다. 각 범주 곧 각 장의 초입에는 '사유의 시작'으로 생각을 여는 선언적 글을 제시하고 논설, 서평, 대담, 토론문 등을 배치하였다. 먼저 제1장 「동양학으로 세상을 읽다」에서는 나의 동양학적 소양을 바탕으로 당금(當今)의 정치, 사회, 문화 현실에 대한 느낌과 견해를 논설과 서평의 형식으로 표현한 글들을 담았다. 이 글들은 동양학이 그저 동양학에만 머물지 않고 현실에 대해서도 해석의 보편적 틀이 되어 고위금용(古爲今用)의 힘을 지녀야 한다는 평소의 지론을 대중적 글쓰기로 실천한 것이라 하겠다. 제2장 「동양학의 새 길을 찾아서」에서는 나의 일관된 학문적 테제와 관련된 상념을 논설, 서평 등의 기회가 주어질 때마다 써서 발표한 것들을 담았는데 독자들이 이 글들에 유로(流露)된, 한국 동양학의 정체성 수립에 대한 나의 열망을 느낄 수 있다면 무척 고

마운 일이 될 것이다. 제3장 「동양학으로 대화하고 토론하다」는 사실 이 책에서 가장 아카데믹한 동양학 담론들을 싣고 있는 파트이다. 여기에는 모두 1편의 대담과 5편의 토론문이 실려 있는데 이것들은 당대 석학들과의 대화 혹은 논고에 대한 질의를 담은 글들로 진지한 학문적 교류로 볼 수 있는 것들이다. 이 글들은 인문학 각 방면으로부터 자연과학에 이르기까지 학문적으로 깊고 시의성(時宜性)이 있는 주제들을 다루고 있다. 대화와 토론을 통해 많은 지적 시사를 주신 각 분야의 대사(大師)들께 존경을 바친다.

이제 모든 글들은 나의 손을 떠났고 독자들을 향하여 날아갔다. 모쪼록 그것들이 누군가의 담조(談助)라도 되기를 바라면서 길어진 서문을 마치고자 한다. 글의 말미에 이르고 보니 갑자기 회광반조(回光返照)의 느낌, 시쳇(時體)말로 현타가 오는 것은 웬일일까? 잡문에 불과한 글들을 엄숙한 말로 치장하고 허접한 의미를 요란하게 과대 포장하여 독자 제현(諸賢)을 기만했다는 질책을 들을까 두렵다. 때늦은 각성인가? 진즉 "말이 많으면 자주 궁하게 된다(多言數窮)."는 노자의 가르침에 귀를 기울여야 하지 않았나 싶기도 하다.

옛글들을 정리하다 보니 문득 계간 『상상』의 고우(故友)들이 그리워진다. 당시 우리는 얼마나 뜨겁게 오늘을 예비했던가! 진형준, 장경렬, 유철균, 김탁환 제공(諸公)의 안부를 묻고 건승을 기원한다. 동양학의 동도(同道)를 걸었건, 안 걸었건 학문과 글쓰기의 장(場)에서 고락을 함께했던 모든 분들께도 고마움을 전한다. 끝으로 어수선한 원고를 이토록 훌륭한 모습으로 만들어 환골탈태(換骨奪胎)의 솜씨를 보여준 푸른사상사 편집부의 노고에 깊은 감사를 드린다.

2021년 11월
추야우중(秋夜雨中)[1]에
원동산방(院洞山房)에서
옥민(沃民)[2] 정재서 삼가 씀

---

1 최치원(崔致遠), 「추야우중(秋夜雨中)」: "秋風惟苦吟, 世路少知音. 窓外三更雨, 燈前萬
   里心."
2 『산해경(山海經)』「대황서경(大荒西經)」: "有沃之國, 沃民是處 …… 鸞鳥自歌, 鳳鳥自舞,
   爰有百獸, 相群是處, 是謂沃之野."

제2장 동양학의 새 길을 찾아서

차례

제3장 동양학으로 대화하고 토론하다

제 1 장

동양학으로 읽는
세상

걸으면 길이 되고, 행하면 도가 된다

청명한 가을 날씨가 연일 계속되는 요즘 걷기가 한창이다. 금방 실행할 수 있는 데다가 건강에 대한 관심까지 더해져 걷기는 그야말로 국민운동이 되었다. 그런데 세상에 걷는 일만큼 쉬우면서도 의미심장한 행위가 있을까? 신화를 보면 모든 영웅의 행로는 집을 떠나 걷는 일로부터 시작된다.(그들은 일단 가출한다!) 수메르의 길가메시도, 그리스의 헤라클레스도 모두 도보 여행을 하면서 괴물과 악당을 물리치고, 조력자를 만나는 등 영웅의 과업을 수행하였다.

모험으로 점철된 영웅의 길은 결국 갖가지 애환으로 얼룩진 우리네 인생살이를 상징하는데 이 구조를 그대로 차용한 것이 길을 떠나면서 겪는 일을 중심으로 이야기를 풀어가는 영화, 로드무비이다. 영화뿐인가? "오늘도 걷는다마는, 정처 없는 이 발길"이나 "인생은 나그네길"로 시작하는 흘러간 노래에서도 우리는 걷기가 함축한 깊은 뜻을 본다.

고대 동양의 철인들은 일찍이 걷기가 지닌 인문학적 의미에 주목하였다. 가령 장자(莊子)는 이렇게 말한다. "길이란 다니면서 생긴 것이다(道, 行之而成)."『장자』「제물론(齊物論)」 이 언급은 다시 "도란 행하면서 이루어진다.”라고도 번역될 수 있다. 즉 우리가 길을 다니는 것과 궁극적 진리인 도를 닦는 일을 비유적 차원에서 동일시한 것이다.

중국 근대문학의 아버지 루쉰(魯迅)은 그의 소설 『고향』에서 절묘하게 장자의 이 구절을 수용한다. 반식민지 상태에서 무섭게 변해버린 고향 농촌의 세태와 풍경에 절망하면서도 주인공은 마지막에 다음과 같이 되뇐다. “희망이란 본시 있고 없고를 말할 수 없는 것. 그것은 길과 같다. 사실 땅위에 처음부터 길은 없지만 다니는 사람이 많아지면 길이 되는 것이다.” 루쉰은 장자의 도를 희망으로 환치하면서 희망은 거저 주어지는 것이 아니라 만들어나가는 것임을 역설하였다. 근대 여명기에 낡은 전통을 타파하는 데에 앞장섰던 루쉰이었지만 작품에서는 여전히 고전의 모티프를 계승, 발휘하고 있는 점이 흥미롭다.

이외에도 고대 중국에서의 걷기에 대한 상상은 다채로웠다. 도교에서는 신선이 허공을 걷는다고 생각하고 그러한 환상적인 경지를 ‘보허(步虛)’라는 음악과 시로 표현하였는데 이것은 당(唐)나라 이후 중국과 한국의 문학, 음악에 영향을 미쳤다. 또 옛날 우(禹) 임금이 황하의 홍수를 다스릴 때 과로해서 비틀비틀 걸었다고 하는데, 그 모습을 흉내 냈다는 ‘우보(禹步)’라는 특수한 걸음걸이도 있었다. 도인들은 이 걸음걸이로 걸어야 사악한 요괴를 쫓아내고 신비한 차원의 세계에 진입할 수 있다고 믿었다. 시인들은 또한 달빛 속에 거니는 것을, 마치 달 위를 걷는 것처럼 ‘보월(步月)’이라는 낭만적인 어휘로 표현하였다. 고 마이클 잭슨도 달을 걷듯이 춤을 추었다. 노래 〈빌리 진(Billie Jean)〉에서의 보월, ‘문워크(Moonwalk)’가 그것이다. 재미있지 않은가? 이 엉뚱한 상합(相合)이.

오늘도 걷는다 나는. 북한산 둘레길로 정처를 잡고. 그 길목 등산객들을 위해 걷기 관련 명언을 적어놓은 나무판에 눈길을 확 사로잡는 글귀가 있다. 다름 아닌 스페인 시인 안토니오 마차도(Antonio Machado y Ruiz, 1875~1939)의 시구이다. "여행자들이여! 길은 없다. 걷기가 길을 만든다." 장자, 루쉰, 마차도가 길에서 만났다!

『중앙일보』 2014.9.27

논설　essay

코로나 19, 절멸? 혹은 공존?

올해 초 도둑처럼 엄습한 코로나19로 인한 당혹한 사태는 현금(現今)의 인류 대부분이 일생에 처음 겪는 역사적 사변으로 기억될 것임에 틀림없다. 그야말로 미증유(未曾有)라 할 이 사태는 그동안 우리가 근대화 과정에서 나름 겪어왔던 전쟁, 정변, 가난 등의 힘든 일들과는 차원을 달리하는 또 하나의 역경임에 틀림없다.

전염병의 역사는 유구하다. 고대 중국의 신화서『산해경(山海經)』을 보면 곤륜산(崑崙山)에 사는 여신 서왕모(西王母)는 "하늘의 전염병과 다섯 가지 형벌(天之厲及五殘)"을 맡아본다 하였고, 서쪽의 부산(浮山)에 나는 훈초(薰草)라는 풀은 냄새가 궁궁이 같은데 "몸에 차면 전염병을 낫게 할 수 있다(佩之可以厲)."고 하였다.『산해경』은 전국시대에 성립된 책이나 쓰여진 내용은 그보다 훨씬 오래전의 일들이므로 거의 신화 시대부터 이미 전염병에 대한 인식이 있었음을 알 수 있다. 이후 한(漢)나라부터 청(淸)나라에 이르는 왕조 시대에는 치세와 난세를 불문하고 사서(史書)에 수없이 많은 역질(疫疾) 곧 전염병의 유행이 기록되어 있다. 우리나라에서는 신라 시대 처용(處容)과 역신(疫神)의 투쟁 설화에서도 전염병의 존재를 알 수 있지만 삼국시대 이래 조선시대에 이르기까지 전염병이 끊이지 않았던 것은 주지의 사실이다. 가령 조선 후기에는 1만 명 이상의 희생자를 낸 큰 전염병이 200여 년 동안 9회에 걸쳐 엄습하였는데 사망자가 한 해 10만 명 이상 달했던 경우가 6회나 되었다. 이 중 숙종 재위 시 수년에 걸쳐 맹위를 떨쳤던 전염병으로 무려 25만여 명이 사망하였다고 한다. 이광수의 자전적 소설인 『나』에서는 이질에 걸려 죽는 아버지와 잇따른 어머니의 죽음 등 비극적인 가족사를 실감나게 묘사하고 있는데 이의 실제 배경은 조선 말기 콜레라의 유행이었다.

고대나 중세에는 전염병에 대한 의약적 대책이 취약하여 종교적, 주술적 방식에 의존하는 경우가 많았다. 우리나라의 경우 처용무를 추어 역신을 쫓는다든가 "강태공이 여기 있다(姜太公在此)"라고 쓴 부적을 붙이거나 단오날 대문에 치우(蚩尤)의 모습을 그려 붙여 역질을 물리치고자 하는 민속 등이 이로부터 유래하였다. 흥미로운 것은 중국 명대(明代)의 판타지 『봉신연의(封神演義)』에서의 전염병 구축(驅逐)에 대한 묘사이다. 소설을 보면 은(殷)나라 측의 여악(呂嶽)이 온단(瘟丹)을 주(周)나라의 강물과 우물에 살포하자 무왕(武王)과 강태공(姜太公)을 비롯한 모두가 전염병에 걸려 신음한다. 그러자 양전(楊戩)이 의약의 신 신농(神農)으로부터 단약(丹藥)과 약초를 얻어 모든 사람을 치료한다. 소설적 상상력은 오늘날의 세균전과 치료제, 백신을 이미 예견하고 있다.

서양도 전염병의 역사는 동양 못지않다. 잘 알려져 있듯이 중세 유럽을 강타했던 페스트로 인해 전 인구 4분의 1이 희생되었고 이로 인해 장원경제가 붕괴되면서 급기야 근대로의 이행이 촉발된 것으로 보기도 한다. 아울러 근대 초기 백인 정복자들에 의한 전염병의 이입으로 면역력이 전무한 신대륙의 원주민이 속수무책으로 대거 희생된 것도 빼놓을 수 없는 안타까운 사례이다. 또한 가장 가까운 사례로는 스페인 독감의 세계적 대유행을 꼽을 수 있을 것이다.

문명사가 재러드 다이아몬드는 그의 유명한 저작 『총, 균, 쇠』에서 선사시대 이래 문명의 발달과 그것이 대륙별, 민족별로 불평등해진 원인을 설명해 나감에 총, 균, 쇠 즉 무기, 병균, 금속이 인류의 운명을 어떻게 바꿔놓았는지에 역점을 두었다. 그러나 이 책을 접했을 때 그것은 과거 조상들의 일이었지 오늘과 앞으로 우리의 운명도 병균에 지배될 것이라는 생각은 솔직히 들지 않았던 것이 사실이다. 우스운 얘기긴 하나, 얼마 전만 해도 비디오를 틀면 옛날에는 호환(虎患), 마마 등이 무서웠지만 지금은 불량, 불법 비디오가 무서운 일이니 시청하지 말라는 경고가 반드시 뜨곤 했는데 이 역시 천연두 같은 전염병은 과거에나 있었지 우리와는 무관하리라는 생각을 염두에 둔 발언이었다.

우리 현대인은 마치 무슨 특권을 가진 존재인 양 스스로 과거와는 다른 차원의 삶을 사는 것으로 오인하는 경우가 많다. 근대성에 대한 과도한 강조가 중세 이전의 삶을 암흑으로 규정한 바 있듯이 우리는 과거와의 연속성을 부정하고 고대인에 대한 우월한 역사적, 문화적 지위를 강조하는 경향이 있다. 그러나 이는 대단한 착각이다. 레비스트로스가 역설한 바 있듯이 원시인의 삶조차 현대인의 그것과 비교할 때 물질의 차이는 있을지언정 정신적, 질적인 차이는 그다지 없는 것으로 보는 견해가 유력하다. 코로나19와 같은 대규모 전염병의 역사는 앞에서 살펴보았듯이 유구하다. 유구하다는 것은 연속성이 있다는 얘기이고 그것은 현대인이라는 우리만의 특권을 고려에 넣지 않을 때 앞으로도 코로나19와 같은 전염병이 언제든 발생할 수 있으리라는 불길한 전망으로 이끈다.

　그렇다면 향후 이러한 사태에 어떻게 대처해야 할 것인가? 이른바 4차 산업혁명 시대로의 초입에서 우리는 19세기 과학 발흥의 시대에 그랬던 것처럼 새로운 유토피아에 대한 희망을 품고 물질과 과학에 대해 무한한 신뢰를 보내고 있다. 그것은 몇 년 전 캐나다에서 있었던 멍크 디베이트(Munk Debates)의 결과가 잘 말해준다. 진화생물학과 통계학적 지식으로 무장한 과학자 그룹과 문학, 철학 등 인문학자 그룹 간의 인류 미래에 대한 난상토론에서 대다수의 청중들은 과학의 힘으로 더 멋진 세상이 온다는 낙관론에 기꺼이 표를 던졌다. 스티븐 핑커를 위시한 과학자 그룹의 중요한 논거는 이미 과학 덕분에 치명적 전염병이 소멸되고 대규모 전쟁이 감소하여 인류의 삶이 좋아졌다는 데에 있었다. 그들은 불과 몇 년 후에 벌어진 오늘의 이 사태에 대해 지금 무어라고 말할 것인가?

　기계가 죽음을 두려워하지 않듯이 과학은 인간 존재의 불완전성과 세계의 불확실성을 간과하는 경향이 있다. 당혹스러운 이 시점에서 우리가 지켜야 할 덕목은 겸허함이다. 인류만이 이성을 지닌 완전한 존재이며 모든 존재를 지배할 수 있다는 현대인의 오만을 이제는 버려야 한다. 재러드 다이아몬드는 질병이 인간과 가축의 공존에서 비롯했으며 다시 병균은 스스로의 생존을 위하여 인간과 진화적 경쟁 관계에 놓여 있다는 점을 환기시킨다. 병균도 자연의 일원으로서 인간과 생존을 두고 경쟁하는 동등한 존재인 셈이다. 여기서 병균은 결코 절멸(絶滅)될 수 있는 존재가 아니라 싫든 좋든 공존하는 대상이라는 인식을 하게 된다. 생태학자 최재천 교수는 코로나19 사태 이후 우리가 지녀야 할 마음 자세로 '공존'을 거론하였는데 진화적 경쟁 관계에서 패배하지 않도록 예방과 치료에 힘쓰면서도 자연 생태적 차원에서는 인간만의 유아독존적 관념을 버리고 모든 존재와의 공존을 인지하는 겸허한 생각을 가질 필요가 있다. 물론 이러한 생각은 화급한 이 시점에서 고담준론(高談峻論)으로 들릴 수 있다. 그러나 코로나19와 같은 치명적 전염병 또는 그 이상 가는 재난이 과학만능주의의 시대에도 언제든 도래할 수 있다는 사실을 인정한다면 그것을 필연적으로 끌어안고 살아갈 우리의 마음가짐은 결코 과거와 같을 수 없음이 분명하다.

『전통문화』 47호, 2020.5.

귀신도 감동시키는 트로트

중국문학의 정전(正典)이자 시가문학의 원조인 『시경(詩經)』이 고 아한 클래식이 아니라 주로 당시의 유행가, 지금으로 말하면 트로트 (혹은 뽕짝) 가사를 모아놓은 책이라는 사실은 흥미롭다. 『시경』을 편 집한 공자는 이 책을 안 읽으면 사람 구실을 못 할 것처럼 그 중요성 을 역설한 바 있다.

"사람으로서 '트로트'를 배우지 않으면 그것은 마치 담을 맞대 고 서 있는 것과 같으리라(人而不爲周南召南, 其猶正牆面而立也歟)."『논 어(論語)』「양화(陽貨)」』 후대의 유학자들은 더 강하게 나갔다. "귀신 과 천지를 감동시킴에 '트로트'만 한 것이 없다(感天地動鬼神, 莫近於 詩)."『모시(毛詩)·서(序)』』 대충 이렇게 의역해도 될 듯싶은데 젊을 때 는 이 말이 잘 납득되지 않았다. 그도 그럴 것이 7080세대의 대학문 화는 이른바 '데칸쇼'(데카르트, 칸트, 쇼펜하우어)에 심취하거나 팝송과 통기타 음악이 주류이었지 트로트는 저 멀리 있었다. 심지어 수준을 낮춰보는 경향까지 있었다. 그래서 어떤 이는 "이미자가 우리 음악 을 몇십 년 후퇴시키고 있다"라고까지 극언하였다. 엘레지의 여왕 에 대한 이러한 신성모독은 당시 대학생들이 우리 대중음악에 관해 얼마나 무식해서, 용감했는가를 잘 보여준다.

나 역시 같은 부류였는데 머지않아 공자님의 말씀이 허언(虛言)이 아님을 깨닫는 날이 왔다. 그것은 가족적인 큰 슬픔을 겪고 난 후였다. 대학에 자리를 잡은 지 얼마 안 되어 부모님이 갑자기 연달아 돌아가신 것이다. 제대로 모시지도 못했으니 씻을 수 없는 불효를 저지른 것은 물론 돌연한 슬픔 자체를 견디기 어려웠다. 억울하고 슬프고 후회스럽지만 금생(今生)에는 도저히 어떻게 해볼 수 없는 현실, 그것이 한(恨)이라는 것을 처음 느꼈다. 비탄 속에 지내던 어느 날 라디오에서 흘러나오는 남진의 노랫소리를 듣게 되었다. "어머님! 오늘 하루를 어떻게 지내셨나요⋯⋯ 몸만은 떠나 있어도, 어머님을 잊으오리까. 오래오래 사세요. 편히 한번 모시리다."[〈어머님〉] 그 노래를 듣는 순간 고아한 클래식과 세련된 팝송에도 꿈쩍 안 했던 마음이 단번에 무너져 내렸다. 주체할 수 없이 흐르는 눈물 속에 가사를 따라 부르는 자신을 발견하면서 새삼 트로트가 주는 감동의 힘을 실감하였다(물론 이 개인적 체험을 일반화할 수는 없을 것이다. 누구는 클래식으로, 누구는 재즈로도 위로를 받을 수 있겠으나 적어도 나는 그랬다).

고대에는 신분제도의 한계, 성적 차별 등 여러 사회적 요인으로 인해 지금 생에서는 도저히 어떻게 해볼 수 없는 것에 대한 슬픔 곧 한이 더욱 많았을 것이다. 서양도 마찬가지였다. 니체(F. Nietzsche)도 이와 비슷한 감정인 '르상티망(ressentiment)'을 말하지 않았던가? 공자는 인간 정신의 가장 밑바닥에 위치한 그 감정을 잘 표현한 것이 일반 민초(民草)들의 유행가라는 것을 파악하고 있었고 그것을 이해 못하면 사람 구실 못 한다고 강조했던 것이리라.

해마다 연말쯤이면 거리에는 흘러간 트로트 가수의 콘서트나 효도 디너쇼를 알리는 광고가 나붙는다. 그 광고를 보고 거리를 지나며 나는 속으로 흥얼거린다. "유행가! 유행가! 신나는 노래 나도 한 번 불러본다. 유행가! 유행가! 서글픈 노래, 가슴 치며 불러본다……그 시절 그 노래 가슴에 와닿는 당신의 노래."[송대관, 〈유행가〉] 오늘따라 돌아가신 부모님이 더욱 그립다.

『중앙일보』 2014.11.22.

한국 문화, 비슷함 속의 정체성

"한국 문화는 중국 문화와 너무 닮았다. 일본 문화는 확 다른 것 같은데." 이렇게 말하는 외국인들이 많다. 오죽하면 라이샤워(E.O. Reischauer) 등이 『동양문화사』 초판에서 한국 문화를 '중국의 복사판'이라고 했을까? 그런데도 동화되지 않고 살아남은 것을 두고 그들은 언어의 장벽 때문일 것으로 생각했다. 과연 그것만일까? 그렇다면 한민족보다 훨씬 강성했던, 같은 알타이어계 종족인 선비족, 만주족 등이 흔적도 없이 사라진 것은 어떻게 설명해야 하나? 비슷한데도 동화되지 않는 것, 이것이 한국 문화 정체성의 핵심이다. 한국은 타자의 문화를 자기화하는 데에 뛰어났다. 요즘 탈식민주의 용어로 전유(專有, appropriation)라는 문화적 전략을 잘 수행했던 것이다.

혈연의식이 유난했던 한국에서는 일찍부터 가문의 계보학 즉 보학(譜學)이 발달했다. 이 보학 속에는 우리의 언어, 문화가 녹아 있다. 그 사례들을 살펴보자. 고려 때에 충주 지씨(池氏) 형제가 있었는데 동생이 분파하여 창씨를 했다. 그는 근본을 잊지 않는다는 뜻에서 성을 어씨(魚氏)로 했다. 그래서 사람들이 비슷한 것을 두고 "어씨와 지씨 사이 같다"고 하여 "어지간하다"라는 말이 생겼다. 충주 지씨와 어씨는 지금도 서로 혼인하지 않는다.

다시 한 가지. 조선 세조 때의 재상 이인손(李仁孫, 1395~1463)은 본관이 광주(廣州)로 이극배(李克培), 이극균(李克均), 이극돈(李克墩) 등 극 자 항렬의 여덟 아들을 두었다. 그런데 이들이 모두 과거에 급제하고 조정의 요직을 독차지할 정도로 성세(聲勢)가 대단했다. 당시의 이 집안을 두고 '광리건곤, 팔극조정(廣李乾坤, 八克朝廷)' 즉 "광주 이씨의 천하요, 여덟 명 극자 형제의 조정이다"라는 숙어가 생겼다. 한문 숙어를 전고(典故)라고 하는데 이러한 전고를 중국의 학자는 이 해할 수 없을 것이다.

조선시대의 당쟁도 한국의 고유한 전고가 발생하는 여건을 조성했다. 선조 때에 동인인 정여립(鄭汝立)의 역모 사건을 다룬 기축옥사(己丑獄事)는 무고하게 연루된 사람이 많고 혹독한 심문으로 악명이 높았다. 이때 옥사를 주관한 사람이 시인으로 유명한 송강(松江) 정철(鄭澈)이다. 동인의 명사였던 이발(李潑), 이길(李洁) 형제는 정여립과 친분이 있다는 이유로 그들은 물론 팔십 노모와 어린 손자까지 곤장에 맞아 죽었다. 처참하게 죽은 이발, 이길 형제로부터 '(찢어)발길 놈'이라는 표현이 나왔다.

숙종 때는 노론과 남인이 극단적으로 대립했던 시기였다. 남인 중에는 사천 목씨(睦氏), 나주 정씨(丁氏), 진주 강씨(姜氏)가 강경파로 노론을 괴롭혔는데 노론 진영에서 이들을 증오하여 뒤에서 자기네 끼리 "목정강이를 부러뜨리자"고 다짐하였다. 모두 치열했던 당쟁의 표현들이다.

어지간(魚池間), 광리건곤(廣李乾坤), 발길(潑洁), 목정강(睦丁姜) 등 보학에서 유래한 전고들을 보면 천자문이 중국에서 들어오고 우리가 한문을 학습한 것이 분명하지만 이미 그것은 한국의 고유한 언어, 문화 안에서 온전히 자기화되었음을 알 수 있다. 따라서 한자를 외래어라고 배척하는 일은 마치 불교를 외래종교라고 한국 문화에서 배제하는 것과 마찬가지이다. 오히려 한자를 통해 우리 문화의 정체성을 확인하고 고양시킬 수 있다. 비슷한 것을 짝퉁으로만 보면 안 된다. 고도의 정체성은 도리어 비슷함 속에 있다.

『중앙일보』 2014.3.15.

자연의 허상을 깬 아침 살풍경

　올해도 어김없이 화려한 단풍의 계절이 도래하였다. "서리 맞아 물든 잎이 봄꽃도곤 더 붉어라(霜葉紅於二月花)"라고 옛 시인이 찬탄한 바로 그 가을이다. 상념에 잠겨 숲속을 거니노라면 이따금 '뚝, 뚝' 하고 무언가 정적을 깨뜨리는 소리에 놀라게 된다. 밤이나 도토리 등 유실수의 열매들이 떨어지는 소리이다. 문득 당나라 시인의 시가 떠오른다. "그대 그리워하는 이 가을 밤. 거닐면서 서늘한 날씨를 읊조리노니. 텅 빈 산에 솔방울 떨어질 때, 그대 응당 잠을 못 이루리(懷君屬秋夜, 散步詠涼天. 空山松子落, 幽人應未眠)."[위응물(韋應物), 「추야기구원외(秋夜寄邱員外)」] 텅 빈 산에 솔방울이 떨어지는 정중동(靜中動)의 순간, 숨어 사는 은자의 마음도 흔들린다. 그대 역시 내 생각을 하고 있으리라.

　가을은 이처럼 상념의 계절이다. 그런데 상념의 이면에 냉엄한 현실이 도사리고 있다는 사실을 곧 깨닫게 되었다. 처음에는 산길에 무수히 떨어진 도토리나 밤이 무슨 횡재인가 싶어 닥치는 대로 주워 집에 갖고 와 삶아 먹기도 하고 두고 보기도 하였다. 그러다 어디선가 등산객들이 숲의 견과류를 모조리 쓸어가는 바람에 토끼나 다람쥐 등 산짐승들이 겨울을 나기 힘들다는 이야기를 읽었다. 혼자 고고한 척 산길을 다니며 도토리, 밤 줍는 것을 여흥으로 생각했던 것이 실상은 다른 동물의 생계를 위협하는 짓이었다니…… 갑자기 모골이 송연해졌다.

하긴 대시인 두보(杜甫)도 그런 적이 있었다. "나그네, 나그네 그이름은 자미(子美), 백발에 흐트러진 머리 귀를 덮었네. 해마다 원숭이 따라다니며 도토리, 밤을 줍느니, 추운 날 해 저문 산골짜기에서(有客有客字子美, 白頭亂髮垂過耳. 歲拾橡栗隨狙公, 天寒日暮山谷裏)."「「건원중우거동곡현작가칠수(乾元中寓居同谷縣作歌七首)」」 그러나 이 처량한 정조의 시는 두보가 안녹산(安祿山)의 난리를 당해 실제 굶주렸을 때 지은 것이고 보면 이 역시 생계를 위해 도토리, 밤을 취한 것이니 용서가 된다. 아무튼 이후 나는 돌연 각성하여 떨어진 열매들을 거들떠보지 않는 것은 물론, 심지어 자루와 장대까지 동원하여 본격적으로 유실수를 털러 다니는 사람들을 국립공원 관리소에 일러바친 적까지 있다. 마치 과거의 비행을 속죄라도 하려는 듯이.

사실 자연의 속내가 만만치 않다는 것을 느낀 것은 지난봄 시골 친척 집에서 하루 유숙했을 때였다. 계룡산 자락에 자리 잡은 초옥에서 잘 자고 상쾌한 기분으로 일어나 뜨락을 거니노라니 울타리 옆에 핀 매화의 암향이 솔솔 풍겨오는 것이 마치 선경(仙境)인 듯싶었다. 그런데 뜨락 위에 새털 같은 것이 분분히 떨어져 있어서 무언가 했더니, 글쎄 고양이가 밥그릇의 밥풀을 탐하여 날아든 참새를 잡아먹고 난 잔해였던 것이다. 하지만 그 처참한 광경을 다 보았을 매화는 아무 일도 없었다는 듯 빙긋이 웃고만 있었다. 아, 그 순간의 당혹스러움이라니. 자연에게 배신당한 기분이랄까? 뭐 그런 감정이었다. 그러나 그것은 인간 스스로 기만한 것에 불과했다. 중국의 현대

작가 한샤오궁(韓少功)은 이렇게 말한 바 있다. "우리가 보는 자연이란 우리가 상상한 자연이다." 우리가 상상한 자연! 그것과 실제 자연과의 거리는 얼마쯤일까? 우리는 그 거리에 눈을 감아야 할까? 피비린내 나는 자연일지라도 이를 직시하고 사랑해야겠지만 쉽지 않은 일이다.

『중앙일보』 2014.10.18.

본격비평이 필요한 영화 〈명량〉

소설은 어디까지나 허구의 산물이지만 역사소설이 되면 문제가 달라진다. 기본적으로는 실제 역사에 바탕을 두는 만큼 사실과 허구가 미묘하게 교차한다. 그래서 역사소설은 사실과 허구 사이에서 얼마나 줄다리기를 잘했느냐에 따라 성패가 결정된다. 가령 〈대장금〉은 거의 100퍼센트 허구여도 문제가 없었다. 역사적 사실이 실록의 한두 줄 기록(장금이라는 의녀가 중종의 병세를 잘 알았다는 정도)에 불과하여 그녀 일생의 거의 전부를 허구로 채워도 괜찮았던 것이다. 그런데 충무공 이순신처럼 절대적으로 추앙받는 애국영웅인 데다 『난중일기』와 실록 등에 개인사가 충실하게 보존되어 있는 경우 허구화가 쉽지 않다. 영화 〈명량〉은 이러한 난점을 극복하고 대성공을 거두었다. 대성공의 배경 요인으로 어수선한 시국에서의 리더십에 대한 갈증, 아베를 위시한 일본 우익의 망동에 대한 징치(懲治) 욕구, 배우들의 뛰어난 연기 등을 들 수 있겠다. 여기까지는 누구나 다 아는 사실이다. 흥미로운 것은 감독이 어떻게 충무공을 재해석했느냐이다. 충무공은 『난중일기』나 실록에 의거하면 충효의 화신으로 조선의 국시인 유교 윤리에 충실했던 분이다. 그러나 감독은 이러한 충무공 정신의 근거를 다른 데에 두고 있다. 그것은 곳곳에 병치(juxtaposition)된 이미지들로부터 읽힌다.

우선 충무공 거처에 모신 어머니 위패의 뒷벽에 걸린 편액을 보자. 오른쪽에 '환(桓)'이라는 큰 글자가 적혀 있고 왼쪽 옆에 "천산백양(天山白陽) 홍익이화(弘益理化)"라는 글귀가 보인다. '환'은 환인, 환웅 등과 관련하여 우리 고대의 시원(始原) 사상을 암시하고 옆의 글귀는 대종교 창시자 나철(羅喆) 선생의 시구이다. 아울러 모든 전선의 뱃전에 장식된 귀면(鬼面) 도상은 동이(東夷)의 영웅 치우(蚩尤)의 형상이다. 다시 충무공 좌석 뒷면의 병풍을 보면 성현의 말씀이나 시구 대신 뜻밖에도 불경인「반야심경」이 쓰여 있다. 최치원의「난랑비서(鸞郎碑序)」를 보면 "나라에 오묘한 도가 있으니······ 실로 유불도 3교를 다 포괄하고 있다(國有玄妙之道······ 實乃包含三敎)"고 하였는데 이 민족 고유의 도는 조선 전기의 주체적, 회통(會通)적 지식인들로 계승된다. 후일 국난을 당했을 때 일어난 의병과 승병 중에 이들이 많다. 이러한 사상적 배경을 염두에 두면 영화에서 왜 가끔 승병들을 클로즈업시켰는지 알게 된다. 다시 말해 감독은 충무공의 애국심을 고유한 민족정신의 발로로 표현하고 싶었던 것이다.

그러나 〈명량〉은 서사적, 예술적 완성도에 있어서는 지적할 점이 많다. 스토리텔링의 측면에서 요행에 기댄 해전, 작위적 설정, 유교 관료의 집무실에 불경이 등장하는 문화적 비상식, 거제 현령의 고을 '현(縣)' 자가 매달릴 '현(懸)' 자로 잘못 쓰여진 것 등은 이 영화가 디테일에 그다지 충실하지 않았음을 보여준다. 다만 이러한 지적들과는 별개로 〈명량〉은 팩션, 패러디, 코믹 사극이 유행하는 이 시점에서 정통 사극으로 당당히 승부하여 그 가능성을 보여주었다는 점에서 상찬할 만하다. 한 가지 유감스러운 것은 압도적 인기 때문에 비평이 숨을 죽이고 있지 않나 하는 느낌이다. 그런 파시스트적인 분위기는 문제이다. 비평은 인기 없는 일이긴 하지만 누군가 해야 할 일이다. 오히려 후속작들이 대중에게 줄 더 큰 감동을 위해 〈명량〉은 본격적인 비평을 필요로 한다.

『중앙일보』 2014.8.30.

명재상이 그리운 시대

총리 인준 문제로 온 나라가 소연(騷然)하다. 역사를 훑어보면 임금이 좋은 정치를 이룩할 때는 반드시 뛰어난 재상이 보필했음을 알수 있다. 정치에도 콤비 플레이가 있어야 한다는 얘기인데 가령 당태종(唐太宗) 시절을 예로 들어보자. 태종은 치열한 골육상쟁 끝에 황제의 자리를 차지한 야심가였다. 위징(魏徵)은 그의 라이벌 편에 서서 한때는 태종을 제거하는 데 앞장섰던 사람이었지만 투항한 후 현신(賢臣)이 된다. 그가 하도 직언을 자주하여 태종은 스트레스를 많이 받았으나 덕분에 중국 역사상 태평성대로 기록되는 '정관(貞觀)의 치(治)'를 이룩했다. 위징 사후 고구려 정벌을 시도했다가 실패한후 생전의 충간(忠諫)을 못내 그리워했다고 한다.

위징과 비슷한 인물로 춘추 5패(覇) 중 한 사람인 제환공(齊桓公)의 재상 관중(管仲)이 있다. 관중 역시 처음에는 왕위 쟁탈전에서 제환공의 반대편 왕자를 지지했다. 심지어 그는 제환공을 겨냥하고 활을 쏘아 혁대를 맞추기도 했다. 그런 관중을 포용해 재상으로 삼았기에 제환공은 패업을 성취할 수 있었다. 관중은 뛰어난 전략가임과 동시에 경제통이어서 제나라를 부강국으로 만들었다. 사치스러운 데다 개인적 결함도 많지만 공자는 "관중이 없었다면 우리는 모두 야만

동양학으로 읽는 손

인이 되었을 것이다(微管仲, 吾其被髮左袵矣.)"『논어』「헌문」라고 칭송했다.

우리나라에는 관중, 위징 같은 현신이 없었는가? 있었다. 조선 오백 년을 통하여 최고의 재상으로 손꼽히는 황희(黃喜) 정승이 바로 그다. 황희 역시 처음에 세종이 형인 양녕대군을 제치고 임금이 되는 것을 반대했다는 점에서 앞의 두 사람과 묘하게 닮았다. 만화『조선왕조실록』은 통념에 휩쓸리지 않는 냉정한 논평이 일품인데 박시백 작가에 의하면 황희의 의견은 항상 원칙과 현실 사이의 적절한 지점에 있어서 세종이 신뢰했다고 한다. 아들과 재산 문제 등 잡음이 있었음에도 그는 24년간 영의정 자리에 있었다.

재상은 정확한 판단과 실무 능력도 중요하지만 비범한 정신적 자질도 요구되었다. 소론의 명재상인 남구만(南九萬)이 그런 사람이었다. 친구가 평안감사로 갔다가 두옥(斗玉)이라는 기생을 총애했는데 서울로 승진해 가면서 그녀를 버렸다. 배신감에 임진강 물에 빠져 죽은 두옥의 귀신이 친구 아들을 괴롭혔더니 남구만이 한눈에 알아보고 퇴치했다는 야담이 있을 정도였다. '두옥이 귀신'에서 '두억시니'라는 말이 생겼다.

도력을 지니기로는 남인의 영수였던 허목(許穆)도 타의 추종을 불허한다. 초야의 선비로서 과거(科擧)를 거치지 않고 재상에 선임되었던 허목은 예학의 대가였지만 아버지로부터 단학파(丹學派) 도인의 수련 전통도 이어받은 인물이었다. 그가 삼척부사 재직 시 해일 피해가 심한 것을 보고 비문을 지어 신비한 전서체(篆書體) 글씨의 비석을 세웠더니 바다가 잠잠해졌더라는 일화가 전한다. 일명 '퇴조비(退潮碑)'라는 그 비석은 지금도 남아 있다.

일국의 재상이 되려면 무언가 완벽해야 한다는 여망에서 비롯된 설화들이 아닌가 싶다. 문득 "집이 가난하니 좋은 아내가 그리워지고, 나라가 어려우니 어진 재상을 생각하게 된다.(家貧思良妻, 國難思賢相.)"는 구절이 떠오른다. 과연 당대의 어진 재상은 어디에 있는가?

『중앙일보』 2014.6.21.

고통은 꽃처럼 피어난다

— 세월호의 비극에 부쳐

　올봄은 '와락' 찾아와 한순간에 온갖 꽃이 피었다가 지고 말았다. 이 짧은 봄날의 정경은 꽃처럼 단명한 어린 넋들의 영상과 겹쳐져 애달프기만 하다. 비감한 이 계절에 봄을 완상한다는 것조차 죄스러워 '봄은 왔으되 봄 같지 않았던 나날'도 처연(悽然)히 저물어간다. 일찍이 철인 장자(莊子)는 "도의 견지에서 사물을 볼 것(以道觀之)"을 가르쳤지만 평범한 우리네는 그렇게 달관한 마음을 갖기 힘들다.

　선인들 역시 슬픈 봄날에는 비가(悲歌)를 불렀다. 애국시인 두보는 안녹산의 난으로 파괴된 장안을 찾아보고 이렇게 절규한다. "소릉의 촌 늙은이 울음을 삼키며, 봄날에 곡강 물굽이를 몰래 걷는다. 강가의 궁전은 문이 모두 닫혀 있는데, 가녀린 버들과 새 잎의 창포는 누굴 위해 푸르른가?(少陵野老吞聲哭, 春日潛行曲江曲. 江頭宮殿鎖千門, 細柳新蒲爲誰綠)"「애강두(哀江頭)」 망해버린 나라의 산천은 더 이상 눈을 즐겁게 해주는 대상이 아니다. 그것은 비극을 확인시키는 사물일 뿐이다. 남당(南唐)의 마지막 임금으로 졸지에 포로 신세가 되어 "종일 눈물로 세수를 하는(日夕以淚洗面)" 비참한 나날을 보냈던 이후주(李後主)에게 봄은 후회와 번민의 계절이었다. 그는 이렇게 탄식한다. "묻노니 그대의 근심이 얼마나 되는가? 마치 온 강의 봄물이 동쪽으로 흐르는 것과 같다네(問君能有幾多愁, 恰似一江春水向東流)."「우미인(虞美人)」 봄에는 눈 녹은 물로 인해 강물이 불어난다. 회한(悔恨)은 이처럼 봄날에 더욱 깊어진다.

피붙이를 잃은 슬픔을 어디에 비길 것인가? 명나라의 여시인 심의수(沈宜修)는 친정에 온 딸을 보고 일찍 죽은 다른 딸이 생각나 애통해한다. "방초 무성하고 살구꽃 핀 시절, 흐드러진 봄날의 두견새는 저녁 안개 원망하네…… 서재에서 눈물 흘리며 남긴 글 함께 읽지만, 규방에는 지난날 마주했던 그 아이가 없구나(葳蕤芳草杏花天, 春半啼鵑怨夕煙…… 芸窓有淚供殘簡, 繡閣無人對昔年)."「이취집(鸝吹集)」화사한 봄날도 이처럼 근심과 슬픔에 물들면 서럽기만 하다는 것을 선인들의 시는 보여준다. 오늘의 김용택 시인도 봄의 정한(情恨)을 음영(吟詠)하기는 마찬가지이다. "아픈 데서 피지 않는 꽃이 어디 있으랴. 슬픔은 손끝에 닿지만 고통은 천천히 꽃처럼 피어난다…… 사람들은 왜 모를까? 봄이 되면, 손에 닿지 않는 것들이 꽃이 된다는 것을."「사람들은 왜 모를까?」

간절히 소망한다. 시인의 말처럼 이 지극한 애상(哀傷)이 찬란한 봄꽃으로 피어나기를. 무정한 봄이 가고 있다. 당나라의 유우석(劉禹錫)은 떠나는 봄에 대한 아쉬움을 이렇게 노래했다. "봄은 갔습니다. 낙양 사람 다 버리고 봄은 갔습니다(春去也. 多謝洛城人)."「억강남(憶江南)」정녕 봄은 우리를 버리고 갔는가? 아니 우리가 봄을 버린 것이리라. 잔혹한 세상 일(世事), 비정한 사람 일(人事)이 그 화려한 봄을 이다지도 슬프게 만들었지 않은가?

『중앙일보』 2014.5.17.

산수화 속 정물이 된 아이들

산수화 속의 아이는 무심하고 천진하다. 노송 밑에서 바둑을 두는 두 노인 그리고 옆에서 차를 달이느라 부채질을 하는 아이, 혹은 한 선비가 나귀를 탄 채 산속을 향하고 그 곁을 따르는 술병을 든 아이, 우리의 눈에 익숙한 산수화의 여러 구도 속에서 아이는 고매한 그림의 경지를 표현하는 데에 필요한 한 정물로 자리 잡았다. 문학에서도 아이는 동일한 역할을 담당한다. 시조의 종장에 등장하는 "아이야" 운운(云云)의 후렴구는 그 시의 순박한 정조를 고양시키는 기능을 한다.

이러한 이미지는 아이의 심성에 대한 고대 동양사상가들의 성찰과 관련이 있다. 일찍이 성선설(性善說)을 제창한 맹자는 이렇게 말했다. "훌륭한 사람이란 아이 때의 그 마음을 잃지 않은 사람이다(大人者, 不失其赤子之心者也)."『맹자(孟子)』「이루(離婁) 하(下)」 사람이 날 때부터 착한 심성을 지녔다는 관점에서 보면 아이야말로 아직 때가 묻지 않은 순수한 본성을 지닌 존재이다. 어른이 되어서도 그런 마음을 잃지 않고 있다면 훌륭한 사람이라고 본 것이다. 유가와 대척점에 있는 도가의 시조 노자 역시 이렇게 말한다. "덕을 두텁게 품은 사람은 아이에 비할 만하다(含德之厚, 比於赤子)."『도덕경(道德經)』제

55장] 고대 동양 사상가들의 이러한 관념은 영국 시인 워즈워스(W. Wordsworth)가 "아이는 어른의 아버지(The Child is father of the Man)"라고 노래한 생각과 별로 다름이 없어 보인다.

여기서 다시 산수화의 세계로 들어가보자. 신선 같은 어른들의 고상한 경지를 돋보이게 하는 배경으로서의 아이들은 말을 하지 않는다. 그러나 이들은 필시 불우한 아이들일 것이다. 종의 자식이거나 부모를 일찍 잃고 의지할 데 없는 고아의 신세가 되어 어른들의 시중을 들고 있는 것이다. 그 신선 같은 어른들이 자신의 귀한 자식으로 하여금 무거운 짐을 지게 하여 첩첩산중으로 끌고 들어오진 않았을 것이다. 산수화를 그리거나 감상하는 어른들은 아이에게 그들의 고매한 이상을 투사하지만 이 불우한 아이들의 삶은 그것과는 상관없이 너무나도 힘들었을 것이다. 기묘하지 않은가? 이 엄연한 현실에도 불구하고 그 어느 산수화가도 고단한 표정의 아이를 그리지 않았다는 것은. 고고한 은일(隱逸) 시인 도연명(陶淵明, 365~427)을 그린 〈연명취귀도(淵明醉歸圖)〉 역시 천진한 아이가 국화꽃을 따 들고 취한 시인을 부축하고 있는 모습이다.

다행히 이 위대한 시인은 그림 속 정물이 된 불우한 아이들에 대해 현실에서 깊은 동정을 표했다. 빈궁한 아들의 살림을 돕기 위해 아이 종 한 명을 보내며 도연명은 이러한 편지를 썼다. "이 아이 또한 남의 집 귀한 자식이니 잘 대해주도록 해라(此亦人子也, 可善遇之)." 『남사(南史) · 은일전(隱逸傳)』] 노예제가 엄존했고 아동 인권 의식이 박약했던 고대에 이러한 발언은 참으로 경이롭다. 단언컨대, 도연명의 그 어떤 훌륭한 시구(詩句)만큼이나 이 한마디는 값져 보인다.

창조적 모방 설파한 『논어』

요즘 중년 이후 세대에서는 고전 읽기가 붐이다. 인문학의 도래를 말하는 사람도 있지만 나이 들어 읽어야 체득하게 되는 고전의 깊은 맛 때문이 아닌가 한다. 이와 관련하여 공자는 저술과 전통에 대한 자신의 생각을 다음과 같이 밝힌 바 있다. "그대로 서술하되 새로 짓지 않으며 옛것을 믿고 좋아한다(述而不作, 信而好古)."『논어』「술이(述而)」 공자는 창작에 대해 신중한 입장을 취했던 것이다. 이 간략한 언급이 이후 동아시아에서는 마치『성경』의 한 구절처럼 금과옥조(金科玉條)가 되었음은 물론이다. 이 말은 사상, 역사 분야뿐만 아니라 문학, 예술에 대해서도 깊은 영향을 미쳐 새로운 창작보다는 옛것을 모방하는 풍조를 형성하였다. 한(漢)나라의 문인이자 사상가인 양웅(揚雄)은 공자의 이러한 취지를 적극적으로 실천한 사람이다. 그는『논어』를 모방하여『법언(法言)』을 짓고『주역』을 본따『태현(太玄)』을 짓는 등 모의의 대가로서 이후 의고문학(擬古文學)의 길을 열어놓았다.

당(唐)나라는 거지도 시를 지었다 할 정도로 시의 황금시대였다. 이러하니 이백, 두보 등 그 엄청난 시의 유산을 눈앞에 둔 송(宋)나라의 시인들은 자신의 정체성이나 독창성을 표현하는 데에 상당한 부담을 느꼈던 것 같다. 바로 블룸(Harold Bloom)이 말한 바, 훌륭한 선배 작가들로부터 비롯된 '영향의 불안' 같은 것이었다. 송나라 시인들이 이러한 곤경에서 탈출하는 방법은 한 가지였는데 그것은 결국 창조적 모방이었다. 송대 시단을 장악했던 강서시파(江西詩派)의 창립자 황정견(黃庭堅)은 이렇게 말했다. "그 뜻을 바꾸지 않고 말을 만드는 것을 환골법이라 하고, 그 뜻 속으로 몰래 들어가 그것을 묘사하는 것을 탈태법이라고 한다(不易其意而造其語, 謂之換骨法. 窺入其意而形容之, 謂之奪胎法)."[석혜홍(釋惠洪), 『냉재야화(冷齋夜話)』]. '환골탈태(換骨奪胎)'란 원래 도교 용어로 수련을 통해 평범한 몸을 불로불사의 몸으로 변화시킨다는 의미를 지닌 말인데 황정견은 시학에서 선인들의 시상이나 시구를 세련되게 모방하여 좋은 시를 짓자는 뜻으로 활용하였다. 그러고 보니 엘리엇(T.S. Eliot)도 비슷한 얘기를 한 적이 있다. "훌륭한 작가는 훔치고, 열등한 작가는 베낀다."고.

우리는 창작, 창조, 창의 등 '창' 자가 들어간 말에 큰 가치를 부여하는 경향이 있다. 문학사에서도 이른바 창의성이 돋보이는 작품은 고평(高評)하고 의고문학에 대해서는 폄하하곤 했다. 그러나 "태양 아래 새로운 것은 없다"는 말도 있듯이 창작과 모방의 경계는 사실 애매하다. 지금도 그런 경향이 없다고는 할 수 없지만 초창기의 우리 TV 프로그램이 가까운 일본이나 미국의 그것을 거의 모방해서 편성됐다는 것은 대부분 아는 사실이다. 그런데 우리의 드라마가 이제는 전 세계에서 그 독특한 구성과 내용, 그리고 재미로 사랑받고 있는 것을 보면 모방의 과도적 유효성을 인정해야 하지 않나 하는 생각도 든다.

무엇보다 괄목해야 할 것은 이른바 '짝퉁대국'으로 전 세계에서

제품의 질과 수준을 무시당했던 중국의 무서운 부상이다. 당장 샤오
미(小米)의 스마트폰이 삼성과 애플을 위협하고 있지 않은가? 섣부
르게 창작하지 말라던 공자님의 말씀이 바야흐로 그 위력을 발휘하
기 시작한 것인지도 모르겠다.

『중앙일보』 2014.12.13.

헤이세이(平成) 25년 경성중학

"내가 그의 이름을 불러주기 전에는 그는 다만 하나의 몸짓에 지나지 않았다. 내가 그의 이름을 불러주었을 때, 그는 나에게로 와서 꽃이 되었다." 너무나도 회자되는 김춘수 시인의 이 시구는 뜻밖의 의미를 함축하고 있다. 일견 아름다운 상념을 자아내는 이 시구가 정치적으로는 무시무시한 발언이 되는 것이다. 알튀세르는 '호명'이야말로 개인을 이데올로기에 예속시키는 행위로 보았고 사이드는 '명명'을 제국주의가 식민지 타자를 자신의 체계에 편입시키는 방식으로 보고 있기 때문이다. 이 구절만 보면 시인은 본의 아니게 살벌한 세상 이치를 아름답게 표현해낸 셈이 된다.

디포의 『로빈슨 크루소』에서 주인공 로빈슨은 외로운 섬에서 원주민 하인을 얻는다. 분명히 제 이름이 있을 이 원주민에게 로빈슨은 본인의 의사와 상관없이 프라이데이라는 이름을 지어준다. 단지 금요일에 데려왔다는 이유로. 로빈슨은 또 이 원주민에게 영어를 가르쳐주고 기독교로 개종시킨다. 명명과 언어 침탈, 개종 등, 사이드는 제국주의 전성기에 형성된 서양 고전 명작들이 이처럼 당시 서양의 타자에 대한 식민화 방식을 은연중 작품에서 재현하고 있다고 비판한다.

과거에 일제는 이러한 서양의 악행을 그대로 답습하여 우리에게 실천했다. 익히 알려진 대로 한국어 말살과 일본어 강제 교육, 창씨 개명, 신사참배 강요 등이 그것이고 그 후유증과 상흔은 지금까지 남아 있다.

명명과 관련된 한 예로 한국의 꽃 이름과 나무 이름들을 보자. 아름답고 토착적인 정서가 물씬 풍기는 우리의 식물 이름과는 별도로 그것들의 학명에는 상당수가 'Nakai(나카이)'를 비롯한 일본인의 이름이 들어가 있다. 그것은 일제 시대에 일본인 식물학자에 의해 한국의 식물들이 마치 처음 출현한 양 발견되었기 때문이다. 그리하여 린네의 명명법에 따라 첫 발견자인 일본인 학자의 이름이 한국의 대부분의 식물 이름 안에 들어가게 된 것이다. 동양학에서 이러한 현상은 심각하다. 동양학이라는 말 자체가 일본 제국학문이 만들어낸 용어이지만 사실 근대 이후 동양은 일본이 대변해왔고 일본의 동양학에 의해 동양이 설명되어왔으며 특히 서양의 동양학은 일본 동양학의 기초 위에 성립되어 있다고 해도 과언이 아니다. 서양 동양학의 고전인 라이샤워, 페어뱅크 공저의 『동양문화사』(초판)에 일본이 고대에 한반도 남부를 지배했다는 '임나일본부설'이 그대로 실리고 세계의 대부분의 지도에서 동해가 일본해로 표기되어온 것은 이러한 실정을 보여주는 극히 작은 예에 불과하다.

한편 오늘의 일본 우익 정치인들은 도리어 과거 일제의 만행을 호도하고 나아가 정당화하는 발언을 서슴지 않는다. 그들은 태평양 전쟁이 동양을 서양의 침략으로부터 방어하기 위한 명분 있는 전쟁이었으며 한국 등에 대한 식민 지배가 오히려 근대화를 위해 기여했다고 강변한다. 그리하여 '침략'이 아니라 '진출'이며 위안부 강제 동원은 없던 일로 삭제해야 한다고 목청을 높인다. 후안무치한 데다가 적반하장 격인 이러한 언동을 효과적으로 징치(懲治)할 수단이 없는 우리의 현실이 딱하고 울화통이 터질 노릇이지만 최근 서울의 한복판에서 더욱 아연한 일을 겪었다.

며칠 전 우연히 광화문 인근에 위치한 경희궁을 돌아보게 되었다. 이곳은 조선의 왕궁이었는데 일제 때 해체되어 일본인 학생들만 다니는 경성중학이 되었고 해방 이후 서울고등학교로 새로 태어났다가 그 학교가 이전하면서 예전의 왕궁 경희궁으로 복원된 곳이었다. 그런데 궁 앞의 안내문을 읽다가 어이없는 구절을 발견하였다. 경희궁의 연혁을 말하고 있는데 "한일병합과 함께 조선총독부에 소유가 넘어가면서" 본래의 모습을 잃었노라고 쓰여 있지만 '한일병합'이란 단어에서 강제 병합의 기미는 조금도 느낄 수 없었고(병합이란 말 자체가 일제의 용어) 혹시나 해서 그 밑에 병기한 중국어 설명을 보았더니 실로 가관이었다. "한일 양국이 한일합병 조약에 서명함에 따라 이 궁전들은 모두 조선총독부 소유가 되었다(隨着韓日兩國簽署 韓日合倂條約, 這些宮殿都歸朝鮮總督府所有)."는 것이다. 한국이 합법적으로 병합되었다고 강변하는 일본 우익의 주장을 고스란히 옮겨놓은 듯한 이 안내문의 작성 주체는 도대체 누구인가? 대한민국의 심장부에 위치한 그곳은 경희궁이 아니라 여전히 헤이세이(平成) 25년의 경성중학이었다.

『서울신문』 2013.4.15.

경희궁 안내판 유감

　3월의 끝 무렵. 일기는 화창하고 바야흐로 꽃 피고 새 우는 춘삼월 호시절로 접어들었다. 그러나 노래도 말하고 있듯이 "3월 하늘 가만히 우러러보면" 망국의 통한을 품고 독립에 헌신하다 스러져간 선열들의 고귀한 희생이 떠오르는 이 계절이 마냥 호시절만은 아니다. 두보의 「춘망(春望)」에서처럼 "성안에 봄이 와 초목은 우거졌건만(城春草木深)", 여전히 침략을 부인, 호도하고 이제는 적반하장의 행태를 보이는 이웃 나라 때문에 "시절을 한탄하여 꽃을 봐도 눈물이 나는(感時花濺淚)", 비분강개의 계절이기도 한 것이다.

　'포스트-콜로니얼리즘(post-colonialism)'이라는 용어가 우리 학계에 처음 소개되었을 때 '포스트(post)'라는 접두어를 어떻게 번역하느냐가 문제였던 적이 있다. '벗어난다'는 의미에서 '탈식민주의'라고 하면 식민 상태를 탈피하고자 하는 움직임을 뜻하겠지만 '이후'라는 뜻을 취하여 '후기식민주의'라고 하면 여전히 식민 상태가 잔존해 있는 현실을 의미한다. 우리의 상황은 이중 어디에 속할까? 아마 마음은 '탈'이지만 도처의 현실은 '후기'인지도 모른다.

　작가 복거일의 『비명(碑銘)을 찾아서』라는 소설이 생각난다. '경성, 쇼우와 62년'이라는 부제가 달린 이 작품에서 일본이 패망하지 않고 조선은 식민 상태로 현재까지 이르고 사람들이 언어와 문화를 모두 잊은 채 조선인임을 자각하지 못한다는, 영화 〈매트릭스〉와 같은 상황 설정이 재미있다. 이 소설을 흉내 내어 필자는 지금 '경희궁, 헤이세이 26년'에 대해 증언하고자 한다. 헤이세이 곧 평성(平成)은 현재 일왕의 연호이다.

서울의 한가운데, 신문로 대로변에 과거의 왕궁인 경희궁(慶熙宮)이 있다. 이 궁궐은 일제 때 훼손되어 일본인 학교가 들어서는 등 수난을 겪었다가 근래에 복원된 아픈 역사를 지니고 있다. 도심의 섬과 같은 이곳은 근처의 직장인들이 산책하는 공간이기도 하고 가끔은 전각에서 오페라를 상연하는 무대가 되기도 한다. 그런데 숭정문(崇政門) 섬돌 아래의 안내판은 이 궁궐에 대해 이렇게 말하고 있다. "이곳은 조선 시대의 5대 궁궐로 꼽히는 경희궁 터다. (…) 그러나 한일병합과 함께 조선총독부에 소유가 넘어가면서". '한일병합'이라니? 이 말은 경술국치 늑약(勒約)에서 일제가 썼던 '일한병합'이란 말을 순서만 바꾼 것이다. 무심한 이 말에서 침략과 강제의 기미는 조금도 느껴지지 않는다.

이것을 과민증이라고 생각한다면 한글 설명 바로 아래에 제시된 중국어 번역문을 보라. "한일 양국이 한일합병 조약에 서명함에 따라 이 궁전들은 모두 조선총독부 소유가 되었다(隨着韓日兩國簽署韓日合併條約, 這些宮殿都歸朝鮮總督府所有)".

안내판을 작성한 주체가 과연 누구인지 의심스러워지는 대목이다. 대한민국의 국민인가, 아니면 헤이세이 천황 치하 어느 친일 인사가 써 내려간 글인가! 만일 일본 극우 정치인들이 이 안내판을 근거로 일한병합의 합법성을 주장한다면 우리는 뭐라 반박할 것인가?

동양학으로 읽는 세상

이 문제를 필자는 1년 전 다른 지면에 발표한 적이 있다. 한 해가 지난 오늘 다시 찾은 경희궁에는 일점일획도 바뀜 없는 안내판이 의연하게 서 있고, 이를 바라보는 필자의 마음은 암연(黯然)히 수수(愁愁)롭다.

『중앙일보』 2014.3.22.

---

* 추기(追記) : 서울역사박물관은 경희궁 안내판에 대한 두 번째 지적인 이 글이 나간 후 마침내 문제가 된 해당 글귀를 바로잡았다. 다행스러운 일이다. 박물관 관계자분께 감사드린다.

눈 속에 홀로 핀 설중매(雪中梅)의 고고함

이 계절, 이른 봄의 향훈(香薰)을 사람들에게 인상 깊게 전하는 꽃은 단연 매화이다. 매서운 겨울의 끝에, 심지어 철 늦은 눈 속에서 피어나는 매화에게 선인들은 고결한 품격과 꿋꿋한 절개라는 높은 가치를 부여했다. 매화는 선비들이 추구하는 이상을 갖춘 꽃이었다. 그래서 당(唐)의 자연파 시인 맹호연(孟浩然)은 장안에 눈이 내리면 산속으로 매화를 찾아 나섰고 이러한 그의 취향 곧 '답설심매(踏雪尋梅)'는 동양화의 한 주제가 되었다. 그뿐인가? 송(宋)의 은사 임포(林逋)는 호수의 섬 속에서 "매화 아내, 학 아들(梅妻鶴子)"과 더불어 평생을 살았고 퇴계(退溪)는 임종 직전에 다른 말씀은 없이 매화분(梅花盆)에 물을 주라고 당부했다. 무엇보다도 조선 말기의 화가 전기(田琦)의 〈매화서옥도(梅花書屋圖)〉를 보라. 눈이 쌓인 온 산에 매화가 피어 있고 산중의 초옥(草屋)에서 한 선비가 피리를 불고 있다. 그야말로 매화와 선비가 혼연일체가 된 경지이다.

물론 봄을 장식하는 꽃은 매화만이 아니다. 같은 속(屬)인 배꽃[梨花], 복사꽃[桃花], 살구꽃[杏花]도 있다. 그러나 붉은색의 농담(濃淡)에 따라 꽃의 품격이 달라진다. 배꽃만 해도 고려 이조년(李兆年)의 시조에서처럼 "이화에 월백(月白)"할 정도로 청초한 이미지를 유지하지만 붉은빛이 짙은 복사꽃에 이르면 '도화살(桃花煞)'이라는 말도 있 듯이 색정을 상징하게 된다. 웬일인지 살구꽃은 복사꽃보다 붉지 않 은데도 완전히 천격(賤格)이다. 당(唐)의 두목(杜牧)이 "청명절에 비가 흩뿌리니, 길 가던 사람들 어이없어 하네. 술집이 어디 있느냐고 물 으니, 목동이 멀리 살구꽃 핀 마을을 가리키네(淸明時節雨紛紛, 路上 行人欲斷魂. 借問酒家何處有, 牧童遙指杏花村)"라고 읊은 이후 살구꽃은 술집 혹은 술집 여자를 가리키게 되었다.

이와는 달리, 꽃 중에서 가장 높은 품격을 지닌 매화, 그중에서도 눈 속에 핀 매화 즉 설중매(雪中梅)는 난세의 희망 혹은 선지자 등을 암시하는 정치적 은유로 활용되었다. 가령 조선 중기의 문인 정시(鄭 時)는 다음과 같은 시를 남겼다. "밤새 눈이 석 자나 내리더니, 강촌 의 길이 열리질 않네. 청노새는 주린 데다 병까지 들었으니, 어느 곳 에서 갓 핀 매화를 찾을꼬?(夜雪來三尺, 江村路不開. 靑驢飢又病, 何處得 新梅)" 눈이 석 자나 쌓여 길이 막힌 것은 광해군의 난정(亂政)을 의미 하고 갓 핀 매화는 그러한 절망 속에서의 희망을 암시한다.

눈 속에 핀 매화와 관련된 또 하나의 일화가 있다. 조선 개국 초 에 설중매(雪中梅)라는 명기가 있었다. 혁명이 성공하고 궁중에서 공 신들의 잔치가 열렸는데 한 공신이 설중매에게 짓궂은 농담을 던졌 다. "오늘은 동쪽 집에서 먹고 내일은 서쪽 집에서 자는[東家食, 西家 宿] 네 신세가 어떠하냐?" 이 남자, 저 남자를 전전하는 기생의 신세 를 야유한 것이다. 그랬더니 설중매가 이렇게 대답했다고 한다. "예. 어제는 고려 왕조를 섬겼다가 오늘은 이씨 왕조를 섬기는 대감의 신 세와 똑같지요." 무안해진 공신은 얼굴이 붉어지고 말을 못 했다고 한다.

해마다 선거철이면 눈 속에 핀 매화를 찾아 나서듯이 어지러운 세상에 희망을 주겠다고 나서는 정치인들이 많다. 그들 중 누군가 매화를 찾기는커녕 혹여 길을 잘못 들어 살구꽃 핀 마을[杏花村]에서 술잔을 기울이다 설중매의 핀잔을 듣게 되지는 않을까 염려스럽다.

『중앙일보』 2014.3.8.

죽창무정(竹窓無情)

"이거, 빨리 베어버려야겠는데요."

마을 이장이 우리 집 뒤꼍 쪽을 지나가다 들창 아래 한뼘밖에 안된 뜰로 번져온 아기 대나무를 보더니 이런 권고를 한 것이 지난봄이었다. 봄비 몇 번 오면 금방 자라 우거져 들창에 육박하고 벌레도 꾀어 성가시다는 것이었다.

정년도 했겠다, 지친 심신을 쉬게 하고 가끔 한갓지게 책이라도 볼 요량으로 초옥(草屋) 두어 칸을 경영해놓았는데 들창이 있는 그 방에 앉아 있으면 고즈넉한 것이 딴 세상에 있는 듯 잡념이 사라져 좋았다. 아내는 건너 대숲 속에서 아침마다 들려오는 새소리가 너무 아름답다고 녹음까지 해서 지인들에게 보내는 등, 좀 과장된 표현으로 환희작약(歡喜雀躍)했다. 게다가 이 들창은 북향한 방에 있으니 과시(果是) 북창(北窓)이었다! 일찍이 도연명(陶淵明)이, 여름날 북창 아래 누워 있으면 시원한 바람이 불어올 제 복희씨(伏羲氏) 이전 사람이 된 기분이 든다고 술회한 이래 북창은 허다한 문인들이 즐겨 음영(吟詠)하는 소재가 되었다. 그래서 나름 한껏 시의(詩意) 충만해 있던 차에 창가로 대나무까지 자란다니! 이것이야말로 금상첨화 아닌가? 그런데 이장의 돌연한 권고는 복희 시대의 꿈에 젖어 있던 나를 전혀 염두에 두지 않는 비정한 말이 아닐 수 없었다.

"글쎄, 좀 두고봅시다."

이장에겐 이같이 대강 얼버무리고 마음속으로는 '설마 저 어린 대나무가 그렇게 자라기야 하겠어. 좀 자라면 풍경이 그럴듯하겠는 걸' 하고 딴 배포를 차렸다.

그 후 유난히 길었던 올 장마 동안 서울 집에서 지내다 여름이 끝날 무렵이 되어서야 내려가 보았더니 세상에! 그 아기 대나무가 완전히 자라서 진짜 이장 말대로 들창에 육박하고 있는 것이 아닌가? 대나무뿐만이 아니었다. 들창 주변의 잡초들도 한껏 우거져 좁은 뜰이 숲으로 화해 집 한쪽을 뒤덮고 있어 으시시했다. 경험에서 나온 숙련된 농부의 말을 시골 물정 일(一)도 모르는 백면서생이 멋대로 무시한 결과라 하겠다. 북창의 낭만도 좋지만 이제 이장에게 부탁해 예초기라도 동원해서 창가의 무성한 잡초 숲을 베어내야 할 판이었다.

그런데 이변이 일어났다. 더위를 피해 북향 방에, 그야말로 도연명처럼 북창 아래 누워 있다가 누군가 창문을 두드리는 듯한, 누군가 살며시 엿보는 듯한 느낌이 들어 무심코 들창을 쳐다보았더니 스칠 듯 다가온 대나무가 시원한 바람에 살랑살랑 흔들리고 있는 것이 아닌가? 대나무는 마치 자신을 보아달라는 듯 손짓을 하는 것처럼 그렇게 흔들리고 있었다. 그때 머릿속으로 "툭" 하는 깨달음이 왔다. 아! 이게 바로 죽창(竹窓)이란 것이구나. 죽창이 대나무로 만든 창이 아니라 대나무가 어른거리는 창이라는 것은 진작 알고 있었으나 관념 속에만 있던 것이 실제 그 상황이 되니 신기하기 그지

없었다.

　죽창의 감동은 여기에서 끝나지 않았다. 밤이 되니 점입가경이었다. 때마침 보름에 가까워 산촌의 달이 휘영청 뜨자 부서지는 달빛 속에 흔들리는 창가의 대나무 그림자는 나를 아득히 먼 옛날로 데려가 상념의 세계에서 노닐게 하였다. 고래로 수많은 시인, 묵객(墨客)들이 묘사했던 죽창이 바로 이런 것이었구나. 동파(東坡)가 죽창에 푸른 등불이 깜빡인다 했고, 고산(孤山)이 죽창에 기대어 넘어가는 달을 본다 했으며, 노산(鷺山)이 죽창에 든 상월(霜月)에 잠 못 이룬다 한 것이 다 필유곡절(必有曲折)이었구나. 망외(望外)의 소득이랄까? '내일은 꼭 베어야지' 하는 참초제근(斬草除根)의 의지를 다지다가 이런 고아(古雅)한 풍경을 만나다니 기가 막힌 행운이 아닐 수 없었다. 옛글에서만 보던 고인(古人)의 풍류를 제법 헤아릴 수 있을 것 같기도 하고, 나도 자못 은일지사(隱逸之士)가 된 도연(陶然)한 심정으로 얼마를 지냈다.

　예기치 못한 이변이 또 일어난 것은 아내로부터였다. "이것 좀 봐요, 이게 뭐야?" 들창 옆 책상에서 인터넷을 하고 있던 아내의 자지러지는 듯한 소리에 깜짝 놀라 뛰어가보니 놀랍게도 머리가 세모꼴인 푸른빛의 독사 세 마리가 들창 바로 아래 풀숲에서 빨간 혀를 날름거리며 유유자적하고 있지 않은가? 그 낭만적인 대나무는 오불관언(吾不關焉)으로 한 무리의 뱀을 굽어만 볼 뿐 이 살풍경한 현실을 어찌지 못하였다.

　복희씨를 꿈꾸던 북창은 어디 가고 달빛 어린 죽창은 어디 갔는가? 거기엔 오로지 난데없이 출현한 독사에 대한 두려움만 있을 뿐이었다. 독사 때문에 뜰이나 집 주위 돌아다니기가 무서워졌고 혹시라도 실내에 들어오면 어떻게 하나 하는 걱정 때문에 죽창에 대한 그간의 향기로운 상념은 천리만리 달아났다.

곧바로 이장을 찾아가 상의했더니 대숲에는 원래 뱀이 많다며, 왜 자기 말을 안 듣고 그렇게 자라도록 방치했냐며 예초기와 보호장구를 챙겼다. "위잉! 위잉!" 하는 모진 기계음과 함께 들창 옆의 잡초 숲은 사라져갔다. 예초기가 대나무를 향할 때 그것만은 남겨달라고 하고 싶었지만 차마 말은 못 했고 나의 심정을 알 리 없는 이장은 가차 없이 모든 것을 베어버렸다.

며칠간의 환상적인 마음의 여정이 이렇듯 무정하게 끝이 나버렸다. 방 안에 들어와 누우니 창밖이 횡한 것이 무언가를 잃은 듯 마음이 허허롭다. 다시 밤이 되니 어른거리던 대나무는 간 곳 없고 창밖은 캄캄 칠야(漆夜)로 아무런 상념을 불러일으키지 않는다. 대나무라는 존재 하나가 이렇게 사람의 심령을 흔들어놓을 수 있다니. 생각이 여기에 미치자 문득 동파의 시구가 떠올랐다.

可使食無肉,　식사에 고기는 없을지언정
不可居無竹.　사는 곳에 대가 없을 수 없다.
無肉令人瘦,　고기가 없으면 사람이 여윌 것이나,
無竹令人俗.　대가 없으면 사람이 속되어진다.

동파의 말을 음미하니 '그깟 뱀이 두려워 대나무를 베어버린 나는 역시 속물이로구나.' 하는 자탄(自嘆)이 절로 나온다. 이장은 뜰에 아예 제초제를 뿌려놓자 했지만 그건 거부했고 대나무도 뿌리까지 제거하진 않았으니 혹시 내년 봄에 싹이 트고 자라면 다시 한번 죽창을 기대해볼 수 있지 않을까 하는 가느다란 희망으로 아쉬운 마음을 달래본다.

『큰 나무 큰 그림자』(숙맥 13호), 푸른사상사, 2020.

웃은 죄

「국경의 밤」의 시인 파인(巴人) 김동환에게 「웃은 죄」라는 시가 있다. "지름길 묻길래 대답했지요. 물 한 모금 달라기에 샘물 떠주고, 그러고는 인사하기에 웃고 받았지요. 평양성에 해 안 뜬대도 난 모르오, 웃은 죄밖에." 길 가는 남정네와의 뜬소문을 무마하려는 시골 아낙의 모습을 떠올리게 하는 이 시는 웃음의 무죄를 역설한다. 하지만 근대 이전에 웃음은 결코 헤프게 남발해서는 안 되는 것이었다. 그것은 심지어 불경함과 불온함의 상징이었다. 에코(U. Eco)의 『장미의 이름』을 보면 눈먼 호르헤 수사(修士)가 웃음을 극도로 경멸하는데 그것은 중세적 도그마를 수호하기 위해서였다. 바흐친(M. Bakhtine)이 엄숙주의를 파괴하는 웃음의 중요성을 강조한 이후 웃음은 그 가치를 인정받게 되었다. 오늘날엔 '웃음 치료'가 등장할 정도로 그것은 우리의 마음뿐만 아니라 몸도 치유하는 만능의 처방으로 대두하여 가가호호(家家戶戶) 웃기에 골몰한다.

그러나 시세가 아무리 그렇다 할지라도 때에 따라 웃음은 망신이 될 뿐만 아니라 '죄'가 될 수도 있음을 고금의 사례는 보여준다. 아마 이 방면의 최초의 사례는 멀리 주(周)나라 유왕(幽王) 때의 총희(寵姬) 포사(褒姒)가 될 것이다. 소설 『동주열국지(東周列國誌)』를 보면 엄청난 미인이었던 그녀는 도무지 웃질 않아서 임금을 안달 나게 했다. 그러던 어느 날 봉화를 잘못 올려서 사방의 군대가 왕궁으로 쇄도했다가 영문을 몰라 어리둥절하는 모습을 보고 깔깔 웃었다고 한다. 그 후 임금이 포사의 웃는 얼굴을 보려고 자주 거짓 봉화를 올리게 했다가 나중에 정말로 견융(犬戎) 오랑캐가 쳐들어왔을 때 구원병이 오지 않아 나라가 망했다는 이야기이다. 사실 이 경우 죄는 웃었던 포사에게 있는 것이 아니라 어리석은 임금에게 있는 것이지만 어쨌든 웃음이 재앙을 초래한 사례이다.

우리에게 익숙한 소설 『삼국지』에도 영웅 조조가 웃음으로 인해 스스로 만고의 웃음거리가 되고 만 사건이 있다. 제50회 "제갈량이 지혜롭게 화용도를 예상하고 관우가 의리로 조조를 놓아주다(諸葛亮智算華容, 關雲長義釋曹操)"편을 보면 조조가 적벽에서 패하고 달아나는 와중에도 병법 실력을 자랑하여 세 곳에서 세 번이나 제갈량을 비웃다가 그때마다 매복했던 유비의 군대가 나타나 기겁을 하고 급기야는 관우에게 사로잡힐 뻔할 지경에 이르게 된다. 경솔한 웃음이 자신을 망친 사례이다.

남의 웃음으로 엉뚱한 사람이 피해를 본 경우도 있다. 조선 연산군 때의 문신 장순손(張順孫, 1457~1534)은 얼굴이 돼지를 닮아 '저두(猪頭)'라는 별명이 있었는데 궁중의 제사상에 올린 돼지머리를 보고 기생이 웃었다고 한다. 연산군이 웃는 이유를 캐묻자 장순손의 모습이 떠올라서 그랬다고 대답하니 둘 사이에 무슨 정분이 난 줄 알고 귀양 가 있던 장순손을 처형하라고 명하였다. 마침 중종반정(中宗反正)이 일어나 장순손은 목숨을 건지고 후일 영의정에까지 오르게 된다. 지엄한 자리에서의 실소(失笑)가 남의 목숨을 위태롭게 한 사례이다.

　근래 한 국무위원이 막중한 현안을 논의하는 자리에서의 부적절한 언행과 웃음으로 공분(公憤)을 사 파직된 일이 있었다. 만능의 처방이 도리어 몸에 이롭지 않게 된 사례로 기억될 만하다.

『중앙일보』 2014.2.15.

이 시대의 회재불우(懷才不遇)

가왕(歌王) 조용필의 〈킬리만자로의 표범〉이라는 노래는 곡도 곡이려니와 그 특이한 노랫말과 웅심(雄深)한 의미로 인해 세인의 사랑을 받았다. 나름대로 분투했지만 소외된 삶을 살고 있는 한 인간의 비분강개한 심정을 만년설이 쌓인 킬리만자로산의 기슭까지 올라갔다가 죽은 표범으로 형상화한 이 노래는 자신의 삶이 불행하다고 느끼는 수많은 사람들의 심금을 울렸다. 특히 다음 구절은 더 그러하다. "야망에 찬 도시의 그 불빛 어디에도 나는 없다. 이 큰 도시의 복판에 이렇듯 철저히 혼자 버려진들 무슨 상관이랴. 나보다 더 불행하게 살다 간 고호란 사나이도 있었는데." 이 구절에서 사람들은 재주와 능력을 지녔는데도 때를 만나지 못해 불행한 삶을 산 역사상 수많은 사람들의 존재에 동병상련하며 그나마 위안을 받는다.

회재불우(懷才不遇)! 그렇다. 재능을 품었으나 때를 만나지 못해 불행한 삶을 보낸 경우는 동서양 모두에 있었겠으나 특히 과거가 유일한 출세의 수단이었던 근대 이전 중국과 한국에서 그것은 지식 계층의 보편적 콤플렉스였다. 몇 년에 한 번, 그것도 수십 명밖에 뽑지 않는 과거 시험에 합격하기란 하늘의 별 따기여서 대부분의 운 나쁜 낙방거사(落榜擧士)는 회한(悔恨)에 찬 삶을 보내야 했으며 급제했더라도 임금이나 권력자의 눈에 들지 못해 평생을 하급 관리로 보낸 사람도 부지기수였다. 신분이 양반이 아니라서, 남성이 아니라서 아예 과거에 응시할 기회조차 갖지 못한 뛰어난 평민, 여성까지 포함한다면 회재불우 콤플렉스는 동아시아에서 오이디푸스 콤플렉스만큼이나 보편적이었다고 말할 수 있을 정도이다.

중국의 당나라 때에는 모든 문학 장르 중에서 시가 특히 번성하여 시의 황금시대라고 불리는데 훌륭한 시인 중에 낙방거사가 많은 것은 흥미로운 일이다. "시는 궁핍한 이후에야 좋아진다(詩窮而後工)"라는 말은 이래서 나왔다. "예술가는 가난해야 한다"는 속설과 일맥상통한다. 시성(詩聖)이라고 기림을 받는 두보(杜甫)는 과거에 급제하지 못하고 일생을 미관말직(微官末職)으로 곤궁하게 살았는데 그의 시 전반에 깔려 있는 처량한 정조는 분명 회재불우의 심정과 관련 있을 것이다. 낙방해서 불행하기 그지없는 삶 속에서 나온 그의 시가 후대에 시가문학의 정전(正典)이 되어 부귀영화의 지름길인 과거 시험의 교과서가 된 것은 아이러니 중의 아이러니가 아닐 수 없다.

장안에 눈이 내리면 술병을 차고 종남산(終南山)으로 매화를 찾으러 들어갔다는 고사로 유명한, 그래서 산수화의 한 주제가 되어버린 낭만파 시인의 거두 맹호연(孟浩然)도 회재불우를 한탄한 곤궁한 선비였다. 낙방거사인 그가 당시의 재상에게 올린, 벼슬을 간청하는 시는 보기 민망할 정도이다. 이들보다 대선배로서 동진(東晉)의 위대한 전원시인 도연명(陶淵明)도 회재불우 콤플렉스를 비껴갈 수는 없었다. 이 시기에 과거제는 아직 시행되지 않았으나 군벌과 문벌이 관직을 독점하는 시대에 살았던 도연명은 처음에는 강렬한 정치 참여의 욕망을 지녔으나 현실적으로 그것이 좌절되자 자의 반, 타의 반으로 「귀거래사(歸去來辭)」를 읊었다고 보는 시각도 만만치 않다. 사실 동아시아에서 대부분의 은거 생활이 출세를 위한 일보 후퇴, 준비 기간이라는 것은 잘 알려진 사실이다. 한국에서 회재불우의 대표적 인물은 신라 말기의 천재 최치원(崔致遠)이다. 중국에서 과거에 급제하고 국제적으로 문명(文名)을 날렸으나 귀국해서는 육두품(六頭品) 출신이라는 신분상의 한계 때문에 쇠망한 조국을 되살려보려는 포부를 펼치지 못한 그의 통한은 "가을바람 애처로운데, 세상에는 날 알아주는 이 드무네(秋風惟苦吟, 世路少知音)"라는 그의 시구에서 진하게 묻어난다.

바야흐로 인문학의 시대라고 해서 세간에는 무수한 명사 강좌가 개설되고 관련 서적의 출판이 봇물처럼 이어지고 있다. 스티브 잡스가 애플의 경영철학에 휴머니티와 인문학을 더할 것을 강조한 이후 기업을 중심으로 일어난 인문학 열풍이 사회 각계각층으로 확산되고 있는 것이다. 잡스의 탁견은 알아주어야 하고 인간의 얼굴을 한 경제, 경영을 위해서도 인문학의 도래는 분명 환영할 만한 일이다. 다만 인문학의 봄은 왔으되 봄 같지 않게 여전히 추운 겨울인 곳은 정작 인문학의 본산인 대학이다. 문학, 역사, 철학을 전공하고 어렵사리 학위를 취득한 수많은 인문학 박사들이 생계 때문에 오늘도 이 대학, 저 대학으로 유리표박(流離漂泊)하는 이 현실, 이 아이러니를 어이해야 할까? 인문학 대학 강사들이야말로 이 시대 회재불우의 표본이 아닐 수 없다.

『서울신문』 2013.11.11.

제로섬 게임의 전통을 넘어서

　당나라의 천재 시인 왕발(王勃)의 「등왕각서(滕王閣序)」를 보면 "인물은 뛰어나고 땅은 신령스럽네(人傑地靈)"라는 구절이 나온다. 풍수에서는 이 말을 "뛰어난 인물이 영기(靈氣) 있는 땅에서 나온다"라고 해석하기도 한다. 우리나라에는 땅과 인물에 관련된 흥미 있는 설화들이 많은데 그중에서 이른바 '절맥(絶脈)' 설화는 상당한 정치적 뉘앙스를 풍긴다. 실학자인 이중환(李重煥)은 그의 『택리지(擇里志)』에서 팔도 곳곳의 지세와 물산, 인문을 논하면서 결국 조선은 천 리 되는 들과 만 리 되는 강이 없으니 천하를 경영할 큰 인물이 나지 않는다고 단정하였다. 약소국이 될 수밖에 없는 조선의 처지를 환경 결정론적으로 시인한 셈이다. 이러한 인식과 표리를 이루는 것이 절맥 설화이다.

　야담에 의하면 고구려 보장왕 때 당나라로부터 도사들이 들어와 명산대천의 영기를 누르고 동명성왕이 승천했다는 조천석(朝天石)을 깨뜨렸다고 한다. 이어서 고려 공민왕 때 서사호(徐師昊)라는 명나라 사람이 들어와 천자의 기운이 있는 땅에 말뚝을 박아 봉인했다든가, 임진왜란 때 구원병을 이끌고 들어온 장군 이여송(李如松) 휘하의 도사가 역시 비슷한 행위를 했다는 설화 등이 전승되고 있다. 강력한

외세에 대한 두려움과 피해 의식에서 비롯되었을 절맥 설화는 내부적으로는 미래의 라이벌의 출현을 견제하고 사전에 방지하려는 이른바 '아기장수'형 설화와 또 다른 표리 관계를 이룬다. 아기장수 우투리가 날개를 달고 모반하려다 사소한 실수 때문에 죽고 말았다든가, 장사가 태어나면 큰 역적이 된다고 하여 땅을 봉인하거나 아이를 죽였다든가 하는 설화들이 그것이다. 김동리는 「황토기(黃土記)」에서 이러한 유형의 설화를 잘 수용하여 비범한 인물의 허망한 삶을 표현한 바 있다.

문제는 면면히 전승되어온 설화는 단순히 이야기에 그치지 않고 한 사회의 고유한 성향 혹은 내면화된 어떤 구조를 반영하고 있다는 점이다. 우리의 역사 현실에서 자주 보이는, 상대방에 대해 일말의 여지를 남기지 않는 가혹한 견제, 뛰어난 인물에 대한 유별난 질시와 배척 등의 현상은 혹시 이러한 설화 유형과 모종의 관련성이 있는 것은 아닐까? 조선 전기에 사화(士禍)로 표출되었던 훈구파의 사림파에 대한 몇 차례에 걸친 공격, 후기의 노론과 남인 간의 각축 양상을 살펴보면 양자가 결코 공존할 수 없고 둘 중의 하나는 완전히 타격을 입어야 싸움이 종식되는 구조를 띠고 있는데 이러한 구조는 이중환이 지적한 대로 천 리의 들과 만 리의 강이 없는 좁은 땅덩어리가 안고 있는 숙명적인 조건에서 기인하는지도 모른다. 요컨대 상대를 용납할 여유가 없는 조건에서는 모든 것을 잃게 되거나 얻게 되는 제로섬 게임의 상황이 벌어지기 쉽다. 훈구파와 사림파의 투쟁이 경제적인 측면에서 볼 때 토지는 한정되어 있는데 사림파가 부상하면서 나눠줄 토지는 없는 상황에서 기득권에 위협을 느낀 훈구파가 사림파를 박멸하고자 했던 것으로 생각해보면 쉽게 이해가 된다.

이러한 구조는 사회 각 분야로 확대된다. 어느 분야든지 판이 작으므로 남을 용납하여 함께 원-원할 형편이 되지 못한다. 아니 남을 용납하면 내가 모든 것을 내놓아야 하는 극단의 처지를 각오해야 한다. 그러므로 누군가 두각을 나타내면 결코 그를 인정하지 않고 끌어내리려는 풍토가 지배적이다. 인정하면 모든 것을 잃게 된다는 생존에 대한 두려움 때문이다. 이로 인해 뛰어난 인물에 대한 시기와 참소가 성행했고 수많은 사람이 뜻을 펴지 못한 채 초야에 묻혀 평생을 우울하게 보냈다. 이른바 "재주는 지녔으나 때를 만나지 못한(懷才不遇)" 처지에 놓인 사람이 그 얼마나 많았겠는가?

모든 분야가 넓고 다변화된 오늘의 한국 사회에 이르러서도 이러한 타성이 불식되었다고 말하기 어렵다. 중소기업이나 골목상권이 맡고 있는 업종마저 가로채거나 벤처 기업의 설 자리마저 없게 만들어버리는 대기업의 독식 본능, 하청업체나 대리점 등에 가해지는 갑의 을에 대한 부당하고 무자비한 요구, 부자는 갈수록 더 부자가 되고 가난한 자는 끝없이 가난해지는 양극화 등 여전히 우리 사회 도처에는 제로섬 게임의 생존 논리가 미만(彌漫)해 있다. 어떻게 과거의 고질적 악습을 극복하고 원-원의 생태적 공존으로 나아갈 수 있을 것인가?

『서울신문』 2013.10.7.

세대교체의 신화

　우리나라의 압축적인 성장과 발전을 이야기하면서 여러 요인 중의 하나로 한국 사회의 역동성을 든다. 최근 경제가 부진한 것을 두고 한국 사회의 장점인 역동성이 점차 둔화되고 있는 현상과 관련지어 설명하기도 한다. 한때 "빨리, 빨리"라는 구호는 졸속의 상징으로 비판의 대상이었으나 요즘 역동성의 표현으로 마치 경제성장을 견인한 동력이었던 것처럼 재평가되고 있는 것도 흥미롭다.

　일반적으로 이 역동성 제고에 큰 역할을 한 것이 빠른 세대교체로 인식되고 있다. 이미 1970년대 초에 당시 야당의 김영삼, 김대중 후보는 40대 기수론을 제창하여 정계에 세대교체 바람을 일으킨 바 있었다. 몇십 년 후 아이러니하게도 양인 모두 고령에 출마하여 세대교체의 요구를 방어하는 입장에 서기도 했지만. 근대 이후 우리 문학 특히 소설에서는 이른바 '아버지의 부재' 현상이 두드러졌는데 이것은 유교 가부장제의 쇠퇴를 암시하기도 하지만 빠른 세대교체 풍조와도 관계가 없지 않을 것이다. 다시 말해 중, 노년층이 빠르게 퇴진하고 사회 주도층의 연령이 낮아진 것이다. 바로 얼마 전까지도 45세 혹은 50세 이전의 조기 정년을 의미하는 '사오정'과 '오륙도'란 자조적인 말이 유행하지 않았던가?

물론 이러한 현상은 옛날에도 있었다. 조선 세조 때 여진족을 정벌한 남이(南怡)는 20대의 청년으로 오늘의 국방부 장관 격인 병조판서를 역임하였고 이시애(李施愛)의 난을 평정한 구성군(龜城君) 이준(李浚) 역시 20대에 참모총장 격인 오위도총관에 임명되었다가 곧바로 국무총리 격인 영의정이 되었다. 두 사람의 급격한 부상은 세대교체라는 말조차 무색할 정도였다. 이들은 훈구(勳舊) 세력을 억제하려는 세조의 의도에 따라 종실 혹은 그 인척이어서 나이 불문하고 기용된 것이니 세대교체의 본뜻과는 다소 거리가 있다 할 것이나 후일 40대에 정승이 된 한음(漢陰) 이덕형(李德馨) 등은 '흑두재상(黑頭宰相)'으로 불리었으니 당시 젊은 기수에 틀림없었다.

그러나 과거에는 평균수명이 워낙 짧았으니 40대라고 해서 젊은 것도 아니었다. "인생 70은 예로부터 드물었다(人生七十古來稀)"는 시구로 '고희(古稀)'라는 숙어를 남겼던 시인 두보는 40대 중반에 이미 "흰 머리 긁적일수록 짧아지고, 다 모아도 비녀 하나 꽂지 못하네(白首搔更短, 渾欲不勝簪)"라고 늙음을 한탄하였으며 당송팔대가(唐宋八大家)의 한 사람인 문장가 한유(韓愈)는 「진학해(進學解)」라는 글에서 학생들 앞에 선 자신의 모습을 "머리는 벗겨지고 이는 빠졌다(頭童齒豁)"고 묘사하고 있는데 그때 그의 나이 겨우 40대 초반이었다. 과거에는 평균수명이 짧았고 그만큼 조로했던 셈이다. 그럼에도 불구하고 노쇠라는 생물학적 한계를 극복한 경우도 적지 않았다. 한나라의 명장 마원(馬援)은 "늙어도 더욱 강건해야 한다(老當益壯)"고 외치며 60대에 전장에 나가 싸워 이겨 오늘날 '노익장(老益壯)'의 미담을 남겼다. 청나라의 대학자 유월(俞樾)은 어떠한가? 60세 무렵까지 빈둥대며 별다른 업적이 없었던 그는 어느 날 "꽃은 졌지만 봄은 아직

남아 있다(花落春猶在)"라는 시구를 읊으며 분발한다. 즉 몸은 늙었지만 정신은 살아 있다는 셈인데 그는 이후 80대 중반까지 장수하며 부지런히 연구하여 『춘재당전서(春在堂全書)』라는 대작을 남겼다. 역동성이 반드시 세대교체로 인해 생기는 것만이 아님을 보여주는 실례들이다.

가까운 일본만 해도 지금은 역동성이 많이 떨어진 상태라고는 하지만 과거 전성기를 구가했던 시기에도 고령의 관료들이 국정을 운영했으며 현재 세계 경제의 엔진이라 할 정도로 최고의 성장률과 역동성을 자랑하는 중국 정계의 파워 엘리트도 아직은 우리식의 세대교체와는 거리가 먼 고령 그룹이 대부분을 차지하고 있다.

근래 정부의 각료 구성을 보면 이전에 비해 연령층이 한층 높아진 것이 눈에 띈다. 이들이 기존의 세대교체 신화에 매몰되지 않고 얼마든지 역동성 있는 경제, 소생의 경제를 이룩해나갈 수 있다는 것을 보여주면 좋겠다. 다만 '노익장'의 이면에는 '노건불신(老健不信)' 곧 "노인네 건강은 믿을 수 없다"라는 복병이 있다는 것을 항시 유념하면서 말이다. 노인이 건강을 과신하면 언제 탈이 날지 모르기 때문이다.

『서울신문』 2013.9.7.

사람의 기억은 얼마나 정확한가

　지금은 창의적, 자기주도적 학습 방식을 권장하지만 선인들은 암송을 위주로 한 주입식 공부 방법을 선호했다. 박식과 엄청난 기억력 곧 박문강기(博聞強記)는 옛날의 모든 천재들이 공통적으로 지닌 능력이었다. 선비들은 일단 텍스트 암송에 전력을 다했다. 글을 잘 이해하고 지을 줄 알려면 먼저 글의 이치 곧 문리(文理)를 터득해야 했는데 이를 위해 경서 특히『맹자』를 숙독하였다. "『맹자』를 3천 번 읽으면 문리가 툭 터지는 소리가 들린다"라는 속설은 이래서 생겼다.

　중국문학의 명인들은 결국 암송과 기억의 천재들이었다. 박물학적 지식이 작품의 태반을 차지하는 시 형식인 부(賦)의 대가 사마상여(司馬相如)를 비롯해 이후의 뛰어난 문학가, 주석가들이 모두 그러했다. 주석가들은 대부분 기억에 의존하여 수많은 언설을 인용하고 전거(典據)를 달았다. 당나라의 이선(李善)은 문학작품의 총집인『문선(文選)』에 주를 달아 유명해졌는데 후에 이를 보충한 다섯 명의 학자 곧 오신(五臣)의 주석은 오류가 많아 소동파(蘇東坡)로부터 '황당한 시골 선비들(俚儒之荒陋者)'이라는 인신공격을 받아야만 했다. 청말 근대 초기에는 국학자 류스페이(劉師培)가 박문강기로 이름을 떨쳤다. 그는 13경 주소(注疏)를 모두 암송했다고 하니 정말 초인적인 기억력이라 하지 않을 수 없다.

그러나 기억은 언제까지나 견고할까? 기억은 때에 따라 굴절되기도 한다. 그것은 인간이 지닌 허구화와 스토리텔링의 본능 때문이다. 프로이트(S. Freud)는 사후성(事後性)이라는 가설을 제시한 바 있다. 유년기에 입었던 정신적 외상이 후일 성장하면서 현재의 상황논리에 의해 합리화, 재해석되는 심리적 작용을 말한 것인데 여기에서 기억의 변형이 일어날 수 있다. 소설과 같은 허구의 서사는 특히 실제 현실에서 충족되지 못한 욕망을 채우기 위해 기억의 변형을 시도한다.

요(遼), 금(金), 서하(西夏) 등 강성한 오랑캐들의 핍박에 시달렸던 송나라의 유학자들, 엄혹한 몽고족 치하에 살았던 나관중(羅貫中) 등은 중원 한족으로서 심한 정통성 콤플렉스를 지녔다. 그래서 실제 역사에서는 가장 취약했지만 한(漢)의 적통을 자임한 유비를 소설에서 주인공으로 부각시켰다. 결국 소설 『삼국지』를 통해 역사적 기억 속의 삼국시대는 대중들의 머릿속에서 굴절되었다. 대중들만 그러한가? 청나라의 일류 문인 왕사정(王士禎)은 소설 속 허구의 지명인 낙봉파(落鳳坡)가 실재하는 줄 알고 시를 읊었다가 망신을 당했다(낙봉파는 유비의 모사 방통(龐統)이 전사한 곳. 지금의 낙봉파는 소설을 따라 생긴 지명이다).

천학비재한 필자도 기억의 변형을 경험하였다. 어릴 적 뒤뜰에 피어 있던 살구꽃을 보면서 자랐는데 언젠가 칼럼에서 짙붉다고 딴소리를 한 것이다. 살구꽃은 연분홍빛인데 왜 그런 착각을 했을까? 돌이켜보니 만당(晩唐) 시인 두목(杜牧)의 시에서 유래한 술집의 은유에 얽매여 기억이 굴절된 것이었다. 잠시라도 독자들을 오도한 것을 생각하니 등에 식은땀이 흐른다. "고려의 관청 일은 사흘을 못 간다(高麗公事三日)", '냄비 근성' 등은 과거든, 오늘이든 우리가 하는 일이 지속성이 없고 즉흥적임을 꼬집은 말들이다. 우리는 쉽게 망각하고 기억을 변형시킨다. 물론 이러한 심리적 작용은 상처받은 마음을 치유하는 방식이 되기도 한다. 그러나 그렇다고 해서 조조가 어리석은 패장(敗將)은 아니며 살구꽃이 붉은 것도 아니다. 사실은 분명히 기억해야 한다. 그래야 똑같은 실수를 반복하지 않는다.

『중앙일보』 2014.5.24.

동묘(東廟)를 생각한다

　서울의 동대문 밖에 여느 고궁과는 달리 어딘지 낯설고 초라한 느낌을 주는 유적이 있다. 최근 보수공사가 진행되기 전에 찾아보았을 때 이곳은 퇴락한 채로 방치되어 있었다. 건물은 허물어지다시피 서 있고 더러운 도시의 때가 켜켜이 쌓여 있으며 담장도 없는 경내에는 방뇨의 냄새가 코를 찔렀고 군데군데 노숙자들이 누워 있거나 배회하고 있었다. 주변에는 중고품 시장이 개설되어 하루 종일 시끌벅적하였고 점포의 낡은 물품들은 오히려 이곳의 황량한 풍정(風情)을 대변하는 듯하였다. 바로 이곳이 한중(韓中) 간의 깊은 우호를 상징하는 유적인 동묘라는 사실을 기억하는 사람은 드물다.

　동묘는 중국 촉한(蜀漢)의 장군 관우(關羽)를 모시는 사당이다. 주지하듯이 관우는 촉한의 선주(先主) 유비(劉備)의 결의형제로서 한실(漢室) 부흥을 위해 진력하였으나 오(吳)의 지장(智將) 여몽(呂蒙)에게 패사한 후 충의(忠義)의 화신으로 민간에서 숭배되었다. 그는 처음에는 군신(軍神)이 되었다가 나중에는 재신(財神)을 겸하게 되어 더욱 광범위하게 숭배되었는데 마침내 중국의 토착종교인 도교에서 관성제군(關聖帝君)이라는 큰 신격으로 좌정(坐定)하기에 이르렀다.

　관우가 우리나라와 깊은 관계를 맺게 되는 것은 임진왜란 때부터

이다. 왜군이 파죽지세로 북상하여 한양, 평양이 속속 함락되고 선조(宣祖)가 압록강변의 의주까지 몽진(蒙塵)하여 여차하면 중국으로 망명할 태세인 위기 상황에서 명(明)의 장군 이여송이 구원병을 이끌고 오게 된다. 이여송의 명군(明軍)은 기대에 어긋나지 않게 평양을 탈환함으로써 조선을 망국의 위기에서 벗어나게 하였고 일거에 전쟁의 국면을 전환시켰다. 조선이 명의 파병에 감사했음은 말할 나위가 없다. 오죽하면 "나라를 다시 만들어준 은혜(再造之恩)"라고까지 표현했겠는가? 물론 명의 파병 의도와 이후 명군의 소극적인 참전 태도 등은 정치적 차원에서 달리 읽을 여지가 있겠으나 당시 아니 그 이후 상당 기간 동안 조선과 명의 관계는 단순한 이해관계를 넘어선 신뢰와 우의의 차원에 기반하고 있었다. 그 증거로 명에 대한 의리를 지키기 위해 강국 청(淸)과 패할 것이 뻔한 전쟁을 해서 비극을 초래한 병자호란을 들 수 있다.

여하튼 조선 조야(朝野)의 명에 대한 감사의 마음은 명군이 숭배하는 군신 관우의 사당을 각지에 건립하는 행위로 표현되었다. 전설에 의하면 이여송이 평양을 탈환할 때 관우가 현몽(現夢)하여 승리의 전술을 계시하였다고도 한다. 동묘는 그때 건립된 여러 사당 중의 하나로 지금까지 존속해온 것이다. 조선에서는 이후 관우에 대한 신앙이 일어났으며 때마침 중국 소설『삼국연의(三國演義)』, 일명『삼국지』가 전래되어 유행하면서 더욱 확산되었다. 아울러 관우는 유교 이념에 적합한 충의의 인물로서 국가적으로도 장려되었음에 틀림없다. 특히 고종 때에는 명성황후가 관우를 몸주로 모시는 진령군(眞靈君)이란 무당을 총애하여 관우와 관련된 도교 경전을 인쇄, 배포하는 등 관우 신앙을 민간에 크게 전파시키기도 하였다.

선조 이후 조선 말기까지 관우의 사당인 동묘는 한중 우호의 상징으로서 정중하고 융숭하게 관리되어왔다. 중국의 사신들 역시 내방할 때 이곳을 참배하여 한중 간의 관계를 음미하며 감회의 시문을 남겼다. 그러나 근대 이후 한국과 중국이 역사의 격랑에 휩쓸리면서 이곳은 버려졌고 냉전의 세월을 거치는 동안 돌보는 이 없이 황폐해졌을 뿐만 아니라 유적이 지닌 본래의 의미조차 망각되어갔다. 역사의 수레바퀴는 다시 돌고 돌아 한국과 중국은 이제 과거의 빈번했던 교류와 밀접했던 정치적, 경제적 협력관계를 회복하고 있는 중이다.

안타까운 것은 해마다 수많은 중국인 관광객이 한국을 찾아오지만 대부분 관광지와 상가를 배회할 뿐 자신들의 문화와 깊은 관계가 있는 동묘를 방문하는 이는 드물며 더구나 동묘가 지닌 역사적 의미에 대해 음미해보는 이는 거의 없다는 사실이다. 이러한 현상은 물론 우리의 경우도 마찬가지이다.

바야흐로 한국과 중국의 인터넷상에서는 이른바 역사전쟁, 문화전쟁이 한참 진행 중이다. 동북공정의 획책으로 인해 촉발된 역사전쟁, 강릉 단오제에 대한 오해로 인해 야기된 문화전쟁은 모두 상대방의 역사와 문화에 대한 편견과 무지에서 비롯된 것인데 이 시점에서 우리는 동묘가 지녔던 따뜻한 우호의 정신을 회고해볼 필요가 있다. 이를 위해 퇴락한 동묘의 겉모습을 보수하는 데에 그치지 않고 그 내재적 의미를 밝히 드러내고 진정성 있는 스토리를 만들어 오늘의 한중 관계를 신뢰와 우의의 토대 위에 구축하는 역사적 근거로 삼아야 할 것이다.

『서울신문』 2013.1.21.

남이의 비극, 이창동의 영광

　조선 예종(睿宗) 때의 명장 남이(南怡)는 여진족을 물리친 뒤 기개 넘치는 시를 짓는다. 그를 시기했던 간신 유자광(柳子光)이 시의 한 구절 "남아가 스무 살에 나라를 평정하지 못하면, 후세에 누가 대장부라 부르겠는가?(男兒二十未平國, 後世誰稱大丈夫)"에서 '평(平)' 자를 '득(得)' 자로 고쳐 "남아가 스무 살에 나라를 얻지 못하면(男兒二十未得國)"이란 내용으로 모함하여 죽게 했다는 이야기는 잘 알려져 있다. 태종(太宗)의 외손으로 너무 잘나가던 남이는 한 글자의 악의적 오독(誤讀)에 의해 역적이 되고 만다.

　오독이 신세를 망친 경우는 오래전 소동파(蘇東坡)의 시에서 보인다. "삼생을 왕래하며 부질없이 수련을 하였거니, 결국『황정경』을 오독한 탓이네(往來三生空煉形, 竟坐誤讀黃庭經)"『부용성(芙蓉城)』이 그것이다.『황정경』은 신선이 되는 비결을 담은 도교 경전이다. 이 책을 오독하면 천상에서 지상으로 떨어진다는 이야기는 조선의 허난설헌(許蘭雪軒)과 정철(鄭澈)의 글에서도 보인다. 가령『관동별곡(關東別曲)』을 보면 "그대를 내 모르랴, 상계(上界)의 진선(眞仙)이라.『황정경』한 글자를 어찌 잘못 읽었기에, 인간에 내려와서 우리를 따르는가?"라는 구절이 있다.

오독이 좋은 결과를 낳은 경우도 적지 않다. 칸 영화제에서 여우주연상을 수상한 영화 〈밀양〉의 이창동 감독은 언젠가 사석에서 경남 밀양(密陽)의 '은밀한 햇빛(Secret Sunshine)'이라는 의미에 매혹되어 작품을 구상하게 되었노라고 토로한 바 있다. 그러나 사실 이는 오독이다. 밀양은 고대에 '밀불'이란 지역으로 '추화(推火)'로 불리기도 하였으니 '밀'은 '밀다'라는 뜻이지 '은밀하다'와는 상관이 없다. 밀양 역시 밀불의 이두식(吏讀式) 표기인 것이다. 이러한 오독에도 불구하고 이 감독은 성공적인 창작을 수행하였다.

충청남도 서해의 끄트머리에 격렬비열도(格列飛列島)라는 작은 섬들이 있다. 중국과 가까워 날씨 좋은 날이면 산둥반도에서 개 짖는 소리가 들리기도 한다는 섬들이다. 이 섬들을 두고 박정대 시인은 다음과 같이 노래했다. "너를 껴안고 잠든 밤이 있었지. 창밖에는 밤새도록 눈이 내려 그 하얀 돛배를 타고 밤의 아주 먼 곳으로 나아가면 내 청춘의 격렬비열도에 닿곤 했지……"「음악들」 격렬비열도의 본뜻은 '줄지어 날아갈 듯 떠 있는 섬들' 정도이겠으나 시인은 우정 이를 거부하고 '격렬(格列)'을 '격렬(激烈)'로 읽고 싶어 한다. 블룸(H. Bloom)의 이른바 '창조적 오독'의 사례들이다.

언젠가 어떤 글에 인용했던 스페인 시인 마차도의 유명한 시구 "여행자들이여! 길은 없다. 걷기가 길을 만든다"의 해석에 대해 평론가 한 분이 색다른 견해를 제시했다. 영화 〈카운슬러〉에서 악의 수렁에 빠진 변호사를 두고 인용된 예를 들면서 이 시구를, 스스로 만든 나쁜 운명을 감수해야 한다는 무서운(?) 의미로 읽어야 한다는 것이다. 마차도 시의 전체 문맥이나 스페인 문학에서의 일반적 해설과 배치되는, 극단적으로 상이한 시 소비 방식이다. 그분의 그러한 견해를 마차도 시에 대한 창조적 오독으로 보아야 할지 아니면 그야말로 오독으로 간주해야 할지 독자들의 판단에 맡긴다.

『중앙일보』 2015.1.31.

유, 불, 도를 넘나드는 미(美), 국화

불의 신 염제(炎帝)가 지배하던 여름이 지나고 어느덧 국화의 계절인 가을이 찾아왔다. 무서리 내리는 늦가을에도 고상한 기품을 자랑하는 국화는 서정주 시인이 읊은 바 '내 누님같이 생긴 꽃'으로도 유명하다. 매화, 난초, 대나무와 더불어 국화는 사군자(四君子)의 하나로서 오랜 세월 동양인의 사랑을 받아왔다. 우리나라의 경우 유교 문화의 영향으로 국화는 유교의 이상적 인물인 충신이나 고고한 선비를 상징하였다. 문인들은 국화의 이러한 모습을 시조, 가사, 한시 등 많은 문학작품 속에서 노래하였다. 가령 조선의 문인 송순(宋純)이 지은 시조를 보자.

> 풍상(風霜)이 섞어 친 날에 갓 피운 황국화(黃菊花)를
> 금분(金盆)에 가득 담아 옥당(玉堂)에 보내오니,
> 도리(桃李)야 꽃인 양 마라. 님의 뜻을 알괘라.

가을날 임금께서 갓 핀 국화 화분을 홍문관(弘文館)의 젊은 문신들에게 보내셨다. 우리는 화창한 봄날에나 피었다가 일찍 지는 복숭아꽃, 오얏꽃과 같은 존재가 아니다. 서리 찬 가을날에 피는 국화처럼

어떤 역경에서도 변하지 않는 충심을 간직한 신하들이다. 아마 송순은 이렇게 자부했으리라. 국화는 아울러 고고한 선비의 화신이기도 하다. 연대 미상의 조선 시대 가사인 「사시풍경가(四時風景歌)」에서 이러한 표현이 나타난다.

> 금풍(金風)이 소소(蕭蕭)하여 국화가 난개(爛開)하니,
> 은일처사(隱逸處士) 높은 절개 개연(慨然)히 보았어라.

쓸쓸한 가을바람 속에 활짝 핀 국화의 모습을 보고 벼슬 안 하고 혼자 지조를 지키며 살아가는 은일처사를 연상하고 있다. 국화가 이처럼 유교문화 속에서 충신, 군자와 같은 이상적 인물을 상징한다면 불교문화 속에서는 대조적으로 허망한 현실을 깨닫게 해주는 방편으로 등장한다. 가령 서산대사(西山大師) 휴정(休靜)은 「재송국(栽松菊)」이라는 시에서 다음과 같이 노래하였다.

> 지난해 처음 뜰 앞에 국화를 심고,
> 금년에 또 난간 밖에 소나무를 심었네.
> 산속의 중이 화초를 사랑해 이들을 심은 것이 아니라,
> 사람들로 하여금 색(色)이 곧 공(空)임을 알게 하고자 함이네.

아름다운 국화나 푸르디푸른 소나무는 세상 사람들이 절개나 지조 등의 고상한 가치를 부여하는 식물들이다. 그러나 도승의 눈에는 이들 역시 언젠가는 스러질 허망한 현상 중의 하나이지 궁극적 본질이 아닌 것이다.

이 밖에도 우리나라에는 중국 도교의 영향으로 국화를 복용하면

불로장생(不老長生)의 존재 곧 신선이 될 수 있다는 생각이 민간에 널리 퍼졌다. 이에 따라 고려 시대부터 국화주(菊花酒)를 담가 먹는 관습이 생겼고 음력 9월 9일에 국화전(菊花煎)을 부쳐 먹는다든가, 국화 말린 것을 베개 속에 넣어 벤다든가 하는 민속들이 모두 국화를 먹거나 가까이하면 불로장생을 할 수 있다는 도교적 사고로부터 생겨났다.

우리나라 이상으로 국화를 사랑하고 국화에 관한 일화나 민속이 풍부한 나라는 중국이다. 사실 국화에 대한 우리나라에서의 이미지는 상당 부분 중국에서 유래했다고 해도 과언이 아니다. 중국의 유교문화 속에서도 국화는 꿋꿋한 절조와 기개를 뽐내는 선비의 상징이 되어왔다. 동진(東晉)의 전원시인 도연명은 일찍이 "오솔길 모두 황폐해졌는데 소나무와 국화만이 여전하네"『귀거래사(歸去來辭)』라고 읊어 국화의 불변성에 주목했고 국화 옆에서 술을 마시는 것을 즐길 정도로 국화를 각별히 사랑했다. 북송(北宋)의 유학자 주돈이(周敦頤)는 도연명의 이러한 일화에 바탕하여 "진나라의 도연명은 유독 국화를 사랑하였으니…… 국화는 꽃 중의 은일자(隱逸者)이다."『애련설(愛蓮說)』라고 말했다. 남송(南宋)의 문인 범성대(范成大) 역시 국화를 "숨어사는 선비의 지조"『범촌국보(范村菊譜)』로 빗대어 국화는 지조를 지키며 고고하게 사는 선비의 상징으로 굳어졌다.

그러나 국화는 이러한 처사(處士)나 은자(隱者)의 이미지로부터 좀 더 개성이 강한 의사(義士) 혹은 지사(志士)의 분위기도 지니게 된다. 남송의 문인 육유(陸游)는 "국화는 시들었건만 향기는 아직도 남아 있네"『검남시고(劍南詩稿)』라고 국화의 끈질긴 생명력을 예찬하면서 국화를 불굴의 의지를 지닌 의사나 지사와 같다고 평하였다. 당시

남송은 여진족이 세운 금나라에게 장강 이북을 빼앗기는 수모를 당하였는데 육유는 실지(失地) 회복을 위하여 강력히 투쟁하던 애국시인이었다. 이러한 육유에게 있어서 국화는 단순히 숨어사는 선비가 아니라 어려운 조건하에서도 굴하지 않고 싸우는 투사로 비쳐졌던 것이다.

중국의 도교문화 속에서 국화는 또 다른 의미를 지닌다. 가령 예로부터 음력 9월 9일은 중양절(重陽節)이라고 했다. 짝수가 음이고 홀수가 양인데 홀수 중에서 가장 큰 숫자는 9이므로 9월 9일 중양절은 일 년 중 양기가 가장 강한 날이 된다. 이러한 관념은 도교의 음양오행설(陰陽五行說)에서 온 것이다. 따라서 음력 9월 무렵에 피는 국화는 중양절의 의미와 동일시되어 양기를 한껏 머금은 꽃이 되고 건강에 이로운 약초가 된다. 국화는 실제로 불로장생을 위한 약재로서의 효능을 지닌 것으로 믿어졌다. 후한(後漢) 응소(應邵)의 『풍속통의(風俗通義)』에는 다음과 같은 기록이 있다.

남양(南陽)의 역현(酈縣)에 감곡(甘谷)이라는 곳이 있는데 계곡의 물이 달고 맛있다. 산에 국화가 많이 자라는데 물이 산 위에서 흘러내려 올 때 그 진액이 들어가서 그런 것이다. 계곡에는 30여 호가 살고 있는데 우물을 파지 않고 모두 이 물을 마신다. 오래 사는 사람이 120, 130세, 보통이 100세이고 70, 80세는 요절로 친다 한다. 국화가 몸을 가볍게 하고 기운을 북돋아주어 사람을 강건하게 만들어주기 때문이다.

국화는 또한 나쁜 기운을 제거하는 효능도 있는 것으로 믿어졌다. 가을에 국화꽃을 따서 베개 속에 넣어 베고 자면 눈과 머리가 맑

아지고 더러운 기운이 사라진다고 하였다. 이러한 효능 때문인지 국화주도 만들어졌다. 국화꽃이 필 때 잎과 줄기를 따서 기장쌀과 버무려 술을 빚는다. 이듬해 9월 9일에 술이 익어 마시게 되는데 장수할 수 있다는 것이다. 결국 국화는 도교에서 추구하는 불사약의 상징이기도 한 것이다.

우리나라와 중국의 경우처럼 풍부하지는 않지만 일본에서도 국화는 사랑을 받았다. 일본에서 국화는 태양을 상징하였는데 천황가(天皇家)의 문장(紋章)으로 쓰일 정도로 존귀하게 여겨졌다. 한편 서양에서는 국화가 평안과 풍요를 상징하는데 이것은 가을의 꽃인 국화에게 휴식과 결실의 계절인 가을의 의미가 주어졌기 때문이다. 오늘날 우리의 장례식에서도 국화를 사용하는데 이것은 죽은 자가 내세에서 평안히 휴식을 취하도록 국화를 바치는 서양의 풍습에서 유래한 것이다.

바야흐로 산과 들에 국화향이 번져가는 이 가을에 은일처사 도연명처럼 국화꽃을 마주하고 한잔의 술을 마시며 고고한 선비나 탈속한 신선이 된 기분에 잠겨보는 것은 어떨까? 아니 국화차라도 마셔본다면 이 계절의 풍미(風味)를 더욱 진하게 느낄 수 있지 않을까?

『보해양조』 2008.9.12.

대숲의 공포

　잘 알려져 있듯이 대나무는 사군자 중의 하나로 그 꿋꿋한 기풍은 군자의 상징으로 여겨져 왔다. 묵화나 산수화에서 보는 대나무 혹은 대숲의 정경은 얼마나 운치가 있는가? 그런데 몇 년 전 일본에 잠시 체류했을 때 대나무의 공포를 체험한 적이 있었다. 연구소 뒷산에 산책 나갔다가 그만 길을 잃어 제법 깊은 산속을 헤맸는데 엄청난 대숲을 만나게 된 것이었다. 굵은 왕대나무가 하늘을 찌를 듯 빽빽이 들어찬 숲이었는데 그 풍경이 사람을 질리게 하였다. 우선 햇빛이 들어오지 않아 한낮인데도 캄캄하였고 땅 위는 눈이 내린 듯 온통 하얬다. 키 큰 대나무가 햇빛을 가려서 대나무 이외의 다른 식물은 다 사멸한 듯했고 보이는 것이라고는 하얗게 변색된 채 쌓여 있는 댓잎뿐이기 때문이었다. 이 기괴한 장면을 보자 대나무의 낭만은 천리만리 달아났고 갑자기 공포감에 사로잡혔다. 아마 이러한 환경으로부터 일본 민담의 주류라 할 요괴 이야기가 생겨난 것이 아닌가 하는 느낌이 들 정도였다.

　요즘 우리나라의 산도 숲이 많이 우거진 편이지만 몇십 년 전만해도 민둥산이 태반이었다. 그래서 산림녹화를 한다고 해마다 봄이되면 전국적으로 분주했던 기억이 난다. 당시 조림(造林)의 특징은 한 가지 종류의 나무를 온 산에 획일적으로 심는 것이었다. 그런데 듣자하니 요즘에는 그런 식의 조림은 하지 않고 다양한 종류의 나무를 심는 방향으로 바뀌었다고 한다. 식물의 다양성이 숲의 생태를 좋게 하기 때문이란다. 당연한 이치를 그때 사람들은 왜 몰랐을까? 한 가지 이데올로기가 세상을 지배했던 냉전시대의 논리가 조림에도 영향을 준 것은 아니었을까? 그것은 자연으로 하여금 인간을 닮게 했던 나쁜 선례였다.

『조선일보』 2006.11.28.

밥 먹는 매너

　오래전 외국에서 공부할 때였다. 친한 타이완 교수와 함께 자취 생활을 한 적이 있었다. 하루는 같이 식사를 하게 되었는데 그 교수가 나의 밥 먹는 모습을 유심히 쳐다보는 것이 아닌가? 그래서 왜 그러냐고 물었더니 무척 딱하다는 표정을 지으면서 나의 다른 행동은 다 멀쩡한데 밥 먹는 매너가 천박하기 그지없다는 것이었다. 이유인즉 밥그릇을 손에 들지 않고 고개를 숙여 숟갈로 퍼먹는 짓은 짐승이 땅바닥의 먹이에 주둥이를 대고 먹는 것이나 마찬가지이기 때문에 자기네들은 대단히 천한 짓으로 생각한다는 것이었다.

　어이가 없어서 나는 우리 한국에서는 정반대라고 말해주었다. 즉 옛날에 밥그릇을 손에 들고 다니며 먹는 사람들은 걸인이거나 밑에서 심부름이나 하는 사람들이어서 오히려 천하게 여겼다고 말해주었더니 그는 믿기지 않는다는 표정을 지었다.

　아닌 게 아니라 예의야말로 인간이 짐승과 구분되는 행위라고 갈파한 옛 유학자들의 말을 떠올려보니 그 교수의 생각이 맞겠다 하는 생각이 들기도 하였다. 그런데 한참 후 다시 곰곰이 생각을 해보니 양국의 인식이 달라진 원인은 엉뚱한 데에 있었다. 타이완 사람은 식사에서 젓가락을 주로 사용한다. 게다가 타이완의 쌀밥은 푸석푸

동양학으로 읽는 속성

석하다. 그러니 밥그릇을 들고 젓가락으로 밥을 입에 가져가야 제대로 먹을 수 있다. 반면 한국에서는 숟가락을 많이 사용하고 쌀밥에 찰기가 있어서 밥그릇을 바닥에 놓고 먹어도 흘리지 않고 먹을 수 있다. 그러니까 타이완 사람이 밥그릇을 들고 먹는 것과 한국 사람이 밥그릇을 놓고 먹는 것은 무슨 예의가 있고 없어서의 문제가 아니라 순전히 식사 행위의 편리함에서 비롯된 것이었다.

문화라는 것은 결국 풍토에서 생겨나고 나름의 관념적 합리화를 거친 것이라는 사실을 그때 실감하게 되었다. 아울러 요즘과 같은 다문화시대에 자기식의 문화로 타문화를 재단하는 일이 얼마나 독선적인 행동인가를 다시금 느끼게 된다.

『조선일보』 2006.11.10.

보호와 간섭

문학의 역사를 살펴보면 여러 장르 중에서도 특히 소설은 정치권력과 사이가 좋질 못하다. 동양권의 경우 시(詩)와 부(賦)는 왕조의 권력과 긴밀한 관계를 유지하여왔으나 소설은 지지기반이 통속적인 대중이었던 관계로 정치적으로 위험시되었고 예술적으로는 경멸되어왔다.

중국의 경우 특히 소설은 불온한 사상이나 관념을 전염시키는 매개체로 인식되어왔다. 청대에 유행했던 애정소설『홍루몽(紅樓夢)』의 작자 조설근(曹雪芹)은 그 죄업으로 지옥에 가서 고초를 겪고 있으며 자손들도 앙화(殃禍)를 받았다는 황당한 이야기가 항간에 떠돌기도 했었다. 천하제일의 음서(淫書)라는『금병매(金瓶梅)』는 봉건 시대에는 물론이고 최근의 중국에서까지 금서로 낙인찍혔었다.

요즘 모 대학교수의 소설이 외설적인 표현으로 인해 파문을 일으키고 금서 처분과 아울러 형사처벌까지 받게 되었다. 세상의 여론은 이에 대해 마땅하게 여기는 사람도 있고 구속까지는 너무했다고 동정하는 사람도 있는 것 같다. 그 작품의 내용이 사회에 미치는 해독이 있고 없다든가 혹시나『금병매』처럼 당시엔 금기시되었지만 후세에는 탁월한 성애(性愛)문학으로 평가받을지도 모르니 신중해야 된다는 차원의 논의는 아니다.

그 작가나 작품에 대한 시비가 법적으로 일단락된 상황에서 지적하고 싶은 것은 사법당국의 쾌도난마적인 처리에 갈채를 보내기에는 우리의 마음이 결코 홀가분하지 않다는 사실이다. 문화계의 자율적 비판기능에 맡겨도 좋을 일을, 권력형 비리에는 답답한 인상을 주기까지 하던 사법당국이 힘없는 작가에게 이다지도 공정하고(?) 신속하게 조치를 취했음에 사실 우리는 놀랐다.

공권력에 의하면 무엇이든지 정화될 수 있다는 과거의 권위주의적 발상이 잔재하고 있고 우리의 마음도 그러한 강력한 보호주의에 길들여져 있다면 큰일이다. 이번의 조치에 대해 마치 원치 않는 보호조약에 의해 보호 아닌 간섭을 받은 듯한 기분이 드는 것은 나만의 느낌일까?

『한국일보』, 1992.

실종된 예의지국(禮義之國)

동방예의지국이라는 말이 고대에는 사용되었는지 모르지만 근래에 나는 어떤 중국인으로부터도 이러한 말을 들어본 적이 없다. 아마도 이 말은 이제 한국인 전용의 표현이 되어버린 듯싶다. 오히려 인사 잘 하고 범절이 깍듯한 일본인에 대해 어울리는 말이라고 외국인들은 생각할지도 모른다. 더군다나 앞으로 우리는 우리끼리라도 이런 표현을 하기가 스스로 쑥스러운 지경에 이르렀다.

중국과의 수교는 역사적 대세에 따른 것이고 국익을 위해서도 마땅한 결정이었다고 일단 당위론에 승복해보자. 그러나 우리는 다시 물어야 한다. 그러한 결정을 시행하는 과정에서 혹시라도 정략적 차원을 강조하다 보니 운용의 묘가 발휘되지 못했거나 국민적 정서에 부합되지 않은 일은 없었는가를. 후문에 의하면 과거 미국과 일본이 타이완과 단교할 때에 비해 우리는 너무나 촉박하게 타이완에게 이 사실을 통보했다고 한다. 일반 국민의 감정도 중국이 자신들의 오랜 벗인 북한에게 마음 써준 것에 비하면 우리는 우방인 타이완에게 너무 섭섭하게 대한 것이 아니냐는 여론이 지배적이다. 한국 정부를 탓하지 한국 국민은 원망하지 않는다는 타이완 대사의 발언은 아마도 국민적 정서와 정부 조치 사이의 이러한 괴리를 의식했기 때문이리라.

정치는 대세에 따라 무상하고 비정한 것인지도 모른다. 그러나 그러한 논리로서도 정당화시킬 수 없는 최소한의 인정, 도의라는 것이 있다. 그것은 결국 정치도 사람을 위해 사람이 하는 일인 이상 존재한다. 우리가 오늘도 겪고 있는 달면 삼키고 쓰면 뱉는 정치행태를 개탄하고 옛 벗 타이완을 슬퍼하는 것은 우리의 정서가 바로 이 최소한의 도의로부터 비롯하고 있기 때문이다.

얼마 전 같이 수학했던 타이완의 학자로부터 받은 편지는 지금까지도 나의 마음에 서글픈 여운을 남기고 있다. 그는 한국을 탓하는 얘기는 하지 않았으나 자신들의 절망감과 무력감을 호소하고 혹시 이 사태가 향후 둘 사이의 우정에 영향을 주지 않을까 걱정하고 있었다. 힘껏 위로는 했으나 부끄러운 마음을 금할 수 없었다. 앞으로 우리는 "동방예의지국"과 같은 표현은 쓰지 않는 편이 좋을 것 같다. 스스로 생각해도 낯뜨거운 일이 아닌가.

『한국일보』, 1992.

서평

book review

중세에 살기의 욕망과 소설의 갱신

— 김탁환, 『나, 황진이』

　　김탁환은 재(才)와 학(學)을 겸비한 작가이다. 그는 일찍이 평론으로 문단에 첫발을 디뎠다. 평론집『소설중독』에서 기존의 소설관을 해체하는 과감한 지론으로 주목을 받은 이래 첫 창작『열두 마리 고래의 사랑 이야기』에서 동아시아의 신화와 도교적 상상력을 실험하였고, 이후『불멸』,『허균, 최후의 19일』등의 작품에서는 정벽(精壁)한 고증과 독특한 사안(史眼)으로 소설의 사전(史傳)적 본성을 회복시키고자 했다. 이는 학(學)의 측면에서 상당한 공력을 요하는 작업으로, 그를 재학겸비(才學兼備)한 작가로 지칭하는 이유는 실로 여기에 있다.

　　소설『나, 황진이』는 창작 방면에서 저간의 시도를 집약함과 동시에 새로운 출로를 열고자 하는 노력의 결실이라는 점에서 또 다른 주목을 요하는 작품이다. 우선 이 작품은 쟁점 많은 조선 후기에 비해 상대적으로 우리의 관심이 적었던 조선 중기에 대한 작가의 집요한 탐구의 산물이다. 자본주의의 내재 발전이 이루어진 시기, 주체적 학문인 실학이 흥기한 시기, 르네상스로 일컬어지는 영, 정조 시기 등 후기의 중요한 역사적 사안들에 가려져 조선 중기는 기껏해야 후기의 결과를 예비한 시기 정도의 의미로밖에 평가받지 못해온 감이 있다. 따라서 김탁환의 조선 중기에 대한 각별한 관심은, 최근 서구에서 일어나고 있는 근대에 대한 과도한 강조를 반성하고, 평가절하된 중세 속에서 오히려 인간 본연의 모습을 찾아내려는 움직임과 동궤(同軌)에 속하는 인식이다. 엄혹(嚴酷)한 주자학적 세계관에 의해 아직 결속되어 있지 않았던 시기, 사상적 다양성이 넘쳤던 조선 중기야말로 우리 문화의 역동성이 가장 풍부했던 시기이며 바로 그 힘으로 임진왜란과 병자호란과 같은 미증유의 국난을 넘어설 수 있었던 것이 아닐까? 김탁환은 바로 이 지점에서 퇴계도 율곡도 아닌 화담(花潭) 서경덕(徐敬德)에 경도(傾倒)된다. 퇴계와 율곡은 조선 후기 주자학 일통(一統)의 세계를 열었지만 불교와 도교까지 포용하는 조선 중기 회통(會通)적 사상계의 주역은 화담이다. 김탁환이『나, 황진이』를 통해 이야기하고자 하는 내용은 분명하다. 황진이의 입을 빌려 그는 황진이 개인의 전설적인 삶뿐만 아니라 그 불기(不羈)의 삶을 낳았던 화담 그리고 송도(松都)를 위요(圍繞)한 조선 중기의 문화 지형을 그리고 있는 것이다.

『나, 황진이』는 서사 기법상에서도 새로운 면모를 보여준 작품이다. 우선 이 작품은 종래의 사건(event) 중심 서술을 거부한다. 이 작품은 비사건(non event)적인 서술로도 얼마든지 소설이 가능할 수 있다는 점을 예시한다. 고전소설에서 흔히 보였던 때아닌 객담, 주제 이탈, 박물지(博物志)적 나열 등은 이 작품에서 기존의 소설 문법을 돌파하는 훌륭한 장치로 기능한다. 이 장치들은 인간의 사고가 그렇게 선형(線形)적이고 체계적인 것만은 아니며 분방하고 임의롭기도 하다는 점을 우리에게 일깨워준다.

우리는 이 작품에서 시도하고 있는 문체상의 변화에도 마땅히 주의를 기울여야 한다. 황진이의 언술에는 시적 성분이 풍부하다. 이러한 산문과 운문의 교합 현상은 마치 이성과 감성, 논리와 감각, 강(强)과 유(柔) 등 모든 대립적인 것들이 상호보완적이라는 음양론적 사유의 문체적 실천처럼 느껴진다.

지난 세기 후반, 제1세계 문학이 쇠퇴하면서 남미 지역에서 토착문화에 바탕한 마술적 리얼리즘의 문학이 굴기(崛起)하였고 이어서 중국 대륙에서는 이른바 심근문학(尋根文學)이 일어나면서 마침내 가오싱젠(高行健)이 노벨상의 영광을 거머쥐기에 이르렀다. 그러나 동아시아의 소설이 남미의 경우처럼 아직 정형화된 나름의 창작 경향을 이룩한 것은 아니다. 그럼에도 불원간 풍부한 서사전통을 기반으로 남미에 이어 또 하나의 독특한 서사 풍격(風格)을 창안할 것으로 예견된다.

이러한 시점에서 재학을 겸비한, 그리고 역강(力强)한 작가 김탁환에게 미래의 동아시아 소설에 대한 기대를 거는 것은 자연스러운 일이 될 터이다. 아울러 앞으로 그의 창작을 지켜보고 분발과 발전을 촉구하는 일은 당연히 독자의 몫이 될 것이다. 작가의 지속적인 건필을 기원하면서 『나, 황진이』의 소설적 예후에 대해 주목하고자 한다.

『나, 황진이』 개정판 발문, 민음사, 2017.

섬, 시와 삶이 만나는 곳

— 이생진, 『걸어다니는 물고기』

육지에 사는 사람들에게 섬은 묘한 매력을 발산한다. 고립되어 있는 그곳은 무언가 신비를 간직한 듯싶기도 하고 시끄러운 세상으로부터 도피할 수 있는 조용한 안식처 같기도 하다. 섬은 유토피아의 이미지를 지녔다. 중국의 동방에 있다고 믿어온 삼신산은 사실 산이 아니라 봉래, 방장, 영주라고 불린 세 개의 섬이었다. 전설에 의하면, 이 섬들에는 금과 은으로 만든 궁궐이 있고 신선들이 날아다닌다고 하였다. 우리나라에도 이어도라는 환상적인 섬에 대한 전설이 있다. 제주도 남쪽 먼 바다에 있다는 이 섬 역시 물산이 풍부한 낙원으로 상상되었던 것이다. 그런데 뭍과 제주도와 이어도와의 관계를 생각해보면 흥미 있는 결론이 나온다. 뭍에서 볼 때 제주도는 영주라고 불린 낙원이었다. 그런데도 제주도 사람들은 이어도라는 꿈의 섬을 또다시 빚어냈다. 이렇게 보면 섬에 대한 낙원의 이미지는 다분히 일방적으로 주어진 것임을 알 수 있다. 다시 말해서 섬은 육지 사람들의 소망이 투영된 장소인 것이다. 왜 홍길동과 허생은 율도국이나 낯선 섬에 가서 이상국가를 건설하고자 했는가? 섬, 그것은 미완의 욕망의 표현이 아닐 수 없다. 그러나 섬에 대한 상상력을 이렇게 욕망의 심리학으로만 환원하는 것은 온당치 않다. 세속으로부터 격절되었기에 간직할 수 있는 수려한 풍광, 기이한 사물, 순박한 인심 등은 뭍의 욕망과는 상관없이 섬 자체가 지닌 아름다운 자산이고 이 자산은 우리에게 조건 없는 동경을 불러일으킨다. "그 섬에 가고 싶다"는 바람, 이 바람 속에서 섬에 대한 상념은 마침내 시가 된다.

이생진 시인의 산문집 『걸어다니는 물고기』(책이 있는 마을, 2000)를 읽는 즐거움은 여느 문학작품을 감상할 때와 다르다. 여기에서는 시와 산문과 그림, 그리고 섬이 하나로 녹아 있다. 섬에 대한 우리의 온갖 상상은 시인의 독특한 안광(眼光)을 통해 시로, 산문으로, 그림으로 다시 빚어진다. 고희(古稀)를 이미 넘긴 노시인은 충청남도 서산의 바닷가에서 태어나 평생 섬과 섬을 떠돌며 시를 써왔다고 한다. 브르통은 "걷기는 세계를 느끼는 관능에로의 토대다"라고 갈파한 바 있지만 이 시인은 일찍이 이러한 이치를 터득했다. 스스로 말하길 "걸어다닐 때 진짜 삶을 느낀다"는 그는 언제나 화첩을 가지고 섬 여행을 한다. "섬에 가면 시가 보이"기 때문이다. 그의 섬에 대한 편력은 모든 섬의 고향이요 어머니인 제주도로부터 물에 뜬 배처럼 흔들리는 가의도, 호화 여객선처럼 들떠 있는 흑산도, 역사가 살아 숨쉬는 거문도 등을 거쳐 한 편의 시 또는 영화 같은 청산도에 이르러 멈춘다.

서해 바다의 섬들은 중국과 관련된 전설을 많이 담고 있다. 필자가 알기로 태안군의 가의도는 한(漢)나라 때의 명신 가의(賈誼) 혹은 그의 후손이 왔었다는 전설이 있고 가끔 일기예보에 '먼 바다'로 등장하는 격렬비열도는 산동반도에서 개 짖는 소리가 들릴 정도로 중국에 가깝다는 곳이다. 어렸을 적 이러한 소문들을 들었을 때 서해의 이 외딴 섬들에 대한 아득한 동경으로 얼마나 마음이 설레었던 가! 시인은 가의도에서 3년 전에 묵었던 민박집 내외가 여전한 것을 기뻐하고 술을 끊기 위해 꽃을 심는다는 팔십 노인을 찾아간다. 항아리 속처럼 조용한 가의도의 달밤을 보내며 시인은 이렇게 노래한다. "한밤에 혼자 나와 오줌독 앞에서 달을 본다/어느 여인의 얼굴이 저리 고울까/'예뻐라' 하는 소리 누가 들었을까/바닷 바람 모두 좁은 대밭에서 잔다." 서해의 끝에 있는 격렬비열도는 고독의 섬이다. 일제 때 중국으로 가는 배를 얻어 타기도 했다는 이 섬은 이제 무인도가 되어 등대만이 외롭게 지키고 있다. 시인은 이 섬에서 사강의 고독과 카뮈의 실존을 떠올리며 삶과 문학의 의미를 궁구(窮究)한다. 시인의 발걸음은 다시 역사의 섬 거문도로 향한다. 거문도의 아이들은 예의바르고 인사성이 좋다. 누구의 가르침인가? 거문도가 낳은 한말의 유학자 귤은(橘隱) 김유(金瀏) 선생과 김양록(金陽祿) 선생의 학문은 오늘에까지 그 힘을 미친다. 다시 시인은 요절 시인 김만옥을 잉태한 여서도에 들러 남다른 감회에 젖는다. "바닷가에서 시를 쓰다가 그렇게 누워 누운 채로 죽는 것이 소원"이라는 지론의 시인은 가난에 부대끼다 못해 음독한 김만옥의 단끼(短氣)를 나무라며 못다 핀 그의 재기(才氣)를 안타까워한다. 『걸어다니는 물고기』, 이 책은 실로 섬으로서 시를 말하고, 시로서 섬을 말하면서 노시인의 삶과 문학을 풀어나간다. 곳곳이 배치된 시인 자신이 그린 담박한 풍경의 스케치 또한 시인의 소탈한 의경(意境)을 말해주는 듯하다.

　　고산(孤山) 윤선도(尹善道)는 귀양길에 아름다운 섬 보길도를 발견한다. 후일 귀양에서 풀리자 그는 보길도를 자신만의 낙원으로 만들었다. 부용동과 금쇄동에 그림 같은 집과 정원을 짓고 음풍영월(吟

風詠月)을 즐기면서 주옥같은 작품을 남긴 것이다. 그러나 언젠가 보길도를 방문했을 때 뜻밖에도 흔적만을 겨우 남긴 그의 유적을 보며 섬사람들에게 과연 윤선도는 어떤 존재였을까 하는 의문을 품은 적이 있었다. 평화롭게 살던 그들에게 서울 권세가의 출현은 날벼락이 아니었을까? 아마 윤선도의 낙원을 조성하기 위해 그들은 힘든 노역을 감당해야 했을 것이다. 보길도 앞의 노화도라는 섬의 별칭이 노예섬(奴兒島)이라는 사실은 묘한 아이러니이다.

섬, 그것은 우리에게 쉽게 낭만과 환상을 불러일으킨다. 그러나 그에 비례해서 섬이 지닌 삶과 현실의 두께를 감지해내기란 쉽지 않다. 이 책은 흔치 않게 이 두 가지 측면을 감동 깊게 보여준다.

『중앙일보』 2002.6.8.

모든 단단한 것들이 사라진다 해도

— 이성시, 『만들어진 고대』

광화문에서 금화터널을 나와 신촌으로 향하기 전 안산(鞍山) 기슭에 봉원사(奉元寺)라는 오래된 절이 있다. 필자가 근무하고 있는 대학으로부터 멀지않아 점심 때 가끔 산책을 가곤 하는데 어느 날 필자는 절 근처에서 우연히 한 퇴락한 비석을 발견했다. 이 절에 주석한 적이 있는 고승 대덕의 추모비이려니 생각했던 그 비는 뜻밖에도 근대 초기 박명했던 한 여인의 슬픈 내력을 전하고 있었다. 조희정(趙熙貞)이란 그 여인은 어려서 기생이 되었다가 커서는 남의 첩으로 들어갔는데 신세를 비관하여 21세에 음독자살하고 말았다. 유서에서, 다시는 이런 인생으로 태어나지 말 것을 서원(誓願)하고 있으니 그녀의 한이 얼마나 사무쳤는지를 알 만하다. 필자는 조여인의 비를 보고 한동안 충격적인 느낌에 사로잡혔다. 우선은 그녀를 요절에 이르도록 한 식민지 여성의 기구한 삶의 한 형적이 아프게 다가왔고 다음으로는 그녀의 슬픈 죽음을 전하고 있는 비석의 육중하나 황량한 모습이 내내 뇌리에 어른거렸다. 그것은 평온한 산사의 풍경에 위배되는 비장하고 안쓰러운 정조를 품고 있었다. "오죽하면 비를 세웠을까?" 절로 이런 심사가 우러나도록 비석은 그 자체로 무언가를 웅변하고 보는 이의 마음을 움직이게 하는 힘이 있었다.

한편 천하를 통일하고 만세토록 제국이 영속되기를 기원하였던 권력의 화신 진시황이 선호했던 글쓰기 방식이 명산의 자연석에 자신의 업적을 새기는 각석(刻石)이었음은 흥미롭다. 오늘날 태산의 각석을 보면 과연 그의 장대한 포부와 무한한 권력에의 집념을 피부로 느낄 수 있다. 돌로 된 비석, 실로 그것은 과거에 대한 즉물적인 실감을 불러일으킨다. 모든 단단한 것들이 연기처럼 사라진다 해도 비석만은 영원하다 해야 할까?

이성시 교수의 『만들어진 고대』(삼인, 2001)는 바로 이 비석의 힘, 그것이 환기하는 효과를 중심으로 동아시아 삼국 고대사의 쟁점을 풀어나간 수작(秀作)이다. 중국 집안현(集安縣)에 우뚝 서 있는 높이 6.4미터에 달하는 광개토왕비의 비문은 고구려 왕가의 신성한 계보와 영주 광개토왕의 화려한 무훈을 오늘의 우리에게 과시한다. 그러나 잘 알려져 있듯이 비문의 일부에 대한 해석은 일제 군부의 조작설 등이 제기되면서 한중일 사학계의 초미의 관심사가 되어왔다. 다름 아닌 왜가 바다를 건너와 신라, 백제를 복속시키자 광개토왕이 이를 격파했다고 일본측에 의해 해석되어온 이른바 "신묘년(辛卯年) 기사"가 그것인데 이 기사의 내용을 일본 사학계는 일본이 일찍부터 한반도 남부를 지배해왔다는 확증으로 삼고 있는 것이다.

이 교수는 이러한 해석을 서구를 모방하여 근대 만들기에 급급했던 일본제국의 욕망이 투영된 결과로 인식한다. 다시 말해서 제국사학은 당시 한반도를 사이에 두고 러시아와 대치하였던 일본의 정세를 고스란히 한일 고대사에 전이시킨 것이다. 이 교수의 비판은 일본 학계의 해석 태도에만 머무르지 않는다. 한국에서의 광개토왕 비문에 대한 아전인수적인 해석, 중국의 고구려 및 발해를 지방정권으로 간주하는 견강부회적 인식 등을 문제삼고 이들 모두 근대 국가 형성 과정에서의 단일민족 및 중앙집권에 대한 요구사항을 고대사를 통해 관철하려 한 혐의로부터 자유롭지 못함을 논증하고 있는 것이다.

그렇다면 어떻게 해야 광개토왕 비문의 진실에 접근할 수 있을 것인가? 이 교수는 결국 각국이 당면한 현재적 욕망을 제어하고 광개토왕 비문의 주체인 고구려라는 원텍스트로 돌아가서 문제를 다시 숙고해야 할 것을 제안한다. 이 점에 생각이 미치자 필자는 슬며시 조 여인의 비석에 대해 갖고 있던 감상이 한 꺼풀 벗겨지는 것을 느꼈다. 조 여인의 비문을 쓴 사람은 물론 조 여인 자신이 아니고 그녀를 첩으로 두었던 부자 남편이었다. 조 여인의 죽음 자체는 현실이고 비극임에 틀림없다. 그러나 어쨌든 필자는 그 여성의 비극을 그녀와 동떨어진 위치에 있던 남성 작자의 글을 통해 음미하고 있으니 현실과 얼마간의 거리를 부인할 수는 없을 것이다.

기억하건대, 해마다 노란 개나리가 피는 봄이 오면 대학가에서는 신입생들을 상대로 월부 책장사들의 공세가 시작되곤 했다. 이제 지성인이 되었으니 심각한 책을 읽어야 한다는 강박관념을 노린 것이리라. 그때 독서목록 제1호로 꼽혔던 책이 E.H. 카의 『역사란 무엇인가』였다. 빛바랜 채로 여전히 서가에 꽂혀 있는 그 책을 뒤로한 채 필자는 오늘 한 TV 연속사극에 몰두해 있다. 큰 장사꾼이 조정의 고관들에게 돈을 대주고 이권을 요구하는 것이 마치 요즘의 정경유착

을 그대로 재현한 듯한 장면이 나오고 있었다. 허구이지만 그럴 듯
해서 사실상 우리를 사로잡는 이야기들, 과연 역사란 무엇인가?

『중앙일보』 2001.12.15.

한국의 도교학이 거둔 큰 성취

— 김낙필, 『조선 시대의 내단사상』

한국의 학자들은 한국 문화의 내용을 논할 때 항상 유, 불, 도 혹은 유, 불, 선의 3교를 함께 말해왔다. 도교는 한국의 역사에서 유교와 불교처럼 표면적으로 세력을 떨친 적도 없고 실제로 교단과 같은 종교 조직을 갖춰본 적도 없지만 한국 문화의 내면 혹은 잠재의식을 지배해온 것으로 보인다. 한국의 도교는 무속과 민속 그리고 신종교의 밑바탕에 강력한 영향을 드리우고 있으며 심지어 유교, 불교 속에도 일부 스며들어가 있다. 그러나 한국 도교문화의 내용은 일반적으로 자세히 알려져 있지 않으며 유교, 불교만큼 학자들에 의해 주목의 대상이 된 적도 없었다. 한국 사상사, 문화사에서의 도교의 결락(缺落), 이 엄연한 착오를 시정하기 위해 소수의 한국 도교 연구자들이 지난 십수 년래 고단한 작업을 수행해 오고 있다. 주로 1980년대 후반 이래 몇몇 선각적인 학자들의 노력에 의해 지금까지 근근이 연구활동이 이어져오고 있지만 생태학, 페미니즘, 몸 담론 등과의 연계하에 바야흐로 21세기의 대안으로까지 부상되고 있는 국외의 이른바 '신도교(新道教)' 열풍에 비하면 국내 학계는 여전히 도교에 대한 편견과 무지에 머물러 있는 수준을 면치 못한다.

이러한 열악한 상황에서 최근 상자(上梓)된 김낙필(金洛必) 교수의

『조선시대의 내단사상』(한길사)은 한국 도교학계가 거둔 커다란 수확으로서 조선시대 도교철학의 깊이와 넓이를 요연(了然)하게 제시해낸 귀중한 성과물이 아닐 수 없다. 내단(內丹)이란 외단(外丹)과 상대되는 말로 외부의 약물에 의해 불로장생을 달성하려 했던 취지에서 벗어나 신체 내부에서 우주적 기운의 다스림을 통해 정신과 육체가 합일된, 완전한 인간으로 거듭나고자 하는 수련 행위를 의미한다. 조선시대에는 초기부터 단학파(丹學派)라고 하는 내단 수련을 전문으로 하는 사족(士族) 계층이 존재했었는데 이들은 대체로 종려금단도(鍾呂金丹道) 곧 중국의 전진교(全眞敎) 내단학(內丹學)을 수용하였다. 그러나 조선 단학파는 중국의 내단 이론을 무조건적으로 수용한 것이 아니라 논구와 주석 등의 학문적인 형식을 통하여 독자적인 내단학의 경지에까지 나아가고자 하였다. 김시습(金時習)은 그의 「용호론(龍虎論)」에서 성리학적 입장에 기댄 비판적 내단이론을 전개하였고 정렴(鄭𥖝, 1506~1549)은 한국 최초의 내단수련서『용호비결(龍虎秘訣)』을 저술하였다. 아울러 후기 단학파의 거물인 권극중(權克中, 1585~1659)과 서명응(徐命膺, 1716~1787) 등이 내단학의 고전『참동계(參同契)』에 대해 독자적인 주석과 고증을 가하여 조선 참동계학을 성립시키기에 이르렀다.

김 교수는 상술한 바 조선 내단학의 역사적 정황에 대해 개괄한 다음『참동계주해』를 중심으로 권극중의 내단사상에 대해 본격적으로 논구한다. 단학파 계통의 수련가이자 유학자이기도 한 권극중은『참동계』에 대한 주해를 통해 유, 도 회통뿐만 아니라 선종(禪宗) 철학까지 융합하여 삼교합일의 체계화된 내단사상을 수립하고자 하였다. 그리하여 그는 역리(易理)에 근거하여 내단의 기초를 확립한다는 단역참동론(丹易參同論), 선종과 내단이 하나로 귀착된다는 선불동원론(仙佛同源論), 선종에서의 심성 수련과 내단에서의 기 수련을 함께 실행한다는 선단호수론(禪丹互修論) 등의 관점에서 내단 이론을 전개하였는데 그의 이러한 관점은 당시 지배사조였던 성리학과 불교 측의 도교에 대한 비판적 시각을 완화시키고 사상의 폭을 넓혀, 보다 설득력 있는 내단 이론을 구축하려는 데에 목적이 있었다.

그는 태극(太極)과 선천일기(先天一氣)라는 두 개념을 만물 생성의 근본으로 파악하고 두 가지가 인간에 내재하여 각각 성(性)과 명(命)을 이룬다고 보았다. 여기서 성과 명을 아울러 수련해야 한다는 수련론이 도출되는데 그는 구체적으로는 먼저 명을 수련하고 뒤에 성을 수련하는 방법을 제시하였다. 그에 의하면 명의 수련 즉 수명(修命)은 인체 내의 수(水), 화(火) 이기(二氣)를 하나로 합하여 선천일기를 포착하는 과정[採藥]과 우주의 리듬에 맞추어 선천일기를 인체 내에 운행시켜 후천적 기를 본래의 선천적 기로 변화시키는 과정[周天火候]이 필요하다고 한다. 이 단계가 끝나면 성의 수련 즉 수성(修性)에 진입하는데 이는 선불교의 선정(禪定)과 같이 모든 관념을 버리고 도와 하나가 되는 무심합도(無心合道)의 경지라고 한다. 그런데 인간의 현실적 조건인 유한한 후천성명(後天性命)과는 달리 본래의 선천성명(先天性命)은 그 본질이 영원하고 자유롭다. 이에 따라 성명의 수련을 통해 도달된 선인(仙人)은 생명의 불멸성과 정신적 자유가 조화롭게 갖추어진 인격으로 제시된다.

결국 김 교수는 권극중의 내단 사상이 독자성을 견지하면서도 본체론, 인성론, 실천론 등 정비된 이론적 틀을 갖추었기 때문에 한국 도교사에서 주목할 만한 의의를 지닌다고 평가한다. 김 교수의 논구는 조선 내단학의 수준을 유감없이 보여주고 있을 뿐만 아니라 아직 역사는 일천(日淺)하지만 녹록지 않은 한국 도교학계의 수준도 함께 드러내고 있어 기꺼운 마음이 든다. 다만 권극중의 내단 사상이 후대의 참동계학에 미친 영향까지 언급했으면 하는 아쉬움이 있지만 보다 포괄적인 조선 내단학을 구성하는 작업은 어차피 김 교수의 후일의 과제가 아닐까 싶다.

우리는 퇴계학이 한국 유학의 빛나는 성과임을 잘 알고 있다. 하지만 중국에도 명성을 떨친 『동의보감』이 한국 도교학의 산물임은 알지 못한다. 그러나 감히 말하건대 『동의보감』의 고유성과 탁월성이 어디에 있는지, 그것은 조선 내단학과 중국 내단학의 차이를 알지 못하면 결코 풀리지 않을 것이다. 우리가 가장 한국적인 것을 찾고자 할 때 우리는 도교를 알지 않으면 안 된다.

『교수신문』 2000.4.11.

궁핍한 시대의 사표(師表), 선비
— 정옥자, 『시대가 선비를 부른다』

역사는 본질적으로 이야기이다. 그런데 이야기 중에서도 가장 실감나는 것은 현존했던 인물들에 대한 이야기이다. 사마천의 걸작 『사기』 중에서 생동감이 넘치고 재미있는 부분은 인물 이야기인 「열전」이다. 역사상 여러 계층의 인물이 존재해왔지만 선비를 뜻하는 사(士) 계층은 과거 동아시아 국가에서 다른 어느 계층보다도 중요한 역할을 담당해왔다. 본래 문무를 겸비한 남성 지식인이었던 사는 후대에 이르러 문인, 학자를 의미했다가 조선시대에는 사실상 유학자를 지칭하게 되었다. 따라서 사는 우리 사회에서 좋은 이미지를 갖는 글자이다. 얼마 전 간호원이라는 호칭이 듣기 안 좋다고 해서 간호사라고 바꾼 것도 사의 그러한 어감 때문이다.

정도전으로부터 신채호에 이르기까지 23명의 조선의 대표적 선비들에 대한 열전이라 할 이 책은 필자들의 면면과 각각의 주제들이 잘도 상합하여 읽어볼 염이 생기게도 하거니와 일단 책을 펼치면 그 어려운 성리학의 논쟁들 조차도 한 편의 이야기로 화하여 읽기에 부담이 없다. 아울러 23명의 대유(大儒)들이 시대순으로 배열되어 있어 잘 정리된 조선의 지성사를 읽은 듯한 느낌을 준다. 이 책은 체재상으로도 재미있게 되어 있다. 각 인물에 대한 전기 다음에 붙은 논찬

형식의 글은 그 인물을 또 다른 인간적 견지에서 생각하게 해준다. 정도전과 정몽주, 최명길과 김상헌, 송시열과 허목 등으로 설정된 라이벌 관계는 대단히 흥미롭다. 의리와 변통, 명분과 실리, 이 영원한 이항대립 사이에서 고뇌하고 때로는 목숨까지 걸어야 했던 옛 선비들의 삶은 오늘의 우리에게도 귀감이 된다. 이른바 동아시아적 가치가 우선인가, 세계화가 선행되어야 하는가? 두 마리 토끼를 다 잡을 순 없는 것일까? 대체로 명분이 실리보다 앞섰던 조선 선비들의 강개한 삶은 오로지 실리 쪽으로만 치닫고 있는 현재의 국면에 적절한 균형감각을 부여해주지 않을까?

이 책은 또한 적소(適所)에 아취(雅趣) 있는 그림들이 안배되어 글 내용이 더욱 돋보인다. 그뿐만 아니라 신선한 관점도 곳곳에서 번득인다. 정인홍 및 남명학(南冥學)에 대한 재평가, 예송(禮訟)에 대한 재인식 등은 종래 우리의 속견을 벗어난 견해들이다. 다만 어린 영창대군을 골방에 가둬놓고 불을 때 쪄 죽이도록 난정(亂政)을 방조한 정인홍이 과연 억울하기만 한 것일까 하는, 아마추어로서의 의문도 슬며시 든다. 이 책은 제목부터가 우선 눈길을 끌었다. 왜 "선비가 시대를 만든다"고 하지 않고 "시대가 선비를 부른다"로 했을까? 이 궁핍한 시대를 넘어서기 위해 오늘의 지도층에게 절실히 필요한 것, 그것은 청백하고 공평무사한 옛 선비들의 정신이 아닐까?

『동아일보』 1998.7.21.

문화론적 해석의 선구

— 안확, 『안자산국학논선집(安自山國學論選集)』

　　학문의 세계는 한없이 자유스러운 것 같지만 학자들의 세계는 사실 편협하기 그지없다. 어줍잖은 정통성을 내세워 다른 학설을 억압하는 경우가 그 한 예이다. 일제 관방학문이 신학문의 기치를 내걸고 이 땅에 들어왔을 때 우리의 전통 학문은 하루아침에 주변부의 신세로 전락하게 된다. 이른바 굴러온 돌에 의해 박힌 돌이 빠지는 형국이라고나 할까? 이 나쁜 선례는 지금까지도 우리 학계에 영향을 미치고 있어 자기 입장에서의 목소리를 강하게 내고자 하면 '재야적'이니 '비객관적'이니 하는 등의 비난을 감수해야만 한다. 그러나 학문이 투명하게 객관적이라고 신봉하던 시대는 지나간 지 오래이다. 이러한 현실에서 우리는 스스로 '정통적'이고 '객관적'이라고 믿어왔던 지금까지의 학문 관행에 대해 반성적으로 숙고해볼 필요가 있다. 여기에서 요청되는 것은 우리가 상식적으로 따르고 신봉해온 제도학문의 결을 거슬러 생각할 수 있는 자생적인 사고역량이다.

　　오랫동안 빛을 보지 못했던 국학자 자산(自山) 안확(安廓, 1886~1946)의 업적이 이 시점에서 새삼 소중하게 여겨지는 것은 바로 이러한 이유에서이다. 최원식, 정해렴 선생이 편역해낸 『안자산국학

동양학으로 읽는 세상

논선집』(현대실학사, 1996)은 안확의 문집 중에서 문학사, 문학론, 시가론, 역사, 음악, 미술사론 등의 내용을 추려 한 권의 책으로 꾸며본 것이다. 이 중 「조선문학사」는 우리나라 최초의 문학 통사로서 의미가 크거니와 문학사관, 서술체재 등에 있어서도 독특한 입장을 보인다. 그 밖에 위항(委巷)문학 연구를 개척한 평민문학론, 그의 득의의 영역으로서 경기체가(景幾體歌)라는 용어를 창안한 시가론 등도 탁월한 성과이다. 그는 민족문학으로서 시조의 수월성을 높이 평가하였고 고구려의 문학정신을 크게 고취하는 등 주체적인 문학 관점을 피력하였다. 아울러 학제적 견지에서 문학, 예술에 접근하는 그의 학문방식은 오늘날의 문화론적 해석의 선구라 할 만하다. 우리의 제도화된 학문 경향을 반성하고 새로운 전망을 위한 자양을 길어옴에 있어 안확과 같은 국학자의 업적은 커다란 힘이 된다 할 것이다.

『한국일보』 1996.

번역, 변혁!

— 마루야마 마사오 외, 『번역과 일본의 근대』

　　오래전 일본에 처음 갔을 때의 충격을 지금도 필자는 잊지 못한다. 일본의 도시를 거닐었을 때의 느낌, 그것은 그동안 우리가 키워온 일본에 대한 감정을 배반하는 무언가 친숙하고 낯익은 그런 느낌이었다. 건물과 거리, 그리고 그로부터 우러나는 풍정(風情)은 괴이쩍게도 필자의 마음속 어딘가에서 향수 같은 것을 불러일으키고 있었다. 마치 노인이 유년의 일들을 불현듯 기억해내듯 어릴 적 들었던, 그러나 완전히 잊혀진 줄 알았던 일본말들이 불쑥불쑥 떠오르는 것도 희한한 현상이었다. 당위와 현실 간의 이 이율배반적인 감정은 필자를 적이 당황하게 했다. 도대체 무슨 까닭에서일까? 해답은 곧 찾아졌다. 우리의 근대화는 곱든 밉든 일본이 만든 것이었다. 동아시아에서 근대의 고향은 부인할래야 부인할 수 없이 일본이었던 것이다. 근대 이후 태어나 교육받고 자라온 필자의 언어, 습성, 관념 속에는 일본이 일찍이 만들어놓은 근대가 스며들어 있었다. 그것은 이른바 청산되지 않은 식민지적 잔재와는 좀 달리 생각해야 할 부분이기도 했다. 이 대목에서 결코 일본 제국주의의 죄업(罪業)을 간과했다는 오해는 마시기 바란다. 여기서 이야기하고자 하는 것은 당시 동아시아에서 가장 일찍 근대화를 달성했던 일본이 제국주의의 여부를 떠나서 담당할 수밖에 없었던 일종의 문화적 교량으로서의 역할이다. 즉 서구 문화를 들여와서 자기식으로 소화하고 다시 그것을 남에게 전달하는 행위 말이다. 문학 연구자의 입장에서 볼 때 이러한 행위의 첨병(尖兵)과 같은 작업은 다름 아닌 번역이다.

일본의 번역 역량, 그것은 필자의 전공 분야인 중국문학만 보더라도 헤이본샤(平凡社)나 슈에이샤(集英社)의 중국고전번역대계 등을 통해서 그 대단함을 짐작해온 바이지만 마루야마 마사오와 가토 슈이치가 함께 쓴 『번역과 일본의 근대』(임성모 옮김, 이산, 2000)를 읽게 되면 번역의 힘이라는 것이 실로 역사를 바꾸고 국운을 좌우한다 해도 과언이 아니라는 것을 절감하게 된다. 이것은 지금도 번역을 저술의 부차적인 작업이나 부수입을 위한 일거리 정도로 여기는 우리 학계의 풍토와 비교할 때 정말 천양지차(天壤之差)의 소감이 아닐 수 없다. 이 책은 일본을 대표하는 원로 지식인인 마루야마와 가토 양인이 문답하는 형식을 통하여 메이지 초반 일본의 근대화가 시작되던 무렵, 번역의 상황을 마치 회고하듯 그려내고 있다. 근대 초기 일본의 번역 열풍은 당연히 서구 충격에 놀라 빨리 서구를 배우고자 하는 욕망에서 비롯되었다. 그러나 번역의 자세나 능력이 순간적인 필요에 부응해서 생겨난 것이 아니고 오규 소라이 같은 한학자의 주체적인 학문 의식 및 언어관으로부터 비롯되었음은 일본의 근대화가 전통과의 조화 속에서 진행되었음을 보여주는 좋은 실례이다. 다시 말해서 유교를 받아들이되 맹종하지 않고 일본식으로 해석하던 전통, 중국어를 외국어로 인식하던 입장 등이 서양 책을 번역하되 자기식으로 소화해서 풀어낸다는 원칙을 성립시켰던 것이다. 그 와

중에 일본어로는 도저히 서구 문명을 일본화할 수 없으니 차라리 영어를 국어로 채용하자는 대담한 '영어 국어화론'이 일각에서 제기된 것도 특이한 일이다. 마치 요즘의 영어 공용화론을 보는 듯하다. 물론 이 과정에서 갈등이 없었던 것은 아니다. '자연법', '인권', '사회' 등 동양 세계에서는 좀처럼 찾아보기 힘든 개념들을 어떻게 표현해 내느냐를 두고 고심했던 많은 흔적들을 엿볼 수 있다. 번역 사업은 개인뿐만 아니라 메이지 정부도 적극 개입하였는데 군사 · 법률 · 화학 서적 등이 우선적으로 번역된 것은 당시 일본의 국방과 산업에 대한 깊은 관심을 알려줌과 동시에 부국강병 곧 제국주의로의 행로를 예시하는 듯 하다. 어쨌든 『번역과 일본의 근대』에서 말하고자 하는 내용은 일본은 언어를 통해서 근대를 다시 창안하였다는 사실이다. 이때 만들어낸 수많은 일본식 신조어(新造語)들이 결국 동아시아 각국 현대 어휘의 큰 부분을 차지하고 있음은 주지의 사실이다. 아울러 이들 언어가 우리 의식의 상당 부분을 지배하고 있음도 부인하기 어렵다.

번역은 이처럼 창조와 변혁의 행위이다. 근대 초기의 중국에서도 번역은 일정 정도 이러한 기능을 수행했다. 임서(林紓)와 엄복(嚴復)은 서구의 저명한 문학작품과 사상서들을 전문적으로 번역해냈는데 이 책들이 당시의 청년들에게 큰 영향을 미쳐 루쉰(魯迅), 후스(胡適) 등 후일의 계몽가, 개혁가들을 배출하는 계기가 된다. 그러나 마루야마에 의하면 중국은 중화사상이라는 자존심 때문에 서구 문화에 대한 전면 수용에는 이르지 못하고 만다. 한국의 경우 고대에는 훌륭한 번역의 전통이 있었다. 기록에 의하면 신라 때의 학자 설총(薛聰)이 이두로 경전을 풀이했다 하니 오규 소라이식의 자국 언어에 의한 주체적 해석의 입장이 일본보다 훨씬 일찍 존재했었던 셈이다. 이러한 전통은 조선시대까지 이어져 중국 고전에 대한 수많은 언해본(諺解本)이 출현하게 된다. 이렇게 보면 한국도 일본 근대를 창안하였던 번역의 성립 조건인 주체적인 학문 의식 및 언어관을 구비하지 않았던 것은 아니었으나 중국처럼 수구적 자세 탓이었는지 끝내 근대로의 변혁을 이끌어내지는 못하였다.

바야흐로 이제 우리는 국제 간의 소통과 문화의 상호 이해가 무엇보다 절실한 이른바 '세계화'의 시대에 접어들었다. 다시 말해 번역이 일상화된 시대에 살고 있는 것이다. 이 번역의 시대에 과연 우리는 어떤 번역으로 어떤 변혁의 꿈을 실현해낼 것인가?

『중앙일보』 2002.5.11.

'나'라고 대답할 수 있는 거울

— 사빈 멜쉬오르 보네, 『거울의 역사』

중국 혹은 동아시아 문화를 유교만 알면 파악이 제대로 된다고 생각하던 시절이 있었다. 그런 사람들은 중국의 향촌이나 동남아시아의 화교 사회에 들어가 잠깐이라도 있어보면 대다수의 중국인이 실제 삶에서는 도교나 민간신앙 등 유교와는 다른 원리에 의해 움직이고 있음을 깨닫게 된다. 역사란 표면상 지배하고 있는 듯이 보이는 거대한 이론에 의해서만 움직이는 것이 아니라 심층의 미세한 여러 작동 요인들에 의해 형성되는 것인지도 모른다. 악어를 보자. 악어의 먹이, 습성, 서식 환경 등을 통해 우리는 악어의 전모를 다 파악했다고 생각할지 모른다. 악어새가 날아와 악어의 입에 앉아 찌꺼기를 먹는 모습은 이러한 악어의 삶과는 무관한 자연의 한 평화로운 정경처럼 비칠 것이다. 그러나 악어새가 악어 입속의 찌꺼기를 제거해주지 않을 경우 부패로 인한 체내 가스 발생은 악어의 생명에 심대한 위협이 될 수 있다고 동물학은 보고한다. 다시 말해 악어새와의 관계에서 보여지는 악어의 작은 또 하나의 삶의 방식은 나름대로 악어의 일생에 결정적일 수 있는 것이다. 이처럼 커다란 역사의 흐름이나 원리가 아닌 일상의 사건이나 사물의 관점 혹은 단면에서 한 사회의 진실한 면모에 다가가고자 하는 노력은, 역사학에서는 미시사적 접근으로 인류학에서는 기어츠(C. Geertz)의 이른바 심층기술 (thick description) 등의 방법에 의해 시도된 바 있다.

어린 시절, 거울의 신비에 한번쯤 매료되지 않은 사람이 있을까? 거울의 반사광으로 집 안 구석구석을 비춰보거나 친구의 눈을 부시게 했던 일들로부터 "거울아, 거울아, 세상에서 누가 제일 예쁘니?"의 물음으로 익숙한 백설공주와 같은 동화들에 이르기까지 우리 모두는 거울에 대한 유년의 추억을 간직하고 있다. 그뿐인가? 거울은 심리학자에 의해 자아 형성의 단계로 비유되기도 하고 사상가에 의해 오늘의 문화를 표현하는 방편이 되기도 한다. 가령 라캉은 거울 단계(Mirror Stage)를 말했는가 하면 보드리야르는 포스트모더니즘을 볼록거울과 같은 곡면경의 현상으로 진단한다. 이렇게 보면 거울은 평범한 물건인 듯싶지만 사실 인간의 삶과 문화와 긴밀한 조응관계에 있음을 알 수 있다.

사빈 멜쉬오르 보네의 『거울의 역사』(윤진 옮김, 에코리브르, 2001)는 서구 정신사에서 거울이 지녔던 의미와 차지했던 비중을 기술사, 사회경제사, 문학사, 사상사 등 다양한 방면에서 조명하여 궁극적으로 거울을 통해 서구 정신의 흐름을 포착해낸 흥미진진한 역작이다. 고대 유럽에서 금속 거울은 실용적인 것이 아니었다. 그것은 귀족들의 장식품이거나 주술적 도구였다. 거울이 일반화되는 것은 유리 거울이 생산되기 시작하면서부터인데 르네상스 시기 무렵 순도 높은 베네치아 거울이 출현하였고 이후 프랑스 생고뱅의 왕립 제조소에서 질 좋은 거울을 대량 생산하여 중산층에까지 공급이 확대되었다. 유리 거울도 초기에는 귀하여 왕실이나 귀족계층의 전유물이었다. 거울로 장식된 베르사유 궁전과 귀족 저택의 내실은 부와 권력의 징표로 간주되었다. 19세기에 이르러 거울은 부르주아 계층의 신분과 의식을 표상하는 물건으로 바뀌게 된다. 보네는 거울에 대한 사회사적 탐색에 이어 그것이 반영하고 있는 정신사적 궤적에 대해 통찰한다. 고대에서 중세에 이르기까지 거울은 지혜와 신중함 그리고 진실의 알레고리로서 인간 지성의 상징이 된다. 그것은 외모를 사회적으로 적응시키는 수단임과 동시에 내면을 위한 교훈과 성찰의 도구이다. 그러나 근대 이후 내외의 이러한 일관된 이미지에 갈등이 생긴다. 거울은 자아, 주체, 정체성의 수립과 동시에 소외되는 외계, 대상과의 분열, 그로 인한 허영, 가식의 표상이 된다. 아울러 거울의 이타성(異他性)은 환상의 원천이 되고 인간의 욕망은 새로운 표현의 출구를 찾는다.

보네의 거울에 대한 깊고 넓은 통찰은 우리에게 인간 정신의 흐름을 특정한 사물의 관점에서 신선하게 보아낼 수 있는 여지를 제공한다. 그러나 보네의 이러한 성과가 동양권에도 그대로 적용될 수 있을지 다소 의심스럽다. 필자도 일찍이 중국 거울의 상상력에 대해 관심을 갖고 글을 쓴 적이 있지만 동양의 경우 유리 거울보다 동경(銅鏡)의 이미지가 지배적이다. 동경은 깨지기 쉬운 유리 거울과는 빚어내는 이미지에 있어서 근본적인 차이가 있다. 그것은 보는 이로 하여금 대상을 소외시키는 자아, 주체의식보다 함께 끌어안는 우주적, 전일적 상상을 불러 일으킨다. 동경의 뒷면에 새겨진 팔괘·사신(四神) 등의 우주적 도상은 동양 세계에서의 거울에 대한 조화로운 관점을 표명한다.

어쨌든 현대의 우리는 유리 거울의 이미지가 압도하는 시대에 살고 있다. 근대 이후의 세기들이 강력한 주체의 의지대로 평면경처럼 대상을 그대로 반영해왔다면 주체와 대상의 관계가 불안정한 오늘 이후의 시대에 거울은 왕비의 물음에 대해 과연 어떻게 대답할까? 그것은 아마 다음과 같지 않을까?

"거울아, 거울아, 세상에서 누가 제일 예쁘니?"

"나다."

『중앙일보』 2002.4.11.

학문, 부끄러움과 곤혹 사이

— 앨런 소칼 외, 『지적 사기』

지금도 첫 강의를 했던 그날을 생각하면 경황없이 허둥대던 자신의 모습이 눈에 선하다. 선배 교수가 쥐여준 분필갑과 출석부를 들고 강의실에 들어선 순간 눈앞에 쇄도해 오던 수많은 시선들. 그 고립무원의 상황 속에서 어떻게 한 시간을 버텼는지 지금 생각해도 아찔하기만 하다. 새파란 햇병아리 강사가 강단에 섰을 때의 난감함이란 스스로에 대한 부끄러움으로부터 온다. 과연 내가 이들을 가르칠 능력이 있을까? 그것은 학위와 같은 일종의 자격증으로만 충족될 수 있을 능력이 아닌 것 같았다. 나를 쳐다보는 학생들의 눈빛에는 지식 이상의 것에 대한 기대가 서려 있는 듯했고 그 시선이 젊은 강사에게는 무척 버거웠던 것이다. 지금은 연륜과 경험이 쌓여 적당히 인생론을 갈파하기도 하는 노회한 교수가 되어 있지만 앞서의 물음은 여전히 유효한 듯싶다.

가르치는 교수로서의 자격지심과 아울러 학자로서 느끼는 근원적인 곤혹감도 있다. 석사 논문을 쓸 때부터 "과연 이게 말이 될까?" 하는 의구심을 수없이 느껴가며 글을 만들어 나간다. 물론 학위 과정의 논문은 지도교수의 가르침과 엄격한 논문 형식이 객관성을 보장해주긴 한다. 그러나 이후의 논문 쓰기는 필자의 경우, 보고서와 수필 사이를 왔다 갔다 하는 듯한 길항의 과정 속에서 이루어졌다. 머릿속에서 예정했던 논리대로 글을 진행하다가 가속이 붙으면 글 자체의 논리가 생겨나 미끄러지는 경향이 생긴다. 이 지점에서 갈등이 일어난다. 내용에 의해 글이 구성되는 것이 아니라 글에 의해 내용이 구성되는 것은 아닌가 하는 의구심과의 투쟁이 시작되는 것이다. 결국 어떠한 논문도 문학화의 욕망을 떨치긴 어렵다. 그런데 그 문학화가 내용을 어떻게 보증해줄 것인가 하는 문제의식이 대두되는 것이다.

가르치는 일과 글쓰기에 대한 이런 저런 상념 끝에 눈에 띈 책이 2년 전에 나와서 지식사회에 큰 충격을 주었던 앨런 소칼, 장 브리크몽 공저의 『지적 사기』(민음사, 2000)였다. 당시 포스트모더니즘의 열기에 찬물을 끼얹기도 했던 이 책은 물리학자인 저자들이 냉철한 자연과학자의 입장에서 인문, 사회과학 분야의 대학자들이 과학 지식을 어떻게 남용, 오용하여 얼마나 학계와 대중을 기만하고 있는지를 거의 고발에 가까운 필치로 기술하고 있다.

그들은 라캉, 크리스테바, 보드리야르, 들뢰즈 등 포스트모더니즘을 주도한 학자들의 저작에서의 신비화, 애매한 용어의 의도적 구사, 불명료한 사고, 과학적 개념의 오용 등을 집요하게 물고 늘어진다. 특히 그들은 과학을 수많은 이야기나 신화 또는 사회적 구성물 중의 하나로 간주하는 인식론적 상대주의에 대해 강한 적개심을 표명한다. 아울러 많이 대중화된 카오스 이론이 사실은 심각한 오해의 산물이라는 점도 밝힌다. 카오스 이론이 마치 과학의 한계를 보여준 듯 단언하는 사람들이 있지만 실제 자연 속에는 비카오스계가 더 많다는 것이다. 이 책을 읽고 나서 필자도 내심 뜨끔한 바가 있었다. 신화를 전공하고 있는 관계로 그 의의나 가치에 대해 얘기하다 보면 가끔 피상적인 지식으로 과학의 한계가 어떻고, 카오스나 프랙탈 구조가 신화와 닮았으니 어쩌니 하고 설명할 때가 있었기 때문이다.

그러나 궁극적으로 필자는 이 책의 주장을 그대로 받아들이고 싶지는 않다. 이 책에는 순수한 자연과학의 입장이라기보다는 너무나도 많은 정치적 복선이 깔려 있는 듯하다. 미국 실용주의의 프랑스 철학에 대한 반발인 듯싶기도 하고 우익 보수주의의 진보 노선에 대한 공격 같기도 하며 가부장적 전통과학의 신과학에 대한 혐오감의 표현으로 비치기도 한다. 무엇보다도 그들은 라캉 등이 과학을 그릇 적용한다고 비난하면서 그들 자신도 인문학을 과학으로 재단하려는 우를 똑같이 범하고 있다. 인문학에 수용된 과학은 인문학의 논리로 풀어야지 과학의 메스를 들이댈 대상이 이미 아닌 것이다.

그럼에도 불구하고 이 책의 가장 큰 장점은 우리가 가끔 이론적 말장난에 빠져 있을 때 현실 입지의 중요성을 일깨워준다는 점이다. 포스트모더니즘의 말류가 언어와 텍스트에 대한 지나친 집착으로 인해 공리공담의 지경에 이른 것은 주지의 사실이다. 고대 중국에서도 한때 '청담(淸談)'이라는 논쟁의 시기가 있었는데 처음에는 철학과 문학상으로 많은 생산적인 논의를 했었으나 결국에는 허황된 말장난으로 전락하여 망국의 한 원인이 된 바 있었다.

바로 이 점, 학문의 진정성과 관련하여 마지막으로 드는 생각은 라캉 등의 행위가 과연 '지적 사기'에 해당할까 하는 점이다. 이 책의 저자들은 의도적으로 사기를 쳤을 수도 아닐 수도, 아니면 둘 다일수도 있다고 아리송하게 답한다. 이 대목에서 필자는 앞서 토로한 보고서와 수필 사이의 갈등을 떠올려본다. 라캉 등 역시 그런 곤혹을 느끼지 않았을까?

『중앙일보』 2002.2.16.

인류의 새로운 이념적 비전

— 에드가 모랭, 『20세기를 벗어나기 위하여』

보편적인 이념과 이론에 대한 신뢰가 무너져가는 시대에 우리는 살고 있다. 젊은이들은 '이성은 행위 앞의 노예'를 열창하고 우리의 지적 활동도 느긋이 '읽는 것'에서 순간의 '보는 것'으로 즉물적이 되어가고 있다. 그런데 이러한 현상은 이념 부재의 오늘의 현실을 보여주는 것이기도 하지만 동시에 진정한 이념의 출현이 머지 않았다는 징표로 읽혀질 수도 있다. 왜냐하면 이념의 황혼은 새로운 이념의 여명과 그리 먼 거리에 있지 않기 때문이다.

아닌 게 아니라 요즈음 우리 학계는 하버마스를 비롯 세계의 석학들을 초빙, 무언가 고견을 듣고 미래의 비전을 세워보고자 하는 움직임을 보이고 있다. 한 가지 흥미 있는 사실은 초빙 학자의 대부분이 비판적 좌파 성향의 인물들로 이는 1980년대 이후 우리 학계의 주된 지적 풍토와 무관해 보이지 않는다는 것이다. 이념 상실의 시대로의 진입에 가장 큰 변수가 되었던 것이 소련 및 동구권의 몰락이고 보면 이들 비판적 좌파 지식인들의 발언이 미래의 대안을 생각하는 우리에게 많은 시사를 줄 것임에 틀림없다.

바로 이 점과 관련하여 프랑스의 사회학자 에드가 모랭의 『20세기를 벗어나기 위하여』(문학과지성사, 1996)는 우리에게 풍부한 메시지를 보장한다. 본래 마르크스주의자였던 모랭은 소련의 스탈린주의를 비판하고 공산주의에 대한 재평가, 지식인의 역할에 대한 재반성 등을 통해 새로운 이념적 개혁을 모색한 바 있다. 특히 1981년에 출간된 이 책에서 그는 소련의 몰락을 이미 예언하고 있어 그의 탁월한 선견을 엿보게 한다.

모랭의 사유, 그의 방법론은 무엇보다도 현실의 복합성에 대한 깊은 인식에 입각해 있다. 그는 문명 속의 야만과 현대 속의 고대성을, 이성이 머금고 있는 광기를, 마르크시즘을 비롯한 온갖 구원의 이념과 제도 속에서 색출해낸다. 그리하여 그는 근대 서구의 이성중심적이고 합리주의적인 인식체계를 거부하고 신화와 현실이 교직(交織)된 인간 만사를 보다 총체적으로 파악할 수 있는 복합적 사유를 제안한다. 그의 이러한 사유체계는 문명과 야만, 이성과 광기, 동양과 서양이 상호 소통하고 있을 뿐만 아니라 죽음과 삶, 절망과 희망도 구체적으로 상호 교류하는 열린 회로를 이루고 있다.

이 때문에 모랭은 단순한 비판적 논객에 머물지 않는다. 반스탈린주의자로부터 출발하여 이념의 횡포를 고발함에 그치지 않고 사회학, 정치학, 인류학, 물리학, 생물학 등과의 행복한 결합하에 그는 인류의 새로운 이념적 비전을 꿈꾸고 있는 것이다.

『한국일보』 1996.

제2장 ——————————— 동양학의 새 길을
찾아서

제3의 중국학론

한국은 중국을 제외할 때 가장 오랜 한학의 역사를 지닌 나라이다. 믿기지 않는 일이지만 현재 한국 중국학의 수준은 중국, 타이완, 홍콩, 일본, 프랑스, 미국 등 중국학이 분과 학문으로 행세하고 있는 나라들 중에서 하위권을 맴돌고 있다 해도 과언이 아니다. 물론 몇몇 분야에서 손색이 없을 정도의 업적을 이루고 있긴 하나 전반적인 수준을 두고 논할 때 한국 중국학의 존재는 국제 학계에서 주목받는 처지가 아닌 것이 사실이다. 과거 동아시아에서 알아주던 한학의 고국(古國)이 어쩌다가 이 지경에 이르렀을까? 원인은 한국의 중국학이 변별성을 확보하지 못한 데에 있다. 대체로 한국의 중국학은 고증에 있어서는 중국이나 일본에 미치지 못하고 분석 방법에 있어서는 구미를 따라가지 못한다. 따라서 현재까지 볼만한 학문적 특색을 구현하지 못하고 있는 것이 한국 중국학의 현실인 것이다.

한국의 중국학이 변별성을 확보하지 못한 원인은 무엇일까? 그것은 결국 한국 중국학의 정체성, 자기의식의 문제로 귀결된다. 아마 한국의 중국학자 치고 젊은 시절 공부하는 과정에서 왜, 무엇을 위해 이땅에서 중국학을 하는가 하는 물음에 한 번쯤 시달려보지 않은 사람은 없을 것이다. 왜 한국의 중국학자들은 정체성 결핍증에 시달려야 하는가? 다시 이 원인을 알기 위해 우리는 한국 중국학의 역사를 잠깐 살펴볼 필요가 있다.

전통 시대에 한국의 중국학은 곧 한학이었다. 이 전통 한학은 본래 중국에서 전래된 것이었으나 오랜 세월을 거치는 동안 자기화하여 중국, 일본과는 다른 학문적 특성을 이룩하고 있었다. 이 전통 한학이 중국과 일본의 경우는 자연스럽게 근대 중국학으로 이행되었지만 한국의 경우는 불행하게도 양자가 이어지지 못하고 제 갈 길을 가버린 것이 비극의 씨앗이었다. 일제에 의해 한국의 중국학은 제국대학의 관방 지나학(支那學)으로부터 출발하게 된다. 전통 한학은 제도권 밖으로 밀려났고 한국의 중국학은 스스로를 부정한 그 자리에서 시작되었다. 일제의 관방 지나학을 표준으로 삼았던 한국의 중국학은 해방이 되자 전통 한학과 손잡을 수도 없게 되고 이때 다시 표준으로 등장한 것이 자유중국 곧 타이완의 중국학이다. 결국 전통 한학이라는 자신의 뿌리를 외면하고 출발한 한국의 중국학은 그 정체성의 빈자리를 일본 지나학, 타이완 중국학 등으로 채워가며 오늘에 이른 것이다.

타이완이 세력을 잃은 지금, 앞으로 그 자리는 다시 대륙 중국학이 채울 것인가? 구미 중국학이 채울 것인가? 정체성의 결여, 그리하여 정통성이 없는 한국 중국학의 슬픈 유전(流轉)은 오늘에도 계속되어 여전히 젊은 학인들은 이 땅에서 왜 중국학을 해야 하는지를 고민하고, 정신 나간 어떤 중국학자는 규장각의 고적(古籍)을 정리하기 위해 중국의 표점사(標点師)를 불러와야 한다는 망언을 서슴지 않는다. 진정 우리는 언제까지 이런 학문 행위를 계속해야만 하는가? 노파심에서 말하거니와 이 글에서 거론하고자 하는 것은 특정한 장소에서 특정한 학풍의 공부를 한 '사람들'의 문제가 아니다. 여기에서는 그러한 개인성마저도 어쩔 수 없게 만들었던 학문 제도, 권력의 현실을 말하고 있는 것이다.

그렇다면 이제 우리는 한국 중국학의 향방을 어떻게 설정해야 할 것인가? 한국의 중국학은 우선 시급히 전통 한학과의 관계를 회복해야 한다. 그럼으로써 자기의식에서 중국을 달리 해석할 수 있는 입지를 마련해야 한다. 그리고 정체성 이후에 학문적 변별성은 어떻게 확보해야 할까? 목전의 국제 중국학의 형세는 중국학의 제1세계라 할 대륙, 타이완 등 본토 중국학과 일본, 구미 등 제2세계에 해당하는 역외(域外) 중국학의 양대 세력 구도로 거칠게 판별해볼 수 있다. 양대 세력은 모두 나름의 지배 이데올로기가 있는데 그것은 각기 화이론(華夷論)과 오리엔탈리즘이다. 정체성 부재의 한국 중국학은 이 양자에 모두 침윤되어 있는 종속적인 학문 현실을 면치 못하고 있다. 따라서 한국 중국학은 화이론으로부터도 오리엔탈리즘으로부터도 자유로운, 즉 제1도 제2도 아닌 제3의 시각을 확보하지 않으면 안 된다. 제3의 시각이란 무엇인가? 그것은 본토 중국학의 시각에서도, 역외 중국학의 시각에서도 누락된 문제점, 양자의 힘의 공백에서 생기는 문제점을 파악해낼 수 있는 독자적인 관점을 의미한다. 가령 위앤커(袁珂)의 『중국신화전설』에서는 소수민족, 주변 민족의 신화를 모두 한족(漢族)의 신화 체계로 환원하여 기술한다. 그리고 라이샤워, 페어뱅크의 『동양문화사』(초판)에는 일본을 제외한 한국, 베트남 등을 중국 문화의 패러디 혹은 복사판 정도로 인식하는 관념이 깔려 있다. 다시 말해서 양자에게는 동아시아 내부의 중심주의 즉 중국과 주변의 관계성을 보아낼 시각이 부재한 것이다. 중국은 스스로 지니고 있는 화이론적 관념 때문에, 구미는 동아시아 내부의 문화적 변별성에는 관심이 없기 때문에 이 문제를 놓치고 있는 것이다. 한국의 중국학은 바로 이러한 문제를 선취하기 유리한 학문 지정학적 위치에 있다.

한국이 제3의 중국학을 건립하는 일은 중국을 해석하는 시각이 다양해졌다는 점에서 중국을 위해서도 좋은 일이다. 아울러 기존의 두 가지 시각의 한계를 보완해줄 수 있다는 점에서도 그러하다. 그리고 다가올 동아시아 시대를 위해서도 내부에서의 문화적 정체성에 대한 호혜적 인식은 선결되어야 할 필요가 있다. 요즘 운위되는 지역연대는 이러한 전제가 충족되지 않으면 기만적인 결과를 초래할 뿐이다. 따라서 한국 중국학이 조만간 독자적인 시각과 관점을 확보하지 못한다면 향후 거대 중국의 등장과 더불어 더 큰 정체성의 위기를 맞게 될 것이다.

『중앙일보』 2000.10.30.

논설　essay

당나라 시절 꿈꾸는 중국

중국 대륙에서는 역사상 수많은 왕조가 흥망성쇠를 거듭하였다. 그러나 그중에서도 한(漢)과 당(唐) 왕조가 차지하는 정치, 문화적 역량과 지위는 남다르다. 그것은 중국을 지칭하는 접두어만 살펴봐도 드러난다. 가령 한으로부터 유래한 한족, 한자, 한문학, 한의학 등과 당에서 비롯한 당인(唐人), 당풍(唐風), 당진(唐津) 등의 용어들을 보면 그러하다. 우리가 과거에 군사적으로 강력했던 고구려나 문화적으로 찬란했던 통일신라를 그리워하듯 지금의 중국인은 한과 당을 떠올린다. 이른바 '한당성세(漢唐盛世)' 곧 "한과 당의 좋았던 시절"이 그것으로, 이 두 나라는 오늘날 중국이 "대국으로 부상하는(大國崛起)" 시점에서 그 전범(典範)이 되고 있다. 주목해야 할 것은 한당성세를 지향한다고 하지만 사실상 최종 목표는 '성당(盛唐)' 곧 '전성기의 당'을 재현하는 데에 두고 있다는 점이다. 왜 당인가? 그것은 당이 오늘의 글로벌한 현실에서의 강대국과 많이 닮았기 때문이다.

네그리(A. Negri)와 하트(M. Hardt)는 현재 세계를 통치하는 주권 권력을 제국으로 호칭한 바 있고 추아(A. Chua)는 목전의 강대국들이 로마 제국 등 역사상의 제국과 비슷한 속성을 지닌다고 진단한 바 있다. 이 같은 현대의 제국이 되고 싶어 하는 중국에게 당은 훌륭한 모델인 것이다. 당이 로마 제국처럼 동아시아의 제국이었던 것은 사실이고 글로벌 시대의 강대국과 유사성을 지닌 것도 사실이다. 당의 문화가 유례없이 개방적이고 다양했던 점이 그 증거이다.

8세기 무렵 전 세계에서 인구 백만을 넘은 유일한 도시. 고대의 글로벌 시티라 할 당나라의 수도 장안(長安). 각종 각양의 인종과 문화가 몰려드는 상황에서 시인 이백은 고구려 춤을 두고 다음과 같이 읊었다. "금꽃 장식한 깃털 모자 썼는데, 백마는 천천히 돈다. 훨훨 넓은 소매 춤사위, 마치 해동에서 날아온 새와 같네(金花折風帽, 白馬小遲回. 翩翩舞廣袖, 似鳥海東來)."[『이백집(李白集)』「고구려」]. 고구려 춤만이 아니었다. 당시 장안에는 페르시아인들이 거주해 보석 가게를 하면서 금융업을 주도하였고 지금의 우즈베키스탄 등 중앙아시아 지역으로부터는 미인들이 흘러들어와 춤과 음악 등 예능 계통에 종사하였는데 이들을 호희(胡姬)라고 불렀다. 동남아 지역으로부터는 곤륜노(崑崙奴)라고 불리는 흑인들이 유입되어 하인으로 고용되기도 하였다. 당나라 소설 속의 다음과 같은 언급은 이국 문화가 들불처럼 번진 실상을 반영한다. "장안의 젊은이들 마음속에는 오랑캐의 생각이 깃들여 있다(長安中少年, 有胡心矣)."[진홍(陳鴻), 『동성노부전(東城老父傳)』]

당은 외국인에 대해 관대한 정책을 폈다. 이에 따라 최치원 등 신라인들이 과거에 합격하여 벼슬을 하고 많은 유학생, 유학승들이 당으로 몰려들었음은 익히 아는 사실이다. 이렇듯 개방적이고 포용적인 시책에 힘입어 대체로 안녹산의 난 이전까지 당 제국을 중심으로 동아시아 각국의 평화로운 공존이 유지된다. 이제 세계 제국으로의 비약을 꿈꾸는 중국이 당으로부터 얻을 수 있는 교훈은 무엇일까? 주변부 타자의 역사와 문화에 대해 패권적인 태도를 버리고 겸허한 인식을 갖는 일, 바로 이러한 자세가 긴요할 것이다. 동북공정과 같은, 가장 밀접한 관계에 있던 이웃의 정체성을 위협하는 행위는 오히려 성당(盛唐) 재현을 저해하는 일임을 알아야 할 것이다.

『중앙일보』 2014.8.2.

중국이 왜 이럴까?

    최근 고구려사를 자기네 역사에 편입시키려는 중국의 행위에 우리는 적지 않은 충격을 느낀 것이 사실이다. 일본이 독도 문제를 일으킬 때면 원래 일본은 침략을 능사로 하던 나라이니까 또 억지를 부리는구나 이렇게 생각하지만 중국이 비슷한 행위를 할 때에는 일본의 경우와는 느끼는 감정이 좀 다르지 않나 한다. 화도 나지만 믿었던 사람에게 배신당한 실망감 같은 것이 그것인데 이는 우리의 마음속에 무언가 중국에 대해 유대감이랄까, 신뢰감 같은 것이 있었다는 얘기이다. 그렇다. 중국에 대해 우리 민족이 느끼는 감정은 확실히 같은 이웃이더라도 일본과는 다르다. 문화적으로는 우리 것의 상당 부분이 대륙에서 왔다는 향수 같은 것이 있고 역사적으로는 긴 세월 이웃하면서 공존해왔다는 연대감 같은 것이 있다. 특히 임진왜란 같은 난국에 우리를 도와주었다는 고마움이 있고 근대 무렵에는 서양 열강과 일본의 침략에 시달리면서 고생을 함께했다는 동병상련의 감정이 있다.

    그런데 고구려사 왜곡이라니? 이것은 우리가 품어왔던 중국에 대한 잠재적인 호감에 찬물을 끼얹는 사건이 아니고 무엇인가? 그러나 흥분하기 전에 우리는 냉철히 생각해보아야 한다. 우리가 품고 있던 호감이 일방적이고 짝사랑이 되고 만 원인이 무엇인지를.

요즈음 중국과의 왕래가 빈번해지면서 중국인을 만나보고 그들이 우리에 대해 너무 무지한 것에 놀라는 경우가 많다. 베이징의 이름 있는 대학의 교수조차도 한국인이 자기네와 똑같이 한자로 이름을 쓴다는 사실에 착안하여 한국 국민의 8, 90퍼센트는 중국인의 자손이라고 단정한다. 금속활자는 세계에서 처음 한국에서 만든 것으로 우리는 국사에서 배웠고 상식이 되어 있지만 중국에서는 인정하지 않는다. 한국에서 발견된 유물이 중국에서 건너간 것이라고 믿고 있기 때문이다. 우리는 백제가 일본에 문화를 전수한 사실을 자랑스럽게 여긴다. 그러나 중국은 그것도 인정하지 않는다. 성왕(聖王) 때 일본에 건너간 박사 왕인(王仁)이 원래 중국인이라는 주장을 내놓고 있기 때문이다.

이렇게 보면 확실히 우리가 중국에 대해 생각하는 것과 중국이 우리에 대해 생각하는 것 사이에는 큰 괴리가 있음을 알 수 있다. 이러한 괴리는 도대체 어디에서 연유하는 것일까? 비록 과거에 우리와 중국의 관계가 밀접했다고 하지만 근대 이후 몇십 년간의 단절이 가져온 상대방에 대한 오해와 무지의 원인을 우리는 파악해야 할 필요가 있다. 그 원인으로는 다음과 같은 것들이 있다.

첫째, 중국은 우리와 같은 단일민족 국가가 아니라 무려 56개의 민족들이 공존하는 다민족 국가이다. 따라서 중국은 모든 것을 영토 개념으로 파악하지 민족 개념으로 생각하지 않는다. 다시 말해서 현재의 중국 영토에 있는 것이면 모두 중국 문화이고 중국 역사이다. 과거 만주에 있었던 고조선을 인정하지 않고 고구려를 자기네 역사에 편입시키려는 발상은 모두 여기에 기인한다.

둘째, 중국이 사회주의를 포기하고 자본주의화되면서 국민들의 의식에 공백이 생겼다. 그 공백을 채운 것이 국수주의 곧 내셔널리즘인 것이다. 물론 과거에도 중국이 세계의 중심이고 문화의 근원이라는 자부심은 있었다. 그러나 이것은 최근 국수주의라는 보다 과격한 형태로 부활하고 있다. 한국 문화의 독자성이나 고유성을 인정치 않으려는 자세는 여기에서 비롯된다.

우리는 현재 중국의 이러한 입장들을 잘 파악하고 대처해야만 우리의 정체성을 지켜나갈 수 있다. 그러나 그렇다고 중국에 대한 무조건적인 불신감과 혐오감을 갖는 것은 바람직하지 않다. 이러한 입장들은 근대 이후의 불안정한 정치 상황에서 생겨난 일시적 현상일수도 있기 때문이다. 따라서 양국 간의 오랜 정치적, 문화적 교류에서 형성된 유대감을 잘 간직하는 일은 긴요하다. 장구한 역사적 과정에서 이루어진 그러한 유대감은 양국 간의 일시적 갈등을 해소시켜 호혜적 관계로 나아가게 할 훌륭한 자산이다. 과거 수천 년 동안 그래왔던 것처럼 어쨌든 한국과 중국은 함께 이웃하며 살아가야 할 동아시아의 영원한 우방이기 때문이다.

『월간 에세이』 2004.10.

베이징의 밀물과 썰물

　지난여름, 많은 사람들처럼 나는 설렘과 기대 속에서 처음 중국 대륙에 발을 디뎠다. 한눈에도 베이징 시내는 활기로 넘쳐 보였고 경제 발전의 속도는 이웃인 우리에게 가히 위협적일 것 같았다. 만나본 학자들이나 마주친 시민들은 외국인에 대해 상당히 우호적이었다. 어학연수차 같이 갔던 우리 학생들은 불편하긴 했지만 그래도 조금 발전한 나라 사람 대접을 받는 그곳 생활이 싫지 않은 눈치들이었다. 학자들은 한국의 학계에 대해 놀랄 만큼 무지했으나 무척 알고 싶어 했고 활발한 교류를 희망했다. 한마디로 밀물 같은, 역동적인 분위기였다.

　그러나 이러한 분위기 속에서도 사회주의의 갑작스러운 퇴조에 수반된 또 다른 흐름이 있었다. 가령 베이징 시내 도처에서 흔히 볼 수 있는 걸인들의 존재는 무엇인가. 사회주의 국가에서 거지라니! 학생들은 이상하게 생각했다. 또 한 가지, 학자들은 가끔 나에게 최근의 학설이라며 진시황 때의 도술사 서복(徐福)이 일본에 건너가 신무천황(神武天皇)이 되었다든가 은(殷)나라 사람들이 아메리카 대륙을 발견했다는 등의 전설적인 주장을 납득시키고자 애를 썼다. 이미 기자(箕子)의 조선 건국설을 기정화시켜 놓고 있는 그들의 말이기에

나는 그들식의 새로운 국가주의(중국에서는 민족주의라는 말이 없다) 역사관쯤으로 간주할 따름이다.

가장 놀랍고도 우스꽝스러웠던 현상은 어느 민속학자로부터 들은 사실이다. 최근 자본주의 경제가 발전하면서 중국에서도 빈부의 격차가 커지고 불만 계층이 생겨나게 되었다. 이들은 당연히 사회주의가 탄탄했던 옛 시절을 그리워하게 되고 그리하여 사회 일각에서는 회고 혹은 복고의 바람이 불고 있다 한다. 그들 중의 일부는 모택동을 신앙대상으로 숭배하고 있다고도 한다. 나는 모택동 사진을 걸어둔 택시 기사에게 그 이유를 직접 물어본 적이 있다. 그의 대답은 매우 간단했다. "모 주석은 위력이 있거든요. 믿으면 영업이 잘 돼요." 흥미로운 현상이었다. 아마 모택동은 수백 년이 지나면 그가 원치 않더라도 관우(關羽)와 더불어 중국의 대표적 재신(財神)이 될 것이다. 모택동이 그토록 박멸하려고 애썼던 종교에 의해 그 자신이 다시 살아나는 이 아이러니를 어떻게 설명해야 할까?

『한국일보』 1992.

동아시아의 정체성

1990년대에 들어서면서 지금에 이르기까지 한국의 지식사회를 풍미하였던 큰 화두를 손꼽으라면 그것은 단연 동아시아론이 될 것이다. 그것은 『창비』, 『상상』, 『전통과 현대』, 『동아시아 문화와 사상』 등의 잡지와 한백연구재단, 대학 부설 연구소 등을 중심으로 활발하게 진행되어왔다. 동아시아론의 내용은 '유교자본주의', '아시아적 가치' 등과 관련한 정치, 경제상의 쟁론으로부터 '동아시아 서사', '동아시아 상상력' 등과 관련한 문학상의 논의에 이르기까지 다양한 스펙트럼을 보이고 있다. 그런데 1990년대에 들어와 이처럼 동아시아론이 흥기하게 된 것은 무엇보다도 동아시아의 정체성(正體性)에 대한 자각이 두드러졌기 때문인데 이 정체성과 관련하여 동아시아론의 형성 동기로서 반드시 거론해야 할 것은 오리엔탈리즘(Orientalism)이다. 바로 이 오리엔탈리즘의 문제의식이 있었기에 동아시아론이 제기될 수 있었던 것이다.

오리엔탈리즘이라는 말은 1980년대까지만 해도 낯설었던 것이 요즘의 지식사회에서는 유행어가 되다시피 익숙해져 있다. 오리엔탈리즘은 본래 단순한 동양 취향 정도로 이해되어왔던 단어인데 이것을 학술적으로 재정의하여 '서구의 동양에 대한 편견' 혹은 '서구의 동양 지배 방식' 등의 의미로 정립시킨 것은 아랍계 탈식민주의 자인 에드워드 사이드(Edward Said)이다. 사이드는 그의 유명한 저서 『오리엔탈리즘』에서 주로 중동 즉 아랍세계에 대한 서구의 편견 및 지배욕을 문제 삼았다. 그는 우선 그리스 로마 신화가 본래는 중동 지역으로부터 많은 영향을 받은, 다원적인 문화의 산물이었으나 후대의 학자들에 의해 단일기원적으로 설명되어 유럽 중심의 성격을 띠게 되었다고 비판한다. 서구는 이처럼 일찍부터 주체적이고 독창적인 문화를 지닌 것으로 상상되지만 중동은 그렇게 인식되지 않는다. 알렉산더 대왕의 원정 이래 중동은 정복의 대상이며 종속되기를 기다리는 비어 있는 공간처럼 인식되어왔다. 따라서 최근에도 서구 매체에 묘사되는 아랍 세계는 언제나 몰개성의 군중의 이미지로서이지 개성을 지닌 주체로서가 아니다. 사이드의 이러한 관점은 비록 서구의 중동에 대한 편견을 근거로 한 것이지만 동아시아 및 다른 비서구 지역의 경우에도 기본적으로 유효한 측면을 지닌다.

서구 오리엔탈리즘의 보다 근원적인 성격은 철학자들의 동양 논의에서 찾아볼 수 있다. 헤겔은 일찍이 아시아 제국을 역사가 없는 나라로 규정하였고, 그 주민을 자유 의식이 없는 노예에 비유하였으며, 그 문화의 수준이 유년기 단계에 있는 것으로 폄하하였다. 특히 중국 문화에 대해 공자를 철학이 없는 통속적인 설교가로 간주하고 한자를 저급한 인지 능력의 표현수단으로 경멸하였다. 마르크스 역시 이러한 편견으로부터 자유롭지 못한 것은 그가 헤겔의 동양관을 대부분 계승하였기 때문이다. 그는 유명한 '아시아적 생산양식론'을 통하여 중국, 인도 등이 낙후한 경제 형태로 인해 정체된 상태에 머물 수밖에 없었고 그 상황을 벗어나기 위해서는 서구의 식민 지배가 불가피하다는 식의 발언을 하기도 하였다. 영국의 인도 지배를 마치 미라가 든 관이 외부의 충격에 의해 깨져야 하는 것에 비유한 대목이 그것이다.

오리엔탈리즘은 문학에도 크게 영향을 발휘한다. 동양문학이 서구문학에 비해 덜 발전했고 작품 수준이 뒤떨어진 것으로 인식하는 것이 그것이다. 비숍(John L. Bishop) 같은 중국문학자는 중국 소설이 선정적이고 통속적이며, 사실성이 약하고 정합적이지 못하기 때문에 근대소설로의 발전이 뒤늦었다고 논단한다. 그러나 사이드는 그의 『문화와 제국주의』에서 서구의 근대 명작소설들이 은연중 당시의 제국주의를 옹호하고 선전하는 기능을 수행해왔음을 폭로한다. 가령 다니엘 디포의 『로빈슨 크루소』의 경우 로빈슨 크루소가 무인도에 표착하여 식인종 프라이데이를 하인으로 삼는 내용을, 정복과 명명(命名), 언어 말살, 종교 침투 등의 식민화 전략의 표현으로 볼 수있다는 것이다. 그러나 오리엔탈리즘에 대한 비판 즉 탈식민주의는 주요 입장을 서구의 후기구조주의, 포스트모더니즘 등에서 빌려왔다는 점에서 태생적 한계가 지적되기도 한다. 빌려온 연장으로 주인집을 때려부술 수는 없지 않느냐는 비유는 탈식민주의자들에게 뼈아픈 지적이다. 아울러 서구와 동양을 뚜렷이 대비시키는 전략이 결국 서구 이분법의 재생산이 아닌가하는 의문을 제기하기도 한다.

최근에 이르러 탈식민주의에 대한 비판적 검토와 아울러 주목받기 시작한 새로운 문제의식은 옥시덴탈리즘(Occidentalism) 즉 동양의 서구에 대한 편견이다. 동양은 서구 지배론의 일방적 피해자이기만 했던가? 동양 내부에서도 정치집단 혹은 지식인 집단이 자신들의 내부 지배를 달성하기 위해 서구의 정치이념이나 학술사상을 고의

적 혹은 무의식적으로 왜곡해온 역사가 있다. 가령 중국의 경우 근대 초기의 보수 세력은 서구 문명을 물질문명으로 단순화시키고 이에 대한 중국 문명의 정신적 우위를 주장하여 여전히 중국의 정신을 근본으로 삼고 서구의 물질을 이용하자는 식의 이른바 중체서용론(中體西用論)을 대응 전략으로 채택하였다. 진보 세력 역시 마찬가지였다. 그들은 서구의 과학과 정치사상을 극도로 신뢰하여 유토피아적 환상을 대중들에게 주입시키는 한편 전통을 무차별적으로 부정하였다. 옥시덴탈리즘은 비록 오리엔탈리즘만큼 연원이 깊고 광범위하진 않지만 어쨌든 호혜적 관계의 수립을 저해하는 편견임에 틀림없다. 그러나 최근 옥시덴탈리즘은 제국 혹은 식민지 내부의 모순을 과장하여 양가적(ambivalent) 상황을 강조한 결과 가해자와 피해자라는 엄연한 역사적 현실을 호도하는 경향을 보이기도 한다. 가령 일본 내부에 있는 서구 제국주의로부터의 피해의식을 강조함으로써 가해자인 일본 제국주의의 본질을 흐리고자 하는 의도가 그것이다. 최근 일본 우익의 역사 교과서 파동이 이러한 의도에 의해 힘을 얻고 있음은 분명하다.

동아시아의 정체성을 찾고자 하는 지적 움직임인 동아시아론은 서구의 오리엔탈리즘과 동아시아 내부의 옥시덴탈리즘을 효과적으로 극복하여야 유사 이래 누적되어온 동서양 간의 오해와 편견을 불식하고 호혜적인 관계 맺음을 이룩할 수 있다. 호혜적인 관계 맺음이란 무엇인가? 그것은 상대방의 타자성을 겸허히 수용하여 서로에게 대안이 될 수 있는 관계이다. 바로 이 '대안 됨'이야말로 오늘의 동아시아론이 궁극적으로 추구해야 할 과제이다. 여기에서 우리는 과거 동서 문화의 교류에서 존재하였던 '대안 됨'의 경험을 반추해야 한다. 예컨대 선교사들에 의해 전파되었던 중국의 유학이 볼테르 등 유럽의 계몽주의자들에게 영향을 미치고 다시 그것이 암암리에 서구의 근대화를 촉진하였던 일, 19세기에 낭만주의 열풍이 불었을 때 유럽에 수입되었던 인도와 중국의 신화, 종교가 서구의 문학과 예술에 적지 않은 영향을 미쳤던 일 등을 기억할 필요가 있다. 때마침 중국의 토착문화를 잘 표현한 가오싱젠의 『영혼의 산』이 노벨 문학상을 수상한 것을 보면서 우리의 동아시아론이 그동안의 이념적 모색의 단계를 거쳐 이제 현실적으로 동아시아의 힘을 예증하는 단계로 이행해야 되지 않겠는가 하는 생각을 갖게 된다. 바야흐로 동아시아론은 거대담론에서 미시적 실천의 장으로 나아가야 할 시점에 있는 것이다.

『미래의 얼굴』 2001.8.21.

동아시아와 디지털

    동아시아와 디지털이라는 개념의 조합은 디지털의 탈영토적 속
성을 생각할 때 난센스처럼 들릴 수도 있다. 국지성에 바탕한 동아
시아라는 개념이 '거리의 소멸'로 특징 지어지는 디지털이 일상화되
어가고 있는 시점에서 과연 유효할 수 있을까? 하물며 디지털 강성
대국의 수립이 국시(國是)처럼 되어 있는 이 마당에 동아시아라니?
이렇게 보면 그동안 동아시아 담론이다, 아시아적 가치다 해서 한
세월 풍미했던 지역 정체성에 관한 논의들이 디지털이라는 영역에
대해서만큼은 끼어들기 어려운 것처럼 느껴진다.

    그러나 문제는 테크놀로지 자체보다도 그것이 구축해낸 문화이
다. 디지털을 독특한 시공간성 위에 성립된 새로운 문화현상으로 파
악할 때 그것 역시 기존의 수많은 문화와의 충돌, 수용, 접합의 관계
속에 놓이지 않을 수 없는 것이다. 기존의 문화가 새로운 문화와 만
날 때 그것은 결국 이질적인 삶의 방식 간의 만남이며 궁극적으로
그 만남은 상호적응과 융합의 과정을 지향하게 된다. 이 과정에서
어느 한 문화에 의한 일방적인 동화는 소망스럽지 않다. 그것은 철
저한 정치, 경제적 지배/종속 관계와 표리를 이루기 때문이다.

    기존의 문화가 새로운 문화를 수용할 수밖에 없는 필연적인 상황

에서 지닐 수 있는, 아니 반드시 지녀야 할 두 가지 기능은 비판적 기능과 대안적 기능이라 할 것이다. 이 두 가지 기능이 제대로 작동할 때 새로운 문화의 주체적 수용과 재창조가 가능하게 된다. 이 글에서는 이 두 가지 기능의 측면에서 동아시아 전통과 디지털 문화와의 상관관계를 살펴보기로 하자.

먼저 비판적 기능의 측면을 생각할 때 디지털 문화는 근래 국가적 과업이 되다시피한 세계화(globalization)의 맥락에서 살펴볼 필요가 있다. 사실상 세계화를 추동하는 강력한 테크놀로지가 디지털이며 또한 그 거점이 제1세계 특히 미국에 자리하고 있다는 점에서 디지털화는 곧 세계화일 수도 있다는 언급이 성립된다. 그러나 다원주의, 세계시민, 초미디어 시대 등 미래 세계에 대한 현란한 수식에도 불구하고 세계화의 본질은 강대국의 헤게모니에 있음을 잊어서는 안 된다. 세계체제론적 견지에서 세계화는 제국주의, 근대화의 연장으로서 자본주의의 국제적 확대, 이로 인한 서구 열강의 비서구 세계에 대한 정치, 경제적 지배를 의미하기 때문이다. 따라서 세계화를 통한 무차별적 동화에 대한 비판은 자신의 생존을 위해서뿐만 아니라 각 민족의 개성이 조화를 이루는 진정한 세계화를 위해서도 꼭 필요한 일이다. 그렇다면 디지털 시대에 전통의 비판적 기능은 실제로 어떻게 수행되어야 할까?

최근 할리우드 자본은 동아시아의 문화적 정보에까지 손을 뻗쳐 이를 재생산하는 데에 성공하고 있다. 중국 경극 배우의 신산(辛酸)한 삶을 그린 영화 〈패왕별희(覇王別姬)〉와 중국 고대의 효녀 목란(木蘭) 전설을 각색한 애니메이션 〈뮬란〉이 그것이다. 비록 〈패왕별희〉의 경우 중국인 감독이 만들었고 〈뮬란〉의 경우에도 제작진에 다수의 재미화교들이 참여했지만 영화의 내용이나 이미지는 적잖이 서구 스타일로 조정되어 있다. 〈패왕별희〉에서의 두 경극 배우 간의 동성애 모티브는 동아시아권보다는 서구 취향에의 영합으로 간주되며 〈뮬란〉에서의 중국 여성 이미지가 서구인들에게 오히려 친숙한 일본 게이샤 이미지로 둔갑되고 있음이 눈에 거슬린다. 할리우드 영화 자본에 의해 재현된, 그러나 일정한 스타일로 변조된 동아시아의 이미지는 우리의 정체성을 다시 조정하여 결국 획일화의 노선으로 추동한다.

다음으로, 요즘 사이버 공간에서 부상하고 있는 젊은 층의 문학으로서 판타지라는 장르가 있다. 톨킨(J.R.R. Tolkin)의 『반지의 제왕』에서 유래한 현대의 환상소설인 셈인데 이미 완성도가 있는 장편 대작들이 생산되었고 지금도 유명 무명의 작가들에 의해 작품이 쏟아져 나오고 있으니 그 성황을 짐작할 만하다. 그런데 작품 내용은 한결같이 서구 중세 기사담류의 스토리를 취하고 있다. 모두가 허구인데 마치 불문율처럼 기사담만을 다루고 있는 것이 특징이다. 간혹 무협소설이나 동아시아 도술담 같은 내용으로 이루어진 것들도 있지만 정통 판타지의 영역에서는 배제되고 있다.

우리가 서구 기사담에서 착상을 얻어오는 것 자체는 개인의 취향이고 하등 문제될 것이 없다. 다만 환상성이 없다면 모르지만 나름대로 풍부한 전통적 소재에 대한 관심을 저버린다든가 심지어 그런 경향의 작품을 은연중 폄하하여 영역에서 밀어내는 행위는 스스로를 소외시키는 것이나 다름없는 일이다. 가상공간은 이미 인터넷의 확대에 따라 수많은 문화가 교차, 경합하는 장이 되어 있고 이러한 시점에서 일방의 문화만을 편식, 수용하는 성향은 앞서 말한 문화적 다양성의 측면에서 볼 때 바람직하지 못한 현상이라 할 것이다.

이제 전통의 대안적 기능에 대해 생각해볼 차례이다. 여기서의 대안적 기능이란 해석기제로서의 기능을 의미한다. 이 기능을 통해 전통은 새로운 문화를 접수함에 그치지 않고 자기화하여 재창조를 기약할 수 있다. 동아시아 전통이 갖고 있는 현대 신문명의 해석 기능에 대해 일찍부터 주목한 것은 오히려 서구 학자들이었다. 보어(N. Bohr)가 음양론으로 상대성 이론을 설명한 것이라든가 카프라(F. Kapra)가 도교, 불교 학설로서 현대 물리학, 신과학 현상 등을 해설한 것은 널리 알려진 사실이다. 그러나 이들의 착안은 이미 고전적인 사례에 속한다.

영화 〈매트릭스(matrix)〉를 보자. 매트릭스란 컴퓨터가 만든 꿈의 세계이다. 인공지능에 의해 제압당한 인간은 기계적으로 배양되고 완전히 입력된 일상을 현실처럼 살아간다. 그러므로 이 세계는 주인공 네오에게 있어 꿈인지 현실인지 분간이 되질 않는다. 그것은 마치 장자(莊子)가 나비로 변한 꿈을 꾸고 깨어난 뒤에 현실이 나비의 꿈속 상황인지, 자신이 나비를 꿈꾼 것인지 회의했다는 우화의 경지와 흡사하다. 오늘 우리가 경험하고 있는 컴퓨터상의 가상현실이 보다 가속화되면 우리는 장자의 호접몽(胡蝶夢)이나 불교의 색공관(色空觀)에 의한 존재론을 실감하며 살아가게 될 것이다. 다시 네오는 각성된 투사들과 더불어 사이버 분신을 매트릭스에 침투시켜 사이보그와 대결한다. 이는 현존 사이버 공간상의 아바타(Avatar)가 극도로 활성화된 모습이다. 아바타란 가상현실에서 사용자를 표시하는 그래픽 아이콘인데 네티즌들은 자신들의 아바타를 통해 가상현실 속에서 욕망을 대리 배출할 수 있다. 그런데 이러한 아바타의 원형은 일찍이 도교의 수련법에서 나타난다. 신선 여동빈(呂洞賓)이 지었다고 전해지는 『태을금화종지(太乙金華宗旨)』에 실린 「원신출태도(元神出胎圖)」를 보면 수련이 상당한 경지에 도달한 사람의 경우, 머리끝 백회혈(百會穴)에서 분신이 나가 활동을 한다. 도교 분신과 사이버 공간상의 아바타는 그것을 작동시키는 동력만 다를 뿐이지 근본적으로는 동일한 성격의 존재이다.

　이 밖에도 오늘의 디지털 문화를 설명하는 학자들―보드리야르, 들뢰즈 등의 이론과 도교, 불교 개념과의 상사점(相似點)이 자주 논의됨으로써 동아시아 전통이 디지털 문화현상에 대한 해석기제로서 충분히 기능할 수 있음이 입증되고 있다. 물론 전통의 이러한 해석적 기능은 단순히 문화현상의 의미를 과거로 환원하는 데에 목표를 두어서는 안 된다. 앞서 예시한 비판적 기능의 충분한 수행을 통하여 획득한 냉철한 현실인식 위에서 환원적이 아닌 미래지향적인 해석을 추구할 때에 동아시아 전통은 디지털 문화와 창조적으로 조우하게 될 것이다. 누가 말했던가? 아시아 전통을 두고 "밀폐된 관속에 보존된 미라"와 같다고. 마르크스의 이 어처구니 없는 실언이라니.

2000.8.12.

동아시아 문화의 고유성과 보편성

　근자에 들어 우리는 동아시아를 단위로 한 언급이 부쩍 늘었음을 실감하게 된다. 동아시아 경제, 동아시아 문화, 동아시아적 가치 등의 용례(用例)로부터 보여지듯이 동아시아는 어떤 의미에서든 동질성을 갖는 공동 영역으로서 사유되고 있는 것이다. 그런데 최근의 이러한 경향은 어떠한 이유로 인해서인가? 아무래도 우리는 동아시아라는 지역적 연대감을 강조하는 이면에는 어떤 상대적 개념이 전제되어 있을 것이라는 추측을 해볼 수 있는데 그것은 다름 아닌 서구일 것이다. 그렇다면 동아시아라는 개념의 등장은 서구에 대해 지역적 정체성을 주장하기 위한 필요와 상관된다고도 말할 수 있을 것이다.

　그러나 서구의 경우도 오늘날과 같은 지역적 정체성을 확보하게 되기까지에는 오랜 역사적 과정이 필요했다. 가령 그리스 시대에는 정치, 문화적으로 주변국에 대해 배타적이어서 헬라인 중심으로의 사유가 나와 타자를 준별하는 이분법적 철학의 시발이라고 보는 견해도 있다. 알렉산더 대왕의 원정 이후 지역적 편견을 극복하려는 관념이 생겼으며 로마 제국의 대통일은 세계시민의식 같은 공동체적 정신의 형성을 가능케 했다. 중세 시기에는 기독교가 유럽 전역의 의식을 묶는 역할을 했다. 몽골의 침입에 대항하기 위해 결성되었던 동유럽 기사단, 성지 탈환을 위해 조직된 십자군 등은 유럽연합의 이른 실례들이다. 이후 근대 무렵 산업혁명과 자본주의의 발전을 함께 이룩하고 비서구권과 확연히 구분되는 정치, 경제, 문화적 위상을 갖게 되면서 '우리 서구인(We westerner)'이라는 동질감이 자연스럽게 형성되었다.

이에 비해 동아시아의 지역적 연대의 역사는 어떠한가? 고대의 중국대륙은 단일민족이 지배하던 지역이 아니었고 다수의 종족과 문화가 상호 교류하던 상황에서 일종의 세계시민의식 같은 것이 존재해 있었다고 볼 수 있다. '천하(天下)'라든가 '사해(四海)' 등의 어휘는 일국 중심을 초월한 세계 전체를 표명하는 말이었다. 대체로 당대(唐代)까지 동아시아는 국가 간의 왕래도 활발하고 개방적으로 다양한 문화를 공유하는 수준에 있었다고 보여진다. 그러나 송대(宋代) 이후 앞서의 어휘들은 더 이상 세계를 의미하지 않게 되었고 동아시아 각국은 폐쇄적인 관계로 들어갔다. 여기에는 문맹국인 화(華)와 야만국인 이(夷)를 구별하는 중국 중심적 사고가 크게 영향을 미쳤는데 이 사고는 주로 송대 이후 강화된 성리학적 세계관에 기인한다. 근대 이후 동아시아 제국은 서구 세력에 직면하면서 각자의 길을 걷게 된다. 이 와중에서 선발주자였던 일본은 아시아에 대한 침략을 감행하여 연대감에 큰 상처를 입혔고 이 상처는 일본의 미흡한 반성으로 인해 아직도 한국, 중국 등 피해 당사국 국민에게는 감정적 앙금으로 남아 있다. 이러한 역사적 경험에도 불구하고 동아시아 제국이 동질감을 느끼고 '동아시아적'이라는 관형어를 가장 자연스럽게 사용할 수 있는 분야는 아마도 문화일 것이다. 정치, 경제와는 달리 문화는 종족적 이해관계를 초월하여 쉽사리 넘나들 수 있고 따라서 일정한 지역적 공감대를 형성하기 쉽기 때문이다.

그렇다면 우리가 동아시아 문화를 정의할 때 서구 등 여타 문화와 변별될 수 있는 고유한 내용은 무엇인가? 최근 문명충돌론을 제기하여 학계에 파문을 일으킨 바 있는 새뮤얼 헌팅턴(Samuel Huntington) 교수는 전 세계를 중화, 일본, 힌두, 이슬람, 그리스 정교, 서구, 라틴아메리카, 아프리카의 8개 문명권으로 나누었는데 이 중 한국까지 포함된 중화문명권의 실제 내용을 유교문화로 보고 있다. 이 경우 동아시아 문화의 특징을 유교적인 것으로 보는 것이 타당할까? 헌팅턴은 비록 일본을 중화문명권에서 독립시켰지만 이에 동의하지 않는 학자들도 있으므로 일본 역시 유교문화의 영향권에 있는 것으로 간주할 때 한중일 3국 및 베트남, 타이완, 홍콩, 싱가포르 그리고 동남아시아 화교사회를 망라한 동아시아권의 문화 내용을 유교로 규정하는 것은 타당성이 있다. 다만 유교가 동아시아의 모든 문화적 특질을 다 포괄하는 것은 아니므로 우리는 어느 특정 종교를 대표로 내세우기보다 동아시아 문화의 여러 측면을 통해 특징적 요소를 파악하는 것이 더 이해하기 쉬우리라 생각된다.

가령 신화를 예로 들면 그리스 로마 신화에서 인간의 중요한 무의식적 요소로 표현되고 있는 오이디푸스 콤플렉스 같은 것은 중국 신화를 비롯 동아시아 신화에서는 잘 나타나지 않는다. 종교적 관념에 있어서도 동아시아 전통 종교의 경우 강력한 기독교적 유일신과 같은 개념은 찾아보기 힘들다. 유교의 성인, 불교의 부처, 도교의 신선 등은 기독교의 신관(神觀)처럼 인간과 절대적 간극을 갖지 않고 인간의 노력에 의해 달성될 수 있는 존재들이다.

문학, 예술상에 있어서도 동서양은 표현 방식, 심미적 관점 등에 있어서 차이가 있다. 소설의 경우 동아시아 소설은 서구 소설처럼 목적론적, 직선적인 진행 방식을 취하지 않는다. 간간이 주제와 관계없는 객담이 끼어들기도 하고, 사실과 초자연적인 내용이 뒤섞이기도 하면서 우리에게 일관된 짜임새로서의 느낌을 주지 않는다. 소설『삼국지』를 보면 주인공의 개념도 서구 소설처럼 간명하지 않고 너무나 많은 인물들이 등장한다. 그리고 주인공인 듯한 유비, 제갈량, 조조 등이 모두 죽었는데도 이야기는 한참이나 계속된다. 다시 말해서 완결성을 추구하지 않는 것이다. 대체로 이것은 세계관의 차이에 기인한다. 서구에서는 객관세계가 우리의 눈에 의해 완전히 파악되고 재현될 수 있다고 본 반면 동양에서는 우리가 포착할 수 있는 것은 혼돈 속의 질서일 뿐이라고 본다.

예술작품 최고의 경지도 동서양이 추구하는 바가 다르다. 동아시아 예술의 경우 확실한 비극적 효과나 극단적인 미감은 오히려 극복 대상이다. 일찍이 공자는 진정한 예술의 경지란 "즐겁되 음란하지 않고(樂而不淫)", "슬프되 마음 상하지 않는(哀而不傷)" 느낌을 불러 일으키는 것이어야 한다고 심미 표준을 제시해놓았다. 따라서 동아시아 예술에서는 지나친 감정의 추구를 배격하고 담박(淡泊)한 느낌을 주는 이른바 중화미(中和美)를 최고의 예술경지로 예찬한다.

동서양은 인간, 사회 관계에 있어서도 그 중시하는 측면이 다르다. 동아시아의 경우 개인성보다 공동체 의식이 강하고 이것은 조직 사회에서 합리성보다 관계성을 중시하는 경향을 낳게 된다. 기업을 기능집단을 넘어선 모종의 가족적 성원 관계로 인식하는 성향이 있는 것도 이 때문이다. 최근 어느 연구기관에 따르면 동아시아 문화의 가장 큰 특성들로서 '유교적 가치관과 규범', '조화론적 관념', '인간관계의 중시' 등을 들고 있는데 아마도 앞서 열거한 각각의 특성들은 이와 같은 세 가지 항목 속에 대체로 귀납되는 것으로 보아도 무리는 없을 것 같다.

이제 우리는 이러한 동아시아 문화의 고유한 내용들이 과연 현대 세계문화에 대해 어떠한 긍정적 기능을 할 수 있을지 생각해볼 필요가 있다. 첫번째 '유교적 가치관과 규범'의 긍정적 기능으로는 가족 중심적, 공동체적 윤리가 산업화 시대의 인간 소외와 극단적 개인주의가 초래한 윤리 상실 및 비인간화 현상을 완화, 치유해줄 것을 기대해볼 수 있다. 유교정신은 사회적 통합과 질서 유지를 위한 안전장치로서 사회적 보호망을 제공할 수 있을 것이다. 아울러 정신가치에 대한 존중의식을 함양시키며 과거의 사인(士人) 의식을 발양(發揚)하여 지식인의 사회 비판 책무를 제고할 수 있을 것이다. 경제적인 차원에서 종래 유교는 무용하거나 심지어 발전에 장애가 되는 것으로 생각해왔었지만 근래 동아시아 경제의 흥기는 이러한 시각(주로 서구 학자들의)을 재검토하게 만들었다. 즉 유교 정신에 바탕을 둔 높은 교육열과 인간관계의 중시 등이 동아시아 특유의 근대화 및 자본주의적 발전의 원동력으로 작용했다고 보는 것이다. 서구식의 발전 모델만이 유일한 것이 아니고 유교문화에 바탕한 동아시아식 발전모델도 가능할 뿐만 아니라 미래의 대안이 될 수 있다고 보는 이러한 논의를 유교자본주의론이라고 하는데 이 가설은 하버드대학의 뚜웨이밍(杜維明) 교수 등 중국계 학자들에 의해 주로 제창되고 있다. 유교자본주의론의 현실적 토대는 한국, 일본, 중국, 타이완, 싱가포르 등 과거 유교문화가 지배했고 현재에도 큰 영향을 미치고 있는 지역이다. 이곳은 일본을 필두로 서구 자본주의 세계 이외의 지역에서 유일하게 경제 발전을 이룩한 지역이다. 비록 근래 한국 등이 IMF 관리체제에 놓이게 되고 미국식 자본주의의 압박을 받게 되면서 유교자본주의론은 그 실효성이 감소된 느낌은 있지만 여전히 동아시아 지역의 경제 기적을 설명해줄 수 있는 논리로서의 기능을 하고 있다. 그러나 미래의 대안이 되기 위해서는 정부 주도의 경제, 개발독재 등의 단점에 대해 차제에 수정, 보완의 기회를 갖지 않으면 안 될 것이다. 아울러 유교적 가치관이 현대 생활에 끼친 부정적 영향도 간과해서는 안 된다. 엄격한 위계질서 및 남녀차별 의식이 불평등한 인간관계를 조장해왔던 점, 지나친 집단의식으로 인해 민주적, 개인적 가치와 창의력을 저해했던 점 등은 진정한 유교 현대화의 과정에서 극복, 지양되어야 할 것이다.

두 번째, 자연과 인간, 인간과 인간, 이성과 감성의 조화를 강조하는 '조화론적 관념'의 긍정적 기능으로는 우선 자연을 유기체적 생명체로 파악함으로써 자연을 개척의 대상이 아니라 공생의 상대로 수용하는 생태학적 의식의 진작을 들 수 있다. 이와 관련해서는 특히 유교와 쌍벽을 이룬 중국의 민간종교인 도교의 적극적 활용을 기대해 봄직하다. 도교의 무위자연(無爲自然), 천인합일(天人合一) 의식 등은 인간과 자연을 통합적으로 볼 수 있는 시각을 제공해주며 양생(養生) 사상은 생명에의 외경심을 강화시켜준다. 그리고 도교의 지류로서 독자적 체계를 구축한 한의학은 대체의학으로서뿐만 아니라 서양의학과 상호보완적인 견지에서 의학의 새로운 국면을 개척해 나갈 수 있을 것이다. 다음으로 '조화론적 관념'은 포용과 관용을 중요한 사회적 덕목으로 강조함으로써 화해와 상생(相生)의 사회적 관계를 유지시켜준다. 그리고 자기 정체성의 근거 위에서 외래문화를 수용할 수 있는 문화적 역량을 함양시켜 줄 것이다. 그러나 이러한 관념 역시 긍정적 기능만 갖는 것은 아니다. 순응적, 수동적 삶의 태도를 형성하여 절충주의, 적당주의를 초래하고 비합리, 비과학의 질곡으로 빠졌던 과거의 폐단은 과감히 시정되어야 할 것이다.

세 번째 '인간관계의 중시'는 실제적인 차원에서 첫 번째와 두 번째 특성과 각기 부분적으로 중복되기 때문에 생략하기로 한다.

이와 같이 우리는 동아시아 문화의 고유성과 그것이 현대뿐만 아니라 미래에 대해서도 미칠 수 있는 긍정적 작용에 대해 살펴보았다. 동아시아 문화가 미래에도 힘을 발휘할 수 있다면 그것은 인류적 보편가치를 지닐 수 있게 된다는 것을 의미한다. 여기에서 우리가 깨달아야 할 것은 고유성이란 항상 보편성과 대립되는 개념이 아니라는 사실이다. 다시 말해, 문화의 고유성이란 고정 불변의 실체가 아니다. 고유성은 스스로의 역사적 한계를 비판, 극복하면서 적용 범위를 확대시켜 나갈 때 보편성과 조우하게 된다. 동아시아 문화의 고유성이 동아시아인만의 유산에 그치지 않고 세계 인류가 모두 향유하는 자산이 될 가능성은 여기에 있다.

『인재제일』, 1998.3.15.

갈홍과 안지추, 난세적 삶의 두 표본

　세상을 사는 상이한 두 가지 삶의 방식을 제시하는 대표적 고전으로 사람들과의 관계를 중시하는 『논어』와 자연의 본질을 우선하는 『도덕경』을 들 수 있다. 그런데 중국 역사상 최악의 난세에 이 대조적인 두 입장을 바탕으로 성공적인 삶을 산 두 사람이 있다. 그들은 위진남북조(魏晉南北朝) 시대에 각기 도교와 유교를 대표했던 지식인인 갈홍(葛洪, 283~343)과 안지추(顔之推, 531~590)이다.

　먼저 갈홍을 보자. 신비주의자 갈홍은 불로장생의 비법을 말하고 있는 『포박자(抱朴子)』의 저자이다. 그는 가족과 함께 동란에 빠진 중원을 떠나 나부산(羅浮山)에 은거하여 수련을 하였고 나중에 신선이 되었다는 전설을 남겼다. 도교를 학문적으로 체계화한 그의 수련법은 자손과 제자들에게 계승되어 중요한 교파를 형성하였다. 다음으로 안지추는 현실주의자로서 그의 『안씨가훈(顔氏家訓)』은 예법, 학문, 언어 등 처세에 필요한 소양과 지혜를 자손들에게 전하는 형식으로 지어진 책이다. 그는 전란의 시기에 양(梁)나라에서 북제(北齊), 북주(北周), 수(隋)나라 등에 이르기까지 왕조마다 중용되었다. 그가 남긴 가훈을 잘 지켰는지 당나라에 들어와 집안이 크게 일어나 대학자 안사고(顔師古), 명필 안진경(顔眞卿) 등 뛰어난 인물들을 배출하였다.

동양학의 새 길을 찾아서

단순히 생각하면 두 사람은 각기 도교와 유교를 바탕으로 난세에 그 자신은 물론 후손까지 명철보신(明哲保身)에 성공한 것으로 볼 수 있을 것이다. 그러나 그들의 사상과 행적을 자세히 살펴보면 이러한 생각은 피상적임을 알 수 있다. 갈홍의 『포박자』는 내편과 외편으로 구성되어 있는데 비록 내편에서 "족함을 아는 자는 은둔하여 세상에 쓰이지 않는다(知足者, 則能肥遁勿用)"고 갈파하고 있지만 외편에서는 현실에 대한 짙은 관심을 표명하고 있다. 실제로 갈홍은 유적(流賊)이 고향에 침입했을 때 의병을 일으켜 물리친 적도 있다. 안지추는 어떠한가? 그의 『안씨가훈』은 "학문과 기예를 지니고 있는 자는 어디서든 안주할 수 있다(有學藝者, 觸地而安)"는 처세의 의지로 가득 차 있으면서도 「양생(養生)」편과 「귀심(歸心)」편에서는 불로장생과 내세에 대한 관심을 감추지 않고 있다. 바로 이러한 입장이 소중하다.

난세를 성공적으로 살아가는 비결은 자신의 성향에 맞는 한 가지 소신을 바탕으로 하면서도 그것과는 정반대의 다른 것을 수용할 수 있는 여지를 항시 열어두고 있는 데에 있다. 이러한 깨달음은 한 개인의 삶을 넘어 한 국가의 삶 곧 역사에도 적용된다. 조선시대를 돌이켜보면 전기만 해도 성리학자들이 도교, 불교를 넘나들 만큼 회통적인 자세를 지녔다. 그 역동성이 임진왜란과 같은 엄청난 전란을 극복할 수 있는 힘이 되었을 것이다. 그러나 그 후 경직된 주자학으로 인해 탄력을 잃으면서 대응 능력을 상실하고 구한말의 격랑(激浪)을 넘지 못했던 것이 아닐까? 오늘이 어려운 시절임을 느낀다면 두 사람의 대조적인, 그러나 어딘가에서 만나고 있는 삶을 한번 곱씹어볼 필요가 있다.

남녀상열지사 그리고 궁체시(宮體詩)와 성

—『시경(詩經)』에서 「장한가(長恨歌)」까지

1. 신화와 성 그리고 시

중국인은 일찍이 『맹자(孟子)』에서도 "식욕과 성욕은 본능이다(食色, 性也)"라고 긍정했듯이 "먹고 마시는 일과 남녀 간의 일(飮食男女)"이야말로 인간의 가장 중요한 행위로 간주했던 만큼 당연히 애정과 성이 문학에서 전면적으로 다루어져왔다. 물론 이러한 현상은 다른 지역의 문학에서도 대차(大差) 없을 것이다. 그러나 우리는 서양문학이 신화에서 서사시의 단계를 거쳐 문학으로 진입한 것을 알고 있지만 중국문학의 경우 신화 이후 서사시의 단계가 없이 기원전 5세기경 이미 최초의 앤솔러지인 『시경(詩經)』이라는 서정시집이 출현했다는 사실에 대해 주목할 필요가 있다. 물론 시경은 제사를 노래한 송(頌)과 조정의 악가(樂歌)인 아(雅)와 민요인 풍(風)의 세 가지 성분으로 이루어져 있지만 이중에서 서정시 풍의 내용이 가장 많고 다양하기 때문에 서정시집으로 규정해도 크게 무리는 없다.

풍은 각 지방의 민요인데 이 중에는 이른바 '남녀상열지사(男女相悅之詞)'로 간주되는 작품들이 적지 않다. 지역적으로는 정(鄭)나라와 위(衛)나라의 민요에 특히 이런 경향이 짙어서 후세에는 '정위(鄭衛)'

라고 하는 말이 음란한 음악이나 시를 지칭할 정도였다. '남녀상열지사'를 비롯한『시경』의 시가들이 유행했던 시기는 지금부터 2,500여 년 전으로 이때는 아직 유교적 도덕률이 정립되지 않았고 여전히 신화, 민속적 세계관이 지배하고 있었다. 그렇다면 우리는 당시에 존재했던 신화와 민속을 통해 중국시와 성의 근원적인 그리고 고유한 관계성을 탐색해볼 필요가 있다.

중국 신화에서 여신 여와(女媧)는 황토로 인류를 빚어내고 무너진 하늘과 땅을 재건해낸 대모신(大母神)이다. 생명과 치유의 신 여와는 인류를 창조해낸 데에 그치지 않고 이들을 존속시킬 방도를 생각해냈다. 그것이 결혼제도였는데 여와는 한 걸음 더 나아가 스스로 중매쟁이가 되어 적극적으로 남녀의 결합에 앞장섰다. 그리하여 여와는 위대한 중매쟁이 신이 되었고 사람들은 그녀를 고매신(高媒神)이라고 부르며 숭배하였다. 해마다 봄철이 되면 이 고매신의 사당에서 성대한 축제가 벌어졌는데 춤을 추고 노래하는 와중에 눈이 맞은 남녀들은 사당의 뒷숲으로 들어가 그들만의 행위를 즐겼다. 이것은 위대한 중매쟁이 여와 여신의 뜻에 지극히 합당한 일이었기 때문이었다. 프랑스의 중국학자 마르셀 그라네(Marcel Granet)는 그의 명저『고대 중국의 춤과 전설』에서『시경』의 연애시들이 다름 아닌 고대 젊은 남녀의 짝짓기 축제에서 비롯했다고 주장하였다. 짝짓기 축제는 현재까지도 중국 남방의 묘족(苗族) 등 소수민족 사이에서 전해 내려오고 있으며 호남(湖南)의 산촌을 무대로 한 연애소설인 선충원(沈從文)의 현대 작품『변성(邊城)』에서도 그러한 풍정이 묘사되어 있다. 이러한 신화적 배경을 염두에 둘 때『시경』의 이른바 '음시(淫詩)'들은 실감나게 우리에게 다가온다.

野有蔓草,	들판에 덩굴풀,
零露漙兮.	이슬이 방울방울 맺혀 있네.
有美一人,	아름다운 한 사람이 있는데,
淸揚婉兮.	맑은 눈에 넓은 이마가 이쁘기도 하네.
邂逅相遇,	뜻밖에 서로 만나니,
適我願兮.	내 소원대로 들어맞았네.(후략)

—「들판의 덩굴풀(野有蔓草)」**1**

子惠思我,	그대가 날 사랑한다면,
褰裳涉溱.	치마 걷고 진수라도 건너가리라.
子不我思,	그대가 날 생각 않는다면,
豈無他人.	세상에 사내가 그대뿐일까?
狂童之狂也且.	바보 같은 미친 녀석아! (후략)

—「치마 걷고(褰裳)」**2**

「들판의 덩굴풀」은 이른바 야합의 기쁨을 노래한 시이고 「치마 걷고」는 강렬한 사랑의 감정을 진솔하게 표현한 시이다. 이 시들이 에로틱한 정서를 환기하지 않는 것은 아니지만 중국시는 전통적으로 성에 대한 노골적 표현을 자제해왔다. 그것은 공자가 시의 표현 기준으로 "즐겁되 음란하지 않은(樂而不淫)" 경지를 제시했기 때문이다. 『시경』의 애정시들은 당연히 본래 이보다 노골적이었겠지만 공자의 편집을 거쳤기 때문에 상당히 완화된 모습을 우리에게 보여준다. 그

---

1 『시경(詩經)·정풍(鄭風)』. 번역은 이하 모두 김학주, 『시경(詩經)』(명문당, 1975)을 따랐다.

2 『시경·정풍』.

래도 성적 욕망을 은밀히 표현하는 작품들이 없는 것은 아니다.

東方之日兮,　동녘의 해 같은,

彼姝者子,　　저 아름다운 여인이,

在我室兮.　　내 방에 와 있네.

在我室兮,　　내 방에 와서는,

履我卽兮.　　내 뒤만 붙어다니네.(후략)

　　　　　　　　　　　　—「동녘의 해(東方之日)」**3**

(전략)

薈兮蔚兮,　　뭉게뭉게 구름 일더니,

南山朝隮.　　남산에 아침 무지개 떴네.

婉兮孌兮,　　아리땁고 예뻐라,

季女斯飢.　　소녀는 굶주렸네.

　　　　　　　　　　　　　　—「후인(候人)」**4**

「동녘의 해」를 통해 우리는 당시 젊은 남녀의 성이 공인되어 있을 정도로 자유로웠다는 것을 알 수 있다.「후인」은 상당히 상징적인 수법으로 젊은 여자의 성욕을 노래한 시이다.『시경』시는 흔히 전반부에서 객관적 경물(景物)로 연상 작용을 일으키고 후반부에서 주관적 심사(心思)를 표현하는 이른바 흥(興)의 기법을 사용한다. 이 시에서 아침 무지개가 환기하는 것은 섹스이다. 중국의 신화에서는 무지개를 자웅동체의 동물로 보았는데 색이 진한 부분과 연한 부분을 암놈

---

3 『시경 · 제풍(齊風)』.

4 『시경 · 조풍(曹風)』.

과 수놈이 교미를 하고 있는 모습으로 여겼던 것이다. 따라서 소녀는 배가 고픈 것이 아니라 성에 굶주린 것으로 읽히게 된다.

2. 왕궁의 색정 그리고 궁체시(宮體詩)

우리는 『시경』 시를 통해 신화, 민속적 배경에서 펼쳐진 애정시의 양상을 일별(一瞥)해보았다. 그런데 중국의 시가 전통은 최초의 민요집인 『시경』을 바탕으로 그 서정과 형식을 면면히 계승하여 당시(唐詩)에 이르러 최고봉에 도달하게 된다. 가장 완성된 형식인 근체시(近體詩)로 가는 도상에 중국시는 에로티시즘 곧 색정과 가장 밀접한 관계를 맺게 되는데 그것은 궁체시(宮體詩)라는 장르에서이다. 정치적으로는 난세였지만 중국문학의 르네상스라고 불리는 위진남북조(魏晋南北朝) 시대는 유교가 쇠퇴하여 윤리적 제약이 느슨해지고 예술적으로 탐미주의가 미만(彌漫)했던 시대였다. 이 시기에 남조(南朝) 왕국의 군주들은 정치보다 문학을 애호하였고 신하들과 더불어 향락적인 궁중 생활을 음영(吟詠)하기를 일삼았는데 당시의 문풍(文風)에 주목하여 문학사가들은 이러한 경향의 문학을 색정문학(色情文學)이라 명명하였고[5] 특히 이의 중심이 되었던 시체(詩體)가 궁체시였다. 간문제(簡文帝), 진후주(陳後主) 등의 군주를 비롯 심약(沈約), 왕융(王融), 강총(江總) 등의 일류 문인들은 여인들의 자태와 심태(心態) 그리고 그들과의 사랑, 심지어는 남색(男色)에 이르기까지 에로틱한

---

5 劉大杰, 『中國文學發展史』, 臺北 : 華正書局, 1984, pp.310~313.

정서를 궁체시를 통해 표현해냈다.

심약은 여인의 잠자리 정경을 이렇게 그린다.

憶眠時,　　　잠잘 때를 생각하면,
人眠强未眠,　다른 사람이 잠잘 때도 억지로 아직 자지 않으며,
解羅不待勸,　얇은 비단옷 벗을 때는 도움을 기다리지 않고,
就枕更須牽.　잠자리에 들어서는 더욱이 끌어안아 주길 바란다네.
復恐傍人見,　행여 곁의 사람이 볼까 봐,
嬌羞在燭前.　수줍음 머금은 채 촛불 앞에 있네.
　　　　　　　—「여섯 가지 생각 4(六憶詩 其四)」**6**

자는 얼굴 보이지 않으려는, 그리고 부끄러워 스스로 옷을 벗어 버리지만 행위에서는 적극적인 여인의 심태를 심약은 천천히 관찰하듯이 그려냈다. 궁체시의 작품들은 특히 관음주의(觀淫主義)적 시선에 의해 지어진 것들이 많다. 이것은 후대의 성애소설(性愛小說) 『금병매(金瓶梅)』의 삽화에서도 두드러진 현상인데 김홍도, 신윤복 등의 풍속화 혹은 그들이 그렸다고 전해지는 춘화도에서도 가끔 나타나는 현상이다. 그러나 노골적인 성행위를 상징적인 기법으로 은폐한 작품도 있다. 가령 진후주는 후배위(後背位)를 다음과 같이 묘사한다.

麗宇芳林對高閣,　예쁜 집, 아름다운 숲 마주한 높은 누각,
新粧艷質本傾城.　막 화장 마친 요염한 몸 최고의 미인일러라.

6　번역은 서릉 편, 『옥대신영(2)』(권혁석 역주, 소명출판, 2006), 145쪽에 실린 것을 따랐다.

映戶凝嬌乍不進,　문가에서 교태에 홀려 잠시 못 들어갔더니,
出帷含態笑相迎.　휘장을 걷고 미소 띤 얼굴로 맞이하네.
妖姬臉似花含露,　어여쁜 얼굴 마치 이슬 머금은 꽃 같은데,
玉樹流光照後庭.　옥 나무는 반짝반짝 뒤뜰을 비추네.

　　　　　　　　—「뒤뜰에 핀 옥꽃(玉樹後庭花)」

　옥수(玉樹)는 남성의 성기를 표현하는 옥경(玉莖)과 동의어로 쓰였
고 후정(後庭)은 후배위 자세에서의 여성의 성기를 상징한다. 기타의
구절들 역시 후배위 시의 신체 부위와 자세 등을 암시적으로 묘사한
것임을 알 수 있다. 궁체시인들은 이성 간의 사랑을 노래하는 데에
만족하지 않고 동성애(여기서는 호모섹스)를 음영하기에 이른다. 간문
제 소강(蕭綱)은 이렇게 자신의 동성애 파트너를 노래했다.

孌童嬌麗質,　아름다운 소년의 아리따운 몸매는,
踐董復超瑕.　동언을 짓밟고 또 미자하를 뛰어넘네7 (중략)
攬袴輕紅出,　바지자락 손으로 잡으니 연홍색 살결 나타나고,
回頭雙鬢斜.　고개 돌리니 양쪽 살쩍 비스듬히 보이네.
懶眼時含笑,　나른한 눈동자는 이따금 미소 머금고,
玉手乍攀花.　옥 같은 손은 문득 꽃가지를 잡아당기네.
……
足使燕姬妬,　연나라 여인들 질투하게 할 만하고,
彌令鄭女嗟.　더욱이 정나라 여인들 탄식하게 하네.

　　　　　　　　—「아름다운 소년(孌童)」**8**

───────────

7　동언(董偃)은 한무제(漢武帝) 때, 미자하(彌子瑕)는 위(衛)나라 때의 미소년.

8　번역은 서릉 편, 앞의 책, 355~356쪽에 실린 것을 따랐다.

중국에서 동성애의 전통은 유구하다. 이미 역대의 황제들이 공공연하게 미소년을 총첩(寵妾)으로 두었으니 일반의 풍조야 말할 나위 없었을 것이다. 동성애에 대한 묘사 역시 은근한 정서를 환기하지, 노골적이진 않다. 궁체시는 비록 여인 내지 사랑의 대상이라는 특별한 소재를 다룬 시가 장르이지만 어디까지나 그 형식이 관방 정통 문학의 범위를 벗어난 것은 아니었으므로 성애에 대한 묘사는 이처럼 은근할 수밖에 없었다. 그러나 "다정하게 두 입술 다물고 있다가, 일 있으면 두 다리를 벌리네(多情兩脣合, 有事兩脚開)"와 같은 식의 노골적인 성애 표현도 없는 것은 아니었다. 남녀 간의 성이 분방하기로 유명했던, 특히 여성들의 자유연애가 고조에 달했던 당(唐)나라 때에 지어진 「천지음양대락부(天地陰陽大樂賦)」가 그것이다.

　　(전략)

乃出朱雀,	이에 옥경을 드러내고,
攬紅褌.	붉은 속곳을 당겨 벗기며,
抬素足,	흰 발을 들어 올리고,
撫玉臀.	옥 같은 둔부를 쓰다듬네.
女握男莖,	여자는 옥경을 잡으니,
而女心忒忒,	그 마음이 푸르르륵.
男含女舌,	남자는 여자의 혀를 머금으니,
而男意昏昏.	그 정신이 가물가물.
方以精液塗抹,	바야흐로 정액을 칠해 바르며,
上下揩擦.	위아래로 문지르네.[9] (후략)

9　번역은 최진아, 『환상, 욕망, 이데올로기 ― 唐代 愛情類 傳奇 硏究』(문학과지성사,

당시의 일류 문인 백행간(白行簡)에 가탁(假託)된 이 작품은 그러나 아주 드문 경우에 속한다. 백행간의 형으로 대시인이었던 백거이(白居易)가 당 현종(玄宗)과 양귀비와의 사랑을 노래한 「장한가(長恨歌)」에서의 다음 묘사야말로 남조 궁체시의 관음주의적 시각을 계승, 발전시킨 절창(絶唱)이라 할 것이다.

春寒賜浴華淸池, 쌀쌀한 봄날, 화청지 온천에서 목욕하라 하시니,
溫泉水滑洗凝脂. 온천물은 매끌매끌, 씻겨진 피부는 기름 엉긴 듯.
侍兒扶起嬌無力, 시녀가 부축해 일어나니 교태로이 힘없는데,
始是新承恩澤時. 비로소 첫 성은을 입으려는 때로구나.[10]

백거이는 현종과의 정사 전야의 양귀비의 목욕 장면을 몰래 엿보듯이 세밀하게 묘사하였다. 양귀비의 매끈한 흰 피부, 욕탕에서 막 나왔을 때의 나른한 자태는 무척이나 관능적인 장면이다. 시각과 촉각을 자극하는 백거이의 생동적인 묘사는 우리로 하여금 한껏 에로틱한 상상에 잠기도록 한다. 바야흐로 『시경』의 소박한 '남녀상열지사'가 화려한 수사의 궁체시를 거쳐 백거이에 이르러 관능적인 애정시로 거듭나는 순간인 것이다.

2008), 145〜146쪽에 실린 것을 따랐다.
10 번역은 위의 책, 146쪽에 실린 것을 따랐다.

3. 맺는 말

『시경』의 '남녀상열지사'는 아득한 고대 농촌사회 젊은 남녀의 애정을 진솔하게 노래한 것이었다. 공자의 편집에 의해 우리는 이들 애정시의 보다 노골적인 면모를 엿볼 수는 없었지만 공자가 제정한 "즐겁되 음란하지 않은(樂而不淫)" 감정 표현의 기준은 이후 시와 성의 관계에서 내용과 형식을 규정하는 중요한 척도가 되었다. 이는 결국 시와 성 사이에 일정한 거리두기를 요구한 것이었고 이에 따라 에로티시즘은 문학적으로 더욱 정교하게 환기되었다. 이러한 문학상의 거리 두기와 상응하게 시에서의 서정의 시각은 관음주의에 경도되었는데 이는 몰입을 경계하는 '낙이불음'의 정신과도 상관되지만 사회적, 문화적으로는 유교 가부장 사회에서 시선의 권력을 가진 남성 작자에 의해 주로 창작이 수행되었다는 현실에 보다 큰 소인(素因)이 있다 할 것이다. 결국 민요에서 출발했으나 관방의 정통 문학으로 성립된 중국시와 성의 관계성은 이데올로기적, 장르적, 문화적 맥락 속에서 규정되어 이른바 '감춤의 미학'을 구현해왔으며 거리 두기가 철폐된 보다 폭로된 관계 맺기는『금병매』와 같은 성애 문학을 산출한 서사문학의 흥기를 기다리지 않으면 안 되었다.

『시인수첩』 2011.10.31.

아시아 시의 상상구조
— 정경교융(情景交融)의 상상력

전통 시대 동아시아의 상상세계는 중요한 문화적 요소에 따라 크게 셋으로 구분해볼 수 있다. 한 가지는 유교문화에 바탕한 도덕적, 윤리적 상상세계이고 다른 한 가지는 신화, 무속, 도교 등에 바탕 한 초현실적 상상세계이며 마지막으로는 인도에서 전래한 불교에 바탕한 내세적, 종교적 상상세계가 그것이다. 물론 이 셋은 나중에 가면서로 영향을 주고받아 섞이기도 하기 때문에 엄밀히 구분할 수 없는 경우도 있지만 범박하게 유불도 삼교의 상상력이 과거 동아시아의 상상세계를 이룩했다고 말할 수 있다.

그런데 유불도 삼교의 상상력에 공히 깔려 있는 동아시아적 사유가 있으니 그것은 자연과 인간은 떨어질 수 없는 관계이며 그렇기 때문에 일치를 지향한다는 천인합일(天人合一)의 관념이다. 가령 장자는 다음과 같이 말한다.

하늘과 땅이 나와 함께 살고 만물도 나와 함께 하나가 된다.
(天地與我幷生, 而萬物與我爲一)

—『장자(莊子)』「제물론(齊物論)」

무속의 신인합일관(神人合一觀)과도 상관 있는 천인합일관은 신과 인간이 엄정하게 분리되어 있는, 또는 인간이 자연보다 우위에 있다고 생각하는 서구의 전통 사유와는 크게 다르다. 가령 동아시아에서 인간은 노력에 의해 성인이나 신선이 됨으로써 신과 동일한 능력과 지위를 획득할 수 있다는 관념이 보편적이다. 이에 따라 황제(黃帝), 염제(炎帝), 요(堯), 순(舜)과 같은 신화적 인물들은 신 같기도 하고 인간 같기도 하여 신과 인간 간의 경계가 애매한 존재들이다. 아울러 중국 신화에서는 신성한 존재들이 대부분 반인반수의 형상으로 그려진다. 왜냐하면 그들은 자연의 표상인 동물과 한몸이 됨으로써 자연과의 합일을 달성한 존재이기 때문이다. 반면 그리스 로마 신화에서는 인간 중심의 사고가 지배적이어서 동물성을 폄하하기 때문에 반인반수의 존재는 사악한 괴물에 불과하다.

이렇게 볼 때 동아시아 시의 상상구조에서 우리가 가장 유념해야 할 대상은 자연과 인간이 아닐 수 없다. 즉 시인들은 자연과 인간 간의 관계를 어떻게 설정하고 어떤 노력을 통해 화해와 일치를 추구하는가에 최고의 관심을 기울였다고 볼 수 있다. 다시 말해 자연과 인간 간의 관계에 근거한 상상구조인데 우리는 여기에서 서구의 구조주의에서의 이항대립과 같은 개념으로 동아시아 시의 상상구조를 이해해서는 안 될 것이다. 동아시아 시의 상상구조는 대립이 아닌 합일을 지향하는 대대(待對)와 상보(相補)의 구조인 것이다.

동아시아 시의 상상구조가 자연과 인간의 합일을 지향하는 구조라고 할 때 우리는 당연히 자연과 인간 사이의 소통을 예상할 수 있고 소통의 실체에 대해 생각해볼 수 있다. 그것은 다름 아닌 기(氣)이다. 자연과 인간은 기를 통하여 소통하게 되는데 이에 따라 문학 행위 역시 기의 활동으로 인식된다. 가령 고대 도교의 경전『태평경(太平經)』에서는 창작의 동력을 다음과 같이 파악하고 있다.

글을 짓는 자는 하늘과 문기가 그것을 돕는다.
(行文者, 天與文氣助之)[11]

고대 중국에서는 문학적 상상력, 혹은 시상을 '신사(神思)'라고 불렀는데 이 '신령스러운 생각'은 하늘에서 부여한 '문기(文氣)' 곧 문학적 기운에 의해 발동된다. 이러한 작용에 대해『태평경』은 다시 다음과 같이 확언한다.

옛날『시경』시인들의 창작은 모두 하늘이 기를 흘려 그 언어를 헛되지 않게 한 것이다.
(故古詩人之作, 皆天流氣, 使其言不空也)[12]

자연과 인간은 기에 의해 매개되고 창작은 이 기를 동력으로 이루어진다. 당연히 작품은 동아시아의 특유한 관념인 천인합일관을 추구하게 되는데 이러한 관념이 문학적으로 체현된 경지를 정경교융(情景交融)이라고 부른다. 정경교융은 '정(情)' 곧 인간의 마음과 '경(景)' 곧 자연의 경물이 서로 소통, 융합된 것을 일컫는데 중국 시학에서는 바로 이 정경교융의 경지를 최상의 시가미학적 차원으로 평가한다.

11 왕명(王明),『태평경합교(太平經合校)』, p.690.
12 위의 책, p.178.

중국 시가문학의 두 가지 원류는 북방의『시경(詩經)』과 남방의
『초사(楚辭)』이다.『시경』에 실린 시들은 현실주의적 경향을 띠고 후
세의 유교적 상상력과 관련되며 초사는 신비주의적 경향을 띠고 후
세의 도교적 상상력과 관련된다. 그러나 양자 모두 천인합일관을 바
탕으로 정경교융의 경지를 추구한다는 점에 있어서 일치한다. 가령
『시경』의「관저(關雎)」시를 감상해보자.

> 關關雎鳩, 在河之洲, 꾸룩꾸룩 물수리는 황하의 모래톱에서 우는데,
> 窈窕淑女, 君子好逑. 아리따운 아가씨는 군자의 좋은 짝일러라.
> 參差荇菜, 左右流之, 올망졸망 마름풀을 이리저리 헤쳐 찾느니,
> 窈窕淑女, 寤寐求之. 아리따운 아가씨를 자나 깨나 찾는도다.[13]

　물수리의 암수컷이 다정하게 서로를 희롱하는 모습을 보며 사내
는 문득 자신에게 아름다운 짝이 없음을 생각하고 물속에서 마름풀
을 찾듯이 그녀를 수소문해 찾고자 한다. 암수컷의 정의(情誼)가 두
터운 조류와 부유(浮遊)하는 수생식물인 마름풀의 생태에 인간의 마
음을 기탁하여 사랑을 갈구하는 청년의 심사를 그려내었다. 그러나
열렬한 애정은 자연의 물성(物性)에 의해 조절되어 비교적 담담한 심
경으로 표현되었다. 이러한 감정 상태는 공자가 일찍이 말한 바 "즐
거워하되 음란하지 않은(樂而不淫)", 중화미(中和美)의 경지이다.
　청대(淸代)의 신운파(神韻派) 시인 왕사정(王士禎, 1634~1711)에 이
르러 담백한 시가미학의 경지는 극도로 추구된다. 그의「강변(江上)」

아시아의 시의 상상구조

---

13 『시경』「주남(周南)」.

이라는 시를 느껴보자.

> 吳頭楚尾路如何, 오나라의 초입, 초나라가 끝나는 그 길,
> 煙雨秋深暗白波. 안개비에 가을은 깊어가고 물결은 희끄무레.
> 晩趁寒潮渡江去, 저물녘 차가운 조수 밀려오는 강을 건너자니,
> 滿林黃葉雁聲多. 온 숲의 누런 잎 사이로 기러기 소리 많다.

늦가을 저녁 차가운 강을 건너는 나그네. 그는 나그네의 심사 곧 객수(客愁)가 어떠한지에 대해 한마디도 언급하지 않는다. 다만 마지막 구절의 한마디 "기러기 소리 많다(雁聲多)"를 통해 우리는 나그네의 입을 빌리지 않고서도 그의 시름이 깊음을 짐작할 수 있다. 기러기는 동아시아 문학 전통에서 먼 곳으로부터의 소식을 상징하는 시어이기 때문이다. 이 시에서 감정의 직접적 표현은 극도로 절제되어 있다. 주관적 심사는 오로지 객관적인 자연 경물에 의해서만 표현된다. 이 시를 통해 우리는 인간이 자연과 하나가 되어 구분할 수 없는 경지 곧 정경교융의 경지에 이르렀음을 실감하게 된다.

동아시아 전통 시가에서 상상력은 이처럼 천인합일관에 바탕하여 자연과 인간 양자를 조화, 일치시키고자 하는 지향 속에서 작동된다. 그것은 인간이 세계의 고독한 주체가 되어 모노드라마를 시현(示現)하는 근대 이후의 문학 정신과는 상당한 거리가 있다. 그러나 오늘날 자연과의 친화를 도모하고 생태적 감수성이 절실한 시점에서 동아시아 전통 시가의 정경교융적 상상력은 되돌아보아야 할 훌륭한 유산이 아닐 수 없다.

2010.

아시아를 누빈 명마들

인류의 말에 대한 애착은 유별나다. 오래 타고 다니던 차를 팔 때의 느낌도 예사롭지 않은데 한낱 기계에 대해서도 이러하거늘 하물며 말에 대해서랴. 고대인들이 말에 대해 가졌던 각별한 마음을 이해할 것 같다. 더구나 명마라면 말할 것도 없다. 이 때문인지 고대 중국에는 명마와 관련된 일화들이 유난히 많다.

신화적으로 가장 먼저 등장하는 명마는 주목왕(周穆王)의 팔준마(八駿馬)이다. 주목왕은 서쪽 끝 곤륜산(崑崙山)에 산다는 불사의 여신 서왕모(西王母)를 만나기 위해 긴 여행을 떠났는데 이때 천자의 수레를 끈 여덟 필의 말이 팔준마였다. 이 말들은 그 옛날 주나라 무왕(武王)이 은나라의 폭군 주왕(紂王)을 칠 때 전쟁터를 달렸던 싸움말들의 후예로서 발굽이 땅에 닿지 않을 정도로 빨리 달렸고 하루에 천리를 갔다고 한다. 이 말들 덕분에 주목왕은 무사히 곤륜산에 도착하였고 서왕모와 즐거운 시간을 보낼 수 있었다.

팔준마는 신화에 등장한 말이지만 실제로 일찍이 존재했던 고대의 명마로는 대완국(大宛國)의 한혈마(汗血馬)가 있다. 한무제(漢武帝) 때 중국은 북방 유목민족인 흉노와 전쟁을 했는데 흉노는 말을 잘 다루어 중국군이 자주 패하였다. 전세를 바꾸기 위해 좋은 말이 필요했었고 중앙아시아로 파견되었던 사신 장건(張騫)이 대완국에서 명마를 발견하였다. 장건의 보고에 따르면 그 말은 전설적인 천마(天馬)의 종자이고 피 같은 땀을 흘리며 하루에 천 리를 달린다는 것이었다. 한무제는 대완국에게 한혈마를 요구하였고 거절당하자 장군 이광리(李廣利)를 보내 정벌하고 결국 손에 넣었다. 한무제는 또한 서방의 유목민족인 오손(烏孫)으로부터도 명마를 얻어 그것을 서극(西極)이라고 이름 붙였다. 서쪽 끝에서 가져온 명마라는 뜻이다. 한 무제뿐만 아니라 후세의 제왕들도 명마에 탐닉하여 그것을 얻고자 애썼고 특별히 사육하였다. 당태종(唐太宗)은 자신이 전쟁을 치를 때 타고 다녔던 여섯 필의 말을 애지중지하여 건국 후에는 이 말들의 모습을 능의 회랑에 새기도록 하였는데 이 때문에 이 말들을 소릉육준(昭陵六駿)이라고 부른다.

훌륭한 인물이나 명장들도 명마와는 뗄 수 없는 관계를 지닌다. 고대 중국에는 영웅이 출현하면 명마가 이에 부응해서 나타난다는 속설이 있었다. 항우(項羽)에게는 오추마(烏騅馬)라는 명마가 있었는데 그가 한고조(漢高祖) 유방(劉邦)과의 싸움에서 패하자 오추마도 운명을 같이한다. 소설 『삼국지』의 유명한 장군 여포(呂布)는 천리마인 적토마(赤免馬)를 주겠다는 제안에 양아버지를 죽이고 역적 동탁(董卓)에게 투항한다. 이후 여포가 조조(曹操)에게 잡혀 죽지만 적토마는 여포를 따라 죽지 않고 조조의 소유가 되었다가 후일 유비(劉備)의 충신 관우(關羽)를 주인으로 모시게 된다. 관우가 여몽(呂蒙)에게 패하여 죽게 되자 적토마도 주인을 따라 죽는다. 이를 통해 명마는 진정한 영웅을 위해 목숨을 바친다는 것을 알 수 있다. 소설 『삼국지』에는 또 명마가 아닌데 명마의 역할을 한 말도 등장한다. 유비가 탄 적로(的盧)라고 하는 말이 그것이다. 적로는 원래 주인을 죽음에 처하게 하는 불길한 말이었다. 그러나 유비는 이러한 말을 듣고도 개의치 않고 계속 그 말을 타고 다녔다. 언젠가 유비가 적에게 쫓겨 강가에 이르렀을 때 절대절명의 순간에 적로는 격류를 뛰어넘어 유비를 살려 죽음의 징크스를 깬다.

보물과도 같은 명마는 단순히 탈 것에 그치지 않고 고대 중국에서는 뛰어난 인재에 대한 비유가 되었다. 옛날에 말을 잘 감정하는 백락(伯樂)이라는 사람이 있었다고 한다. 아무리 명마라 한들 백락의 감정을 못 받으면 헛되이 마구간에서 늙어가듯이 뛰어난 인재도 알아볼 줄 아는 사람이 없으면 평생을 불우하게 보낸다는 교훈적인 일화가 그것이다. 말을 통해 세상사를 비유할 정도로 고대 중국에서 명마는 인간과 동일시되었던 것이다.

『굽소리』(마사회 사외보) 2011.5.

동아시아 담론을 다시 숙고하다

― 전형준, 『동아시아적 시각으로 보는 중국문학』

1990년대 학계를 풍미했던 이른바 '동아시아 담론'은 아시아적 가치의 유효성, 동아시아 문화의 정체성 등의 탐색을 둘러싼 정치, 경제, 문화 전반에 걸친 쟁론이었다. 이 뜨거운 쟁론은 2000년대에 들어서 국내외 정치환경의 변화와 탈식민주의 논의 등 대안적 의제의 부상으로 다소 소강의 국면을 맞고 있지만 10여 년 동안 적지 않은 저작과 논설을 남겨 학계의 생산적 활동에 기여하였다.

이러한 의미에서 최근 출간된 전형준 교수의 노작은 동아시아 담론의 그간의 궤적을 잘 보여줌과 동시에 비교문학적 전망을 통해 향후의 방향을 예시하고 있어 소강 국면의 동아시아 담론을 다시 숙고하기에 좋은 책이다. 간단히 소개를 하자면 이 책은 모두 3부로 구성되어 있다. 제1부 「방법으로서의 동아시아와 중국문학」은 동아시아적 시각에 대한 방법론적 검토와 그 시각을 통한 비교문학적 고찰을 주된 내용으로 한다. 제2부와 제3부는 「중국문학의 안과 밖」 (1)과 (2)로서 주로 중국문학의 내부로 들어가 비평적으로 개입하고자 한 글들로 이루어져 있다. 여기에서는 루쉰과 동아시아 각국의 작품들이 비교, 검토되고 중국 현대문학에 대한 진단도 행해지고 있다.

이 책의 논점들은 다양하고 함의 또한 풍부하다. 그리고 논의들은 전 교수 특유의 예리한 시각과 비평적 글쓰기를 통해 동아시아 담론에 대한 몇 가지 입장을 분명히 드러내고 있다. 우선 전 교수는 이념형의 동아시아를 위험시하고 방법으로서의 동아시아를 권장한다. 전자가 쉽사리 이데올로기화하여 정치적으로 전락하기 쉽다면 후자는 항상 자기 성찰 속에서 작동하기 때문이라는 것이다. 이러한 견해는 동아시아 담론이 과거에 정치적으로 악용되었던 선례를 반복하지 않기 위해 유효하다. 전 교수의 상술한 입장은 동아시아의 정체성 곧 전통 탐색에 대한 회의적인 시각으로 이어진다. 전통의 실체는 매우 애매하며 실체가 있다면 그것은 기원적이고 자문화 중심적인 사고이기 십상일 것이기 때문이다. 따라서 전통은 특정한 과거의 시점에서 비롯된 것이 아니라 과거에서 현재에 이르는 동태적인 인간 활동의 소산이지 않으면 안 된다. 이러한 견해 역시 동아시아 담론의 복고화, 또 다른 일국주의의 부활을 경계하는 소중한 발언으로 평가된다. 끝으로 전 교수는 동아시아 각국 작품의 비교를 통하여 동아시아 문학의 공통성보다도 다양성을 강조하였다. 평론가로서의 뛰어난 기량이 발휘된 이 부분에서의 논의는 동아시아적 시각에서 작품 읽기의 중요한 시도로 간주된다.

전 교수는 노작에서 오늘의 동아시아 담론이 경계하고 지향해야 할 점이 무엇인지를 명확히 제시하고 그것을 중국 현대문학에 대한 비평적 글쓰기로 구현하고자 했다. 그럼에도 전 교수를 포함한 우리의 논의는 여전히 온전한 구체성을 지니지 못하고 있다는 것이 필자의 생각이다.

오늘날 학계 일각에서 근대와 탈근대를 아울러 수행한 전형으로 내세우는 김수영의 그 유명한 「풀」의 전거(典據)가 『논어』의 한 구절에 있으며 루쉰의 「고향」 말미의 그 유명한 '길'에 대한 언급(길이란 본래부터 있었던 것이 아니라 사람이 다니면서 생긴 것이다)이 『장자』에서 유래했다는 사실은 현대문학계에서 최근에야 인지되었다. 그 많은 세월 동안 이들 작품에 대해 수많은 접근이 이루어져 왔음에도 불구하고 어느 누구도 이러한 사실을 제기한 바 없었다는 것은 무엇을 의미하는가? 이것은 전통의 실체가 있느냐, 없느냐의 문제가 아니라고 본다.

'동아시아적 시각', 우리는 혹여 이 말조차도 구호화되고 이데올로기화, 권력화된 것은 아닌지 심문해보아야 한다. 전 교수의 다음 노작이 이른바 '동아시아적 시각'의 실체에 대한 메타 논의로 이어지기를 기대해본다.

『조선일보』 2004.7.24.

근대와 탈근대의 동아시아를 위한 서사(序詞)

― 백영서, 『동아시아의 귀환』

백영서 교수의 『동아시아의 귀환』은 한마디로 그의 10여 년에 걸친 동아시아 연구의 결정(結晶)이자 최근 흥기한 바 있는 이른바 동아시아 담론에 대해 괄목할 만한 견해를 제시했다는 점에서 의미 깊은 노작으로 평가된다.

주지하다시피 1990년대 초반부터 한국의 지식사회에서는 동아시아라는 화두가 전면에 부상하기 시작했다. 그 이유로는 냉전 체제의 급격한 와해 이후 세계질서가 지역 단위로 재편되는 조짐을 보이기 시작한 것과 포스트모더니즘으로 인한 서구의 자기점검이 반사적으로 동아시아적 문화가치를 복권시켰던 것 등 여러 정치, 문화적 변화들을 꼽을 수 있다. 그런데 이러한 담론의 흥기가 우리에게 초유의 일만은 아니었던 것은 20세기 초 근대 진입 시기에 일어났던 한중일 3국에서의 아시아 논의가 상기되기 때문이다. 당시의 아시아 논의는 3국의 정세 및 입장에 따라 동상이몽으로 전개되다가 결국 일본 군국주의에 의해 처참한 결말이 나고 말았지만 어쨌든 근 한 세기 만에 다시 아시아 단위의 논의가 도래하였다는 사실은 흥미롭지 않을 수 없다.

한국의 경우, 1990년대 이후의 동아시아 담론은 크게 인문, 사회

과학 양 분야에서 전개되어 사회 전반의 풍조에까지 영향을 미쳤다. 인문과학 분야에서 동아시아의 고유한 역사, 문화가치 등을 중심으로, 사회과학 분야에서 유교자본주의, 아시아적 가치 등의 문제를 놓고 다수의 학자들이 열띤 논의를 벌였고 이에 상응하듯 자연과학 분야에서도 신과학과 전통과의 결합을 도모하는 일부 학자들의 활발한 움직임이 있었다.

백 교수는 이러한 모든 움직임들 중에서도 비교적 큰 작용을 했던 이른바 창비 그룹의 멤버로서 창비의 현실인식과 긴밀히 연계하면서 자신의 중국 현대사 전공을 바탕으로 동아시아에 대한 소론(所論)을 꾸준히 개진해왔다. 백 교수의 저작은 그간 이 방면에서의 노력의 과정을 여실히 보여준다 하겠는데, "중국의 근대성을 묻는다"라는 부제가 달린 『동아시아의 귀환』은 총 3부 12편의 논문으로 구성되어 있다. 제1부 '국민국가의 안과 밖'에는 「20세기형 동아시아 문명과 국민국가를 넘어서」, 「중국에 시민사회가 형성되었나?」 등 중국의 (국민)국가와 (민간)사회의 역사적 궤적을 탐색하고 한중일의 국민국가를 동아시아적 문맥에서 파악한 글들이 수록되어 있다. 제2부 '한국인의 중국 인식'에는 「한국인의 역사적 경험 속의 '동양'」, 「대한제국기 한국언론의 중국인식」 등 20세기 한국인이 중국에서 무엇을 보았는지(또는 보고자 했는지)를 규명한 글들이 수록되어 있다. 백 교수는 이 주제를 지속적으로 다뤄 적당한 때 한 권의 책으로 완성할 심산을 피력한다. 제3부 '다시 근대성을 묻는다'에는 「홍콩 반환과 그 이후」, 「5·4의 미래는 무엇인가?」 등 5·4 운동, 대학교육, 인권 및 홍콩 반환이라는 소재를 통해 중국의 근대성을 재조명한 글들이 수록되어 있다. 백 교수는 여기에서 어떤 대상이든 적어도 20

189

세기 전체 상황 속에 위치시켜 파악하고자 역사와 현실의 세계를 동시에 오가는 방법을 구사하고 있다.

그렇다면 이제 우리는 백 교수가 어떠한 동기에 의해 동아시아에 대해 입론(立論)하게 되었고 그 입론의 내용, 궁극적 지향이 무엇인지 자세히 알아보기로 하자. 백 교수는 우선 머리말에서 자신의 동아시아에 대한 관심이 중국사를 공부하는 한국인으로서의 정체성 모색에서 비롯되었음을 고백한다. 정체성! 그렇다. 한국의 중국학자치고 학창 시절부터 이것을 고민해보지 않은 사람이 있을까? 중국 다음으로 가장 오랜 한학(漢學)의 나라라는 자부심은 해외 학계를 잠시 견학만 하고 와도 산산이 깨어진다. 도대체 한국 중국학의 존재를 그들이 알고나 있는가?(최근 이 상황이 조금 나아지긴 했지만 아직 근본적인 변화가 있는 것은 아니다) 백 교수 자신의 "1990~91년 미국에 머물 때 해외 학계와 경쟁할 수 있는 독창성을 고민하면서"라는 술회 내용은 아마 상술한 충격을 겪은 중국학자라면 자연스럽게 지니게 될 마음가짐일 것이다.

백 교수의 정체성 모색의 일련의 과정은 제2부에 실린 「한국에서의 중국 현대사 연구의 의미」에서 잘 드러나 있다. 백 교수가 고민한 바 있는 한국 중국학의 독창성 결핍은 정체성 부재로부터 온 것인데 정체성 부재는 현재의 중국학이 전통 한학의 자연스런 계승이 아니라 일제 관방 학문에 의해 이식된 것이라는 사실에 있다. 백 교수도 이 점을 인지하고 일찍이 동도(同道)를 걸었던 선배 학인들의 견해를 참고하면서 나름의 대안을 모색한다. 그 치열한 모색의 과정 끝에 안출(案出)된 것이 오늘 백 교수 입론의 출발점이 되는 '동아시아적 시각'이다. 예컨대 백 교수는 한국인의 체험에 입각한 특유의 문제의식이 정체성의 성립 조건이라는 한 중견학자의 입장을 공유하면서도 그러한 입장을 그대로 중국사에 투영할 것이 아니라 동아시아적 시각에 비춰 재구성할 것을 제의한다. 아울러 또 다른 중견학자가 서구의 학문 체계에 의해 왜곡된 우리 학문 풍토를 국학 위주로 재편해야 한다고 제안한 것에 대해서도 공감하지만 동아시아 현실 정세에 입각한 체계적 인식의 필요성을 덧붙여 강조한다. 백 교수의 동아시아적 시각은 종래 동아시아권에서의 자국주의적 학문 입장을 극복하고 수평 혹은 교차적 관점을 확보한다는 점에서 주목할 만하다. 하지만 전공이 현대사인 관계도 있겠으나 백 교수의 동아시아적 시각은 다분히 현재주의에 경도되어 있으며 상대적으로 전통에 대한 관심이 덜한 듯 하다. 이미 살펴본 바 한국 중국학의 정체성, 자생성의 문제는 전통 한학의 단절과 깊은 상관관계에 있다. 따라서 전통 한학과의 연계 문제를 복고주의나 신비화로 치부해서도 안 되겠지만 현실 논리 다음의 과제로 인식해서도 안 될 것이다. 결국 동아시아적 시각을 확보한다 하더라도 궁극적으로 그 힘을 어디서 길어올 것인가가 문제시되기 때문이다.

백 교수의 동아시아적 시각은 선언적 명제에 그치지 않는다. 그것의 현실 인식은 분명하고 지향하는 이상도 잘 설정되어 있다. 백 교수에 의하면 동아시아적 시각은 어디까지나 세계체제와 분단체제에 대한 인식이 구체화하는 과정에서 그 중간항인 동아시아에 대한 체계적 인식을 지향한다. 이러한 체계적 인식을 통하여 수행될 과제는 무엇인가? 그것은 근대 적응과 근대 극복이라는 이중 과제이다. 억압과 해방의 양면성을 지닌 근대를, 지난 100여 년간 압축적으로 경험한 동아시아는 적응과 극복의 과정을 통해 대안문명을 창안해낼 좋은 소지를 지녔다고 보는 것이 백 교수의 관점이다. 이는 실상 창비 그룹의 이론 작업으로부터 힘입은 바 크다. 다시 이러한 관점으로부터 국민국가를 넘어선 민족공동체의 이상도, 21세기의 새로운 동아시아 연대의 전망도 가능하게 될 것이다. 이렇게 본다면 동아시아적 시각으로부터 출발하여 지난 10여 년간에 걸쳐 구축된 백 교수의 동아시아 담론은 현실적으로 공허하지 않을 뿐만 아니라 논리적으로도 정연한 체계를 갖춘 뛰어난 입론이라 하지 않을 수 없다. 다만 평소 제3의 중국학적 시각을 주장해온 필자의 견지에서 노파심을 표현한다면, 백 교수의 동아시아적 시각 그리고 그것의 동아시아 연대로의 논리 전개 속에 동아시아 내부 변별성에 대한 문제의식이 그다지 비중 있게 드러나지 않은 점이 아쉽다 할 것이다. 이러한 취지와 관련하여, 12편의 논문 중 비교적 최근 시기에 쓰여진「중국에 '아시아'가 있는가?」에서 표명된 백 교수의 문제의식의 전환에 특별히 주목하고자 한다.

끝으로 한두 가지 사소한 점들을 지적한다면, 곳곳에서 글과 내용이 중복되어 저작의 선도(鮮度)를 떨어뜨린 점, 저자의 해명에도 불구하고 제목 '동아시아의 귀환'이 주는 어감으로 인해 저자의 의도를 편협한 방향으로 오해할 소지가 있었다는 점 등을 들 수 있겠다. 이러한 결점들이 본서가 갖는 견고한 내용성, 빼어난 시의성 등의 미덕을 결코 손상하지는 않겠지만, 편집과정에서 조금 더 정심(精心)했으면 좋지 않았을까 하는 아쉬움이 남는다.

『황해문화』 2001, 봄.

동양학의 르네상스를 꿈꾸며

— 『동아시아, 문제와 시각』 『동아시아사의 전통과 변용』
『동아시아 구비서사시의 양상과 변천』
『동아시아인의 동양인식 : 19~20세기』

1. 동아시아 담론은 유효한가?

이른바 '동아시아 담론'으로 지칭되는 최근 우리 지식사회에서의 화두는 한 시기를 풍미했던 일과성의 주제로 기억될 것인가, 아니면 인류의 미래에 대해 일정한 영향력을 확보한 지속적인 주제로 남을 것인가 자못 그 귀추가 주목되지 않을 수 없다. 다소 부정적 예후(像後)인 전자와 관련해서는 다음과 같은 이유가 있을 수 있다.

동아시아 담론이 흥기한 배경으로 우리는 내, 외적 요인을 하나씩 들 수 있는데 그 하나는 동아시아 제국의 정치, 경제적 성취이고 다른 하나는 포스트모더니즘 및 탈식민주의 등 서구중심주의에 대한 비판 사조로 인한 비서구의 반사적 복권 풍조이다. 주로 이 두 가지 요인에 힘입어 동아시아 담론이 형성되어왔다고 판단할 때 이들의 쇠퇴는 곧 담론의 입지를 크게 약화시킬 것이다. 아닌 게 아니라 첫 번째 요인은 IMF 체제하에 놓인 동아시아 제국의 처지로 인해 그 유효성이 크게 퇴색된 듯 하다. 아울러 두 번째 요인인 포스트모더니즘 등도 그 기세가 꺾여 새로운 단계로 접어들고 있는 실정을 고려하면 동아시아 담론은 이제 성립 여건을 대부분 잃었으므로 깃

발을 내려야 할 것이 아닌가 하는 성급한 회의론도 없지 않다. 예컨대 각론적인 차원에서 가장 큰 타격을 입은 것은 이른바 유교자본주의론이다. 동아시아 제국의 공통적 문화기반인 유교가 경제 발전에 순기능을 했고 새로운 동아시아적 자본주의의 모델이 서구 및 근대 극복의 대안이 될 수 있다고 주장했던 이 가설은 자체의 이론적 타당성은 차치하고 현실적으로 미국식 자본주의의 공세에 버티질 못함으로 인해 급속히 신뢰도가 떨어지고 있다.

그러나 긍정적 예후라 할 후자를 지지하는 이유도 만만치 않다. 그 이유는 우선 앞서 거론한 동아시아 담론의 성립 여건들이 과연 본질적이고 결정적인가 하는 물음으로부터 비롯한다. 이들은 1990년대 이후 활기를 띠기 시작한 이 땅에서의 동아시아 담론을 위한 한시적 여건에 불과할 따름이다. 동아시아 담론의 문제적 본질은 이들을 초월해서 과거에도 존재했고 미래에도 여전히 존재하여 그 의의를 상실하지 않을 것이라는 전망이다. 예컨대 근대 무렵에는 서구 열강의 침탈이라는 나름의 상황논리하에서의 생존권 확보를 위한 동아시아 담론이 활발히 수행되었고 당대에 이르러서는 이와는 또 다른 성립 여건에 힘입어 보다 호혜적인 세계체제로 나아가기 위한 담론이 전개되었다고 말할 수 있는 것이다. 따라서 가변적인 시대조건에 의해 동아시아 담론 본질의 존폐를 문제삼는 것은 온당치 못하다. 오히려 위기상황일수록 이를 극복하기 위해 담론은 더욱 치열하게 그리고 정밀하게 수행될 필요가 있다고 보는 것이다.

그렇다면 동아시아 담론은 본질적으로 시대적 연속성을 지니며 동아시아라는 한정적 수식어가 불필요해지는 그날까지 존재의의를 지니게 될 것으로 보아도 좋을 것이다. 아울러 아무래도 부정적 예후인 전자보다 후자의 이유가 더 타당성이 있다고 여겨지는 것은 우리 자신에 대한 탐구라 할 동양학의 역사와 동아시아 담론과의 긴밀한 관련성으로 인해서이다. 여기에서의 동양학은 단순히 전통 학문으로서의 의미뿐만 아니라 근대 이후 객관 대상으로서 성립한 학문 분야로서의 의미도 포괄한다.

따라서 동양학이 갖는 함의는 단순하지가 않다. 그것은 청말(淸末) 복고주의자들이 주장했던 것처럼 민족혼의 정화인 국수(國粹)일 수도 있고 근래 사이드(E. Said) 등에 의해 비판된 것처럼 서구의 동양 지배 스타일일 수도 있다. 동아시아 담론은 이러한 동양학을 바탕으로 성립하였지만 동양학 자체의 존재론적 근거, 이념 그리고 방향성 등을 문제 삼는다는 점에 있어서 메타동양학으로서의 성격을 지닌다. 그러므로 동아시아 담론은 역으로 동양학에 대해 근원적인 변화를 일으킬 수 있다. 양자는 논의의 지향점이 같지는 않지만 상호 영향이라는 차원에서 불가분의 관계를 맺고 있는 것이다. 결국 우리는 동양학을 수행하면서 담론을 의식해야 하고 담론을 수행하면서 또한 동양학을 의식해야 한다. 이렇게 보면 학문과 담론 양자가 상호 인증의 관계 속에서 쉼없이 진행되고 있음을 알 수 있다.

2. 동아시아: 담론과 학문 사이

동아시아 담론이 한시적 유효성에 의존한 일종의 문화적 신드롬이 아니고 이처럼 학문과 지속적이고도 긴밀한 연대에 있음을 염두에 둘 때 우리는 최근 국내 동양학계에서 거둔 몇 권의 값진 성과물들에 주목하게 된다. 그것은 다름 아닌 1995년 말로부터 1997년 말까지 2년간에 걸쳐 서남재단의 지원하에 문학과지성사에서 펴낸 동양학술총서로서 이들은 제1권『동아시아, 문제와 시각』(1995), 제2권『동아시아사의 전통과 변용』(1996), 제3권『동아시아 구비서사시의 양상과 변천』(1997), 제4권『동아시아인의 동양인식 : 19~20세기』(1997)의 네 권으로 구성된다.

네 권의 책들은 성격이나 내용이 한결같지는 않다. 우선 크게 두 가지 성격으로 나눌 수 있는데『동아시아, 문제와 시각』과『동아시아인의 동양인식 : 19~20세기』는 편저의 형식인 데다가 동아시아에 대한 메타논의적 성격을 띤 내용들로 이루어져 있고『동아시아사의 전통과 변용』및『동아시아 구비서사시의 양상과 변천』은 각기 사학과 문학 방면의 순수한 개인 노작이다. 그러나 이들 저술은 모두 '동아시아'라는 대상을 공통으로 표방하고 있어 부동(不同)한 성격에도 불구하고 일관된 취지를 지향하고 있는 듯이 보인다. 다시 말해서 이들은 동아시아에 대한 담론적, 학문적 양방면으로부터의 접근의 소산이고 이 두 가지 경향은 앞서 말한 바 상호인증적, 보완적 차원에서 결국 온전한 동아시아의 비전을 구축해내리라는 복안에서 기획된 듯하다. 그렇다면 지금까지의 네 권을 비롯, 앞으로 속간(續刊)되어질 동양학술총서가 기대하고 있는 '온전한 동아시아의 비전'은 과연 무엇인가? 제1권과 4권의 첫장에 실린 동양학술총서 편집위원회 명의의 간행사에는 이와 관련된 천명이 있다.

이에 우리는 동양학술총서라는 새로운 기획을 출범하려 한다. 우선은 한중일을 중심으로 하지만 역량의 증대에 따라서 동남아시아, 남아시아, 중앙아시아, 중동으로까지 영토를 확장해 나갈 것을 기약한다. 우리의 학문적 축적이 뜻있는 이들의 광범한 동참으로 착실히 두터워지고 깊어지는 과정에서 전체주의에 깊이 물든 20세기의 우울한 황혼을 진정으로 넘어설 새로운 문명을 머금은 사상의 씨앗이 자라나 한반도 문제의 진정한 평화적 해결을 바탕으로 아시아의 평화, 나아가 인류사의 새로운 도정이 열릴 바로 그 단서가 발견되기를 바란다.

동양학술총서의 기획 목표는 동아시아를 바탕으로 아시아 전역에 대한 이해를 증진시켜 아시아의 평화 나아가 인류사의 새로운 도정을 열 단서를 찾아내고자 하는 것이다. 따라서 '온전한 동아시아의 비전'은 궁극적으로 동아시아에 대한 이해를 넘어 우울한 20세기를 극복할 새로운 문명의 계시와도 같은 것이 아닐 수 없다. 이제 우리는 동양학술총서의 시발이라 할 이 네 권의 책이 과연 이러한 의식의 지향성을 어떻게 구현하고 있는지 개별 내용을 검토해볼 시점에 이르렀다.

3. 네 권의 노작에 대하여

제1권 정문길, 최원식, 백영서, 전형준 편,『동아시아, 문제와 시각』은 이 총서의 서막을 장식하는 책으로서 그간 국내외에서 이루어졌던 동아시아의 정치, 경제, 역사, 문화 등에 대한 다양한 논견(論見)들을 13편으로 정선하고 다시 이들을 세 개의 주제로 각기 취합(聚合)한 것이다. 세 개의 주제는 제1부 '문화적 지역 개념으로서의 동아시아'와 제2부 '역사속의 동양', 제3부 '현대와 동아시아 문화'로 설정되어 있는데 이들은 먼저 동아시아의 공간 개념 범주를 확정하고 다시 동아시아 내부 각국의 아시아관을 살핀 후 동아시아 문화의 현대적 의의를 타진하는 순서로의 논리적 구성을 취하고 있다.

이 책의 총론 격인 제1부에 수록된 세 편의 논문 중 고병익의 「동아시아 나라들의 상호 소원(疏遠)과 통합」은 우리가 일견 문화적 동질성을 갖고 있는 것으로 생각해왔던 한중일 세 나라가 실상 당(唐) 이후 엄격한 쇄국정책에 의해 상호 단절되어 왔다는 사실을 지적함으로써 우리의 막연한 친연감에 회의를 던진다. 이러한 통념이 깨지는 것은 아리프 딜릭의 「아시아–태평양권이라는 개념」에서도 마찬가지이다. 태평양이란 무엇인가? 그것은 단순한 자연지리적인 구획이 아니다. 그것은 19세기 구미 열강에 의해 동양 시장에 대한 꿈, 지상낙원에 대한 갈망 등이 묘하게 결합하여 성립된 일종의 창안물이다. 아울러 주목해야 할 것은 이 개념이 구미의 뒤를 이은 미국, 일본, 러시아, 중국 등의 패권적 성향에 따라 현금에 이르기까지 존속, 변용되어오고 있다는 사실이다. 최원식의 「탈냉전 시대와 동아시아적 시각의 모색」은 결국 앞서의 다단(多端)한 동아시아 인식을 통찰할 때 향후 우리가 마련해야 할 새로운 세계 형성의 원리로서의 동아시아적 시각은 어떠한 것이어야 하겠는가를 진지하게 모색한 글로서 깊은 음미를 요한다.

제2부에 수록된 다섯 편의 논문들은 근대를 전후하여 아시아 각국에서 제기된 바 있는 아시아론들을 비판적으로 점검한 것이다. 이성규의 「중화사상과 민족주의」와 정재서의 「서사와 이데올로기」는 모두 근대 이전 중국의 정치, 문화적 중심주의의 문제를 역사와 신

화의 차원에서 철저히 파헤치고 있다. 스테판 다나카의 「근대 일본과 '동양'의 창안」과 함동주의 「전후 일본 지식인의 아시아주의론」은 앞선 두 편의 중국의 아시아론에 이어 일본의 아시아론을 다루고 있다. 스테판 다나카에 의하면 '동양'은 근대 일본이 전통적 중화 체제를 해체한 후 일본 우월론에 입각하여 재창안한 패권주의적 개념으로 결국 이것은 대동아공영권으로 전락하게 된다. 다시 함동주는 전전(戰前)의 아시아론을 반성하면서 근대 극복을 위해 아시아를 방법으로 내세우는 다케우치 요시미의 아시아주의론을 면밀히 검토하는데, 초기 아시아론에 내재되어 있는 침략 이데올로기를 과소평가하는 그의 한계를 날카롭게 지적하고 있다. 다음으로 스티븐 N. 헤이의 「인도인의 동아시아관」은 타고르, 간디, 네루로 대표되는 인도 지성의 아시아론을 그들 각자의 출신 배경, 사상적 소양, 정치적 입장 등에 따라 비교 서술하고 있어 흥미롭다. 이들의 언설이 당시 한중일 지식인들의 아시아론에 미쳤을 영향을 생각할 때 이 논문이 갖는 의의는 배가(倍加)되리라 생각한다.

제3부에는 동서 문화 간의 조화, 동양문화의 현대적 변용 등을 모색하는 다섯 편의 논문이 수록되어 있다. 박이문의 「도와 이성」, 프리초프 카프라의 「대립의 세계를 넘어서」는 각기 철학과 물리학의 차원에서 동서의 창조적 조우를 예감 혹은 웅변한 글들이다. 뚜웨이밍의 「유가철학과 현대화」, 진야오지의 「유가윤리와 경제발전」은 한때 굴기(崛起)했던 유교자본주의에 관한 대표적인 논문들로 일정한 한계는 있으나 동아시아적 경제모델의 건립을 위해 여전히 숙고할 만한 가치가 있는 글들이다. 김지하의 「'기우뚱한 균형'에 관하여」는 전통사상에 근거한 생태학적 문명론이다. 서구 생태학과는 또 다른

인식틀로서 세계를 보려는 그의 노력이 값지다 아니 할 수 없다.

총서의 제2권 고병익 저, 『동아시아사의 전통과 변용』은 원로 동양사학자의 원숙한 문화사관이 담긴 21편의 글을 싣고 있는데 이들은 대중적 강연 원고로부터 엄밀한 연구논문에 이르기까지 다양한 형식의 논고들이다. 저자는 이들을 제1부 '서방문화와의 만남', 제2부 '동아 삼국의 상호소원', 제3부 '한일 간의 갈등과 이해', 제4부 '유교의 전통', 제5부 '전통의 단절과 연속'으로 장(章)을 나누어 서술하고 있는데 목차로부터 짐작되듯이 전체 글의 흐름은 동양과 서구와의 관계라는 거시적인 통찰에서 동양 내부 혹은 한국 내부의 문화 양상에 대한 미시적인 파악으로 나아가고 있다. 이 책은 이러한 서술의 과정을 통하여 두 가지 중심 주제, 즉 동아시아의 문화사적 전통과 그 변화의 문제 그리고 동아시아 삼국 상호 간 역사상의 인식 관계를 잘 표명하고 있다.

제1부에서는 동서 문화의 만남의 역사를 개관하고 충돌과 수용의 과정을 논급하였다. 여기에서 특별히 마르크스주의의 아시아적 수용의 문제가 다루어진다. 제2부에서는 동아시아 국가들 간의 역사상 교류를 주로 문화적인 차원에서 논의하고 고유전통과 고유문화, 연대 통합의 가능성 등을 탐구하였다. 동아시아 제국이 고대일수록 문화 교류가 빈번하였으며 유교 체제 확립 이후 쇄국이 더욱 고착화되었다는 내용은 유교와 문화민족주의와의 긴밀한 관련을 엿보게 한다. 제3부에서 다루고 있는 것은 한일 간의 정치, 문화 관계로 한일 문물교류의 특징, 조선 통신사의 일본관 등을 통하여 근대이전 한국의 일본에 대한 문화 전수의 역사를 살피고 근대 이후 일본의 식민 통치와 그로 인한 한일 간의 갈등을 서술하였다. 제4부는

동아시아의 거대한 문화전통인 유교에 대한 논의로 이루어져 있다. 국가적인 차원에서 통치 이데올로기로서 유교가 어떻게 기능해왔던가를 역사적으로 검토하고 사회, 대중적인 차원에서 유교의 덕목인 '효'가 어떻게 장려되었는지를 밝히고 있다. 아울러 근대 중국 및 현대 한국에서의 유교의 동향을 부론(附論)하면서 유교 도덕론의 순기능적 측면을 타진하고 있다. 제5부에서는 근대, 해방, 분단이라는 역사적 체험 속에서 동아시아 혹은 한국의 전통이 단절되고 연속되는 과정을 서술함으로써 전통이 계승과 수용의 자기변용과정을 거쳐 새로운 역사를 향해 나아감을 역설, 이 책의 대미(大尾)를 장식하였다.

총서의 제3권 조동일 저, 『동아시아 구비서사시의 양상과 변천』은 한국을 비롯 동아시아 인근 민족들의 구비서사시를 비교 연구하여 세계 서사시에 관한 일반이론을 수립하고자 하는 의도에서 쓰여졌다. 이 책의 구성은 한국 자료를 중심으로 원근에 따라 중국, 일본, 소수민족 그리고 광의의 동아시아권의 자료 순서로 이루어졌는데 그 범위는 동남아시아, 남아시아, 인도, 하와이 제도에까지 이른다. 논의 방식은 각 지역의 구비서사시의 특성, 의의 등에 대해 개별 검토를 행한 후 결론 부분에서 세계 서사시의 전체 양상 및 안목과 관련하여 총괄적인 의미를 내리는 것이다.

이 책은 저자의 세계문학사의 이론 정립을 위한 일련의 작업 중의 하나로 일차적인 목표는 고대 그리스의 서사시에 근거를 둔 서사시의 현행 표준 개념을 심문하는 데에 있다. 논술 구도는 한국 서사시, 동아시아 서사시, 세계 서사시에 대한 분석으로 이루어져 있지만 중간고리인 동아시아 서사시에 대한 적극적인 해명을 통해 제1

세계 서사시의 원리를 탈피하여 보다 공평한 견지에서의 세계 서사시의 이론을 구축하고자 힘썼다. 이것은 궁극적으로 세계문학론의 재정립과 상관된다. 민족문학인 서사시는 그 양상이나 내용이 민족의 흥망성쇠와 직결되는데 서사시 연구를 통해 세계문학사 전개의 보편적 과정이 경우에 따라 달라지는 특수성까지도 설명하는 이론 정립의 길이 열릴 수 있기 때문이다.

이 책에서의 논구를 통해 얻어진 또 하나의 중요한 결론은 구비 서사시는 정치, 경제적 발전과는 상반되고 역비례하기조차 한 발전 과정을 보인다는 사실이다. 그러나 그 이유로서 정치적 패권을 장악한 지배민족이 서사시를 잃는 것과는 다르게 피지배민족은 서사시를 민족적 자부심의 근거로 삼았기 때문에 풍부히 간직할 수 있었다는 논리는 조금 낭만적이다.

총서의 제4권인 최원식, 백영서 편 『동아시아인의 동양인식』은 주로 근대 이후 한중일 3국의 정객, 지식인 등에 의해 제기된 저명한 동아시아론들을 소개하고 이를 통해 3국의 동양 인식의 입장 · 차이, 그리고 그것의 현대사에의 역사적 파장까지 부각시키고자 하였다.

제1부 '일본의 근대와 아시아 인식'은 근대에 대해 일찍 눈을 떴고 가장 먼저 동양을 문제 삼기 시작한 일본의 경우를 다루었다. 일본의 초기 아시아론은 오카쿠라 덴신의 '아시아는 하나'라는 명제로부터 출발한다. 덴신은 그러나 일본에 대한 특권적 인식을 버리지 못하였고 이어 오자키 호쓰미는 '동아협동체'론을 통해 중국과의 제휴를 모색, 서구 자본주의 체제의 제약을 벗어나고자 시도하였다. 이러한 인식은 미키 기요시에 이르러 '동양적 휴머니즘'에 입각한

'세계사의 새로운 원리'로 구상되고 결과적으로는 일제의 대동아공영론에 복무하게 된다. 패전 이후 다케우치 요시미는 침략주의에 대한 자책에서 출발하여 중국을 대안적인 모델로 제시하고 '방법으로서의 아시아'를 제안하기에 이른다.

제2부 '중국의 근대와 아시아 인식'에서 다루고 있는 근대 중국의 동아시아론은 아나키스트인 류스페이(劉師培)의 주장으로부터 비롯한다. 그는 아시아 약소민족의 독립을 위한 연대를 제창하였으나, 여기에서 일본은 배제하였다. 이어서 리다자오(李大釗) 역시 일본의 아시아주의의 침략성을 비판하면서 아시아 피압박민족의 해방을 전제로 한 '아주연방'의 구성을 제안했다. 그러나 점차 일본의 힘을 의식하면서 중국 정객들의 동아시아론은 굴절된 양상을 보이기 시작한다. 쑨원이 중국과 일본이 공동으로 동양을 영도하고 서양의 패도문화에 대항할 것을 주장하고 왕징웨이(汪精衛)가 일본의 '동아협동체'론을 수용하여 '공존공생'을 추구할 것을 역설한 것이 그것이다.

제3부 '한국의 근대와 아시아 인식'에서는 마지막으로 근대 한국의 동아시아론을 다루었다. 러일전쟁 이후 일본의 침략이 노골화되면서 신채호는 아시아 연대론의 이상이 허구임을 깨닫고 민족주의의 입장을 천명한다. 반면 안중근은 그의 '동양평화론'을 통해 한중일이 제각기 자주 독립한 상태에서의 대등한 아시아 연대를 꿈꾸었다. 이후 식민지 상황에서 서인식, 김기림 등은 동서 문화에 대한 이분법적 파악을 지양하고 보편성을 기반으로 양 문화의 교류, 융합을 제안하였다. 이어 해방 공간에서의 안재홍의 신민족주의는 민족사의 고유성과 세계사의 보편성의 결합을 바탕으로 동아시아로 열린 민족주의의 가능성을 타진하고 있어 이채롭다.

근대 무렵 3국의 동아시아론을 이처럼 한 자리에 놓고 훑어보았을 때 확연히 느껴지는 점이 있다. 그것은 각양의 논의들이 철두철미하게 현실 정세에 따라 옷을 갈아입고 있을 뿐 각국의 기본 입장에는 커다란 변화가 없다는 점이다. 아울러 일본과 중국의 논의에서 한국의 입장은 거의 고려되지 않았던 점, 일본의 정밀한 논의에 비해 상대적으로 허술해 보이는 중국과 한국의 논의, 이것이 그대로 과거의 정치 현실과 상응했던 점도 흥미로웠다.

4. 동양학의 르네상스는 가능한가?

네 권의 책에 대한 개괄적인 이해를 마친 후 이들을 다시 종론(綜論)해보면 우리는 동양학술총서의 성격과 지향이 서론에서 예시했던 사항들과 그다지 어긋나지 않음을 알게 된다. 다시 말해서 우리는 이들을 '온전한 동아시아의 비전'을 향한 담론과 학문의 변증적 수행의 착실한 성과물로 간주해도 좋은 것이다. 담론은 무성한데 학문이 없고 학문은 쌓였는데 방향이 없는 양자 모두 타기(唾棄)해야 할 상황이다. 동양학술총서의 기획 및 편집진은 바로 이 양자를 지양, 담론과 학문 간 최선의 균형을 이룩해내는 데에 성공한 것으로 보인다. 앞으로 이러한 노작들이 속속 출현함에 따라 한동안 지식사회를 풍미했던 담론의 열기와 거품이 점차 빠지고 내실 있는 논의의 단계로 옮겨가지 않을까 예상된다. 그때 우리는 비로소 동양학의 르네상스가 도래할 것이라는 확신을 가져도 좋을 것이다.

『황해문화』 1998.2.10.

중국 문화를 꿰뚫는 독창적 시각

— 김학주, 『장안과 북경』

　최근 중국에 대한 관심이 급증하면서 보다 심층적으로 중국 문화를 이해하고자 하는 욕구가 증대하고 있다. 그러나 중국 및 일본, 구미 등 국외 중국학자들의 저작은 다수 번역, 출간되었으나 국내 전문 학자에 의해 지어진 이 방면의 양서는 쉽게 찾아보기 어렵다. 이러한 시점에서 원로 중국문학자 김학주 서울대 명예교수의 신간 『장안과 북경』(연세대학교 출판부, 2009)은 그 특유한 구성과 탁식(卓識) 그리고 풍섬(豊贍)한 내용으로 인하여 사계(斯界)의 주목을 끈다.

　중국 문화를 전반적으로 소개하거나 해설한 책에는 여러 종류가 있다. 가령 사적인 흐름에 따라 평면적으로 기술한 통사(通史) 형식의 문화사가 있고 문학, 예술, 사회 등 특정한 분야를 중심으로 개술한 전사(專史) 형식의 해설서가 있으며 근래 유행한 미시사적 접근 방식을 취한 개별 사항(이를테면 술, 차 등의 기호품) 중심의 소개서도 있다. 그런데 저자의 노작은 기존의 서술 방식과는 달리 장안(長安)과 북경(北京)이라는 전통 중국의 양대 수도를 중심으로 중국 문화 전반을 꿰뚫어 설명하고 있어 이채(異彩)를 발한다. 먼저 이 책의 구성과 내용을 살펴보면 다음과 같다.

　이 책은 제1편 「장안과 북경에 도읍한 왕조들은 어떻게 중국을 지배하였는가?」, 제2편 「장안시대, 북경시대의 중국문화」, 제3편 「장안시대, 북경시대의 문학」, 제4편 「장안시대, 북경시대의 유학(儒學)」, 제5편 「새로운 북경시대의 전개」의 총 5편으로 구성되어 있는데 제1편과 2편은 장안과 북경에 대한 역사, 문화적 개술을 담은 서설이고 제3편, 4편은 장안과 북경시대의 문학, 유학을 중심으로 중국 문화의 가장 중요한 내용을 살펴본 본론부이며 마지막 제5편은 근대 이후 지금에 이르는 중국을 논하면서 이 책을 맺는 결론부이다.

다시 구체적으로 내용을 살펴보면 제1편 「장안과 북경에 도읍한 왕조들은 어떻게 중국을 지배하였는가?」에서는 먼저 장안과 북경이 중국의 수도가 된 내력을 주(周)와 원(元)에서 처음 정도(定都)했던 사실을 중심으로 언급하고 장안에 도읍했던 진(秦), 서한(西漢), 수(隋), 당(唐) 왕조들과 북경에 도읍했던 명(明), 청(淸) 왕조, 기타 중원 내륙에 도읍했던 왕조들의 천하 지배에 대해 개술하였다. 그리고 흉노족, 몽고족, 만주족 등 장안, 북경 시대 중국 주변 이민족들의 정황에 대해서도 서술하였는데 결국 제1편은 장안과 북경에 도읍한 왕조와 민족들 중심이긴 하지만, 사실상 중국의 전반 역사와 문화에 대한 스케치라 할 것이다.

제2편 「장안시대, 북경시대의 중국문화」에서는 장안시대의 문화를 중국 전통문화의 형성과 발전이라는 관점에서 은(殷), 주 시대부터 살펴보고 장안에 정치, 경제, 문화적으로 많은 영향을 주었던 중국의 서방 민족 및 실크로드와 관련하여 중국 문화의 발전을 서술하였다. 북경시대의 문화에 대해서는 주변 이민족의 민족의식과 중국문화의 이질화 현상이라는 독특한 관점에서 원대의 잡극(雜劇), 명대의 전기(傳奇) 등 희곡의 변천을 중심으로 중국의 전통문화가 북경시

대에 와서 변질, 쇠퇴하는 과정을 논급하였다.

제3편 「장안시대, 북경시대의 문학」에서는 한자와 중국문학, 장안시대의 문학, 북경시대의 문학, 사(詞)와 곡(曲) 등으로 나누어 시, 소설, 희곡 등 중국문학 주요 장르의 내용, 특징, 변천 등에 대해 서술하였다. 저자는 장안시대를 시, 산문 등 전통문학이 성립되고 발전하여 황금기를 이룬 시대로 보고 있다. 반면 북경시대는 전통문학이 쇠퇴하고 희곡, 소설 등 대중문학이 흥기한 시대로 인식한다. 아울러 사와 곡을 대비하여 전통문학이 정점에 이른 시기의 문학을 장안시대의 사로 보고 전통문학의 본질이 상실된 시기의 문학을 북경시대의 곡으로 구별하였다.

제4편 「장안시대, 북경시대의 유학」에서는 중국 문화의 핵심 사상을 이루는 유학의 성립과 변천, 내용, 의미 등에 대해 서술하였다. 장안시대의 유학에 대해서는 공자 사상의 근원과 내용으로부터 한대 유학과 당대 유학의 특징을 언급하고 북경시대의 유학에 대해서는 송대 주자학(朱子學)의 성립부터 원, 명, 청대 주자학 및 양명학(陽明學), 고증학(考證學)에 이르기까지 두루 살펴보았다. 저자는 불교와 도교 사상에 대해서는 논하지 않았는데 이는 장안과 북경에 도읍을 둔 왕조 중심의 서술이기 때문에 지배 이데올로기인 유학의 중요성이 다른 어떤 사조보다도 크기 때문이 아닌가 한다.

제5편 「새로운 북경시대의 전개」에서는 근대 무렵 한때 쇠퇴했다가 북경시대의 사회주의 정권에 의해 다시 부흥하고 있는 전통문화에 대해 서술하고 현대 중국이 대중화, 민주화된 전통문화를 바탕으로 대국굴기(大國崛起)를 꿈꾸고 있는 오늘의 모습을 그려냄으로써 이 책의 대미(大尾)를 장식하였다.

이 책의 내용을 관류(貫流)하는 저자의 몇 가지 관점은 기존의 중국 문화 서술과 비교할 때 독창적이고도 신선하다. 첫째, 저자는 장안과 북경을 중원이 아닌 변방, 한족(漢族)이 아닌 이민족의 관점에서 보고 있다. 종래의 문화사가들은 장안과 북경을 중심으로 중국을 이해하려고 했지만 저자는 이들 도읍을 이민족이 지배하는 변방의 관점에서 파악하고 있는 것이다. 이들 도읍이 자신들의 근거지와 가까운 곳에서 천하를 지배하려는 이민족의 의도에서 설정되었다는 견해는 중국의 학자들로서는 상상하기 어려운, 의표를 찌르는 발상이다. 둘째, 이러한 이유 때문에 변방의 도읍으로서 중국 전체를 통치하는 데에 한계가 있었다는 견해, 즉 지배계층과 일반 백성들과의 괴리가 심각하여 정치가 효율적으로 이루어지지 않았다는 주장도 기존에 제기된 적 없는 관점이라 하겠다. 셋째, 장안시대를 전통문화의 발전과 성숙기로 본 반면 북경시대를 전통문화가 변질되어 정체성을 상실하는 시기로 간주하고 있는 점은 중국 문화를 거시적으로 통찰한 저자 특유의 문화사관으로서 주목할 만하다. 넷째, 저자는 철저한 민본주의(民本主義)의 입장에서 왕조의 정치적 공과(功過)를 포폄(褒貶)하였다. 다섯째, 그 결과 저자는 민중의 연예 장르라 할 수 있는 희곡문학에 대해 각별한 관심을 갖고 중국 문화의 현상과 특성을 파악하고자 하였다. 저자의 입장을 따른다면 대다수 중국 민중이 향유하는 희곡문학이야말로 중국 문화의 동정(動靜)을 살필 수 있는 바로메타라 할 수 있을 것이다.

한국의 중국학은 해방 이후 암중모색의 시기를 거쳐 최근 질적, 양적으로 엄청난 성장을 하였다. 그러나 본토인 중국과 중국학의 강국인 일본, 나름의 위상을 정립한 구미의 학계 등이 각자 고유한 중국학의 입장이나 방법론을 형성하고 있는 데 비하여 한국의 중국학은 아직 뚜렷한 학문적 개성을 보여주지 못하고 있는 실정이다. 이러한 현실에서 이 책에서 개진되고 있는 저자의 탁연불군(卓然不群)한 견해들은 소중할 뿐만 아니라 범례(範例)로서의 의의를 지닌다. 중국문학에 평생을 헌신해온 저자의 선견(先見)과 온축(蘊蓄)된 지식이 고스란히 녹아 있는 이 책은 한국 중국학의 정체성 확립에 긴히 소용되는 훌륭한 자산이자 후학들이 필히 배독(拜讀)해야 할 의미 깊은 노작이라 할 것이다.

학술원 2009.11.24.

한자, 그 파르마콘적 의미

— 김근, 『한자는 중국을 어떻게 지배했는가』

　　한자 병용을 둘러싼 최근의 쟁론은 사용 확대라는 방향으로 여론이 잡혀가고 있는 것이 대세인 듯하다. 확대론자들은 이렇게 생각할 것이다. 정치, 경제, 문화 각 방면으로 대륙과의 관계가 긴밀해지고 중국 자체가 이제 세계적 대국으로 부상하고 있는 마당에 감히 한자를 거부하다니. 한때 한자 폐지를 주장할 정도로 기세를 올렸던 한글 전용론자들의 입장은 가엾게도 마치 여름만 알지 가을은 모르는 『장자』속의 철모르는 매미와 같은 형국이 되었다. 국문학계 역시 한자로 쓰여진 한국 한문학 작품을 국문학의 범주에서 몰아낸 적이 있었다. 지금은 어떠한가? 아예 '한국'이라는 관형어를 떼어내도 '한문학'이라는 말은 중국문학이 아닌 국문학으로 통용되고 있다. 그 뿐인가? 한글학자들로서는 기가 찰 노릇이지만 국문학 일각에서는 근래 '중세 공동어문'이라는 개념이 제기되어 한자 사용은 생래적인 당위성마저 확보하게 되었다.

　　한자는 동아시아 주민인 우리에게 대세의 존재이고, 생래적 당위성을 지니며 심지어 운명일 수도 있다. 그러나 알고는 있어야 한다. 그것은 마치 플라톤이 인유한 파르마콘(Pharmacon)과 같아서 잘 쓰면 약이지만 잘못 쓰면 독이 된다는 사실을. 그런데 걱정스러운 것은

동아학의 새 길을 찾아서

한자 확대이든 한글 전용이든, 공동 어문이든 하는 논의들이 과연 한자의 이러한 양면성을 제대로 파악하고 하는 이야기인가 하는 점이다.

김근 교수의 『한자는 중국을 어떻게 지배했는가』는 제목부터가 신선하고 자극적이다. 그것은 암암리에 한자의 기존의 통념에 대한 도발을 의미하는 듯하다. 부제인 '한대(漢代) 경학(經學)의 해부'로부터 우리는 이 책 내용의 보다 구체적인 지향을 감지하게 되는데 그것은 한대가 중국 중심주의의 확립 시기이고 경학은 이를 뒷받침하는 학문이며, 해부한다 함은 결국 여기에 메스를 들이대는 행위이기 때문이다.

김 교수의 문제의식은 우선 실용성의 문화를 추구해온 중국인들이 왜 시학, 성운학(聲韻學), 문자학 등 비실용적인 학문 분야에 그토록 집착했을까 하는 의문에서 비롯된다. 중국인들은 국가의 관리를 뽑는 과거시험에서조차 시학의 우열에 따라 합격 여부를 결정했던 것이다. 이러한 의문은 그로 하여금 이들 분야의 공통된 성격이 한자의 놀이와 그 규칙을 다루고 있다는 사실임에 주목하도록 하였다. 이들은 사실상 시작(詩作)과 경전 해석에 동원되는 지식들로서 언어 기호의 기표적 체계를 주요 관심 대상으로 삼고 있었던 것이다. 시작과 경전 해석은 얼핏 보면 기의적 측면, 즉 메시지에 중심을 두고 있는 것처럼 보이지만 실상은 기표적 측면, 즉 코드에 그 중심을 두고 있다. 그렇다면 코드를 생산하는 한자의 놀이와 규칙이 어떻게 실제적인 힘을 확보하는가?

중국은 통일국가를 유지함과 아울러 주변의 여러 민족에 대하여 중심적인 세력으로 남아 있기 위하여 일찍부터 권력의 진실을 정의

하는 일에 노력을 경주하여왔다. 대체로 춘추전국 시대까지 중국은 확실한 정치, 문화적 정체성을 확보하지 못하였고 한대에 들어와 중심화의 분위기가 형성되면서 관방의 지식인들은 권력의 진실을 다시 쓰고 재편성하는 일에 부심(腐心)하게 되었는데 이에 관한 담론과 논쟁의 중심에 있었던 것이 바로 명실론(名實論)이었다. 실을 대리하는 명은 기본적으로 언어로 만들어진 기호체이지만 그것이 사물을 대체하는 이미지일 때 표상의 현존성이 더욱 강해져서 대상체를 형이상학화하는 데에 매우 효과적일 수밖에 없다. 그래서 본질적으로 이미지로 구성된 한자는 실재의 보충대리라는 측면에서 집중적인 탐구의 대상이 되어왔던 것이다. 결국 이러한 과정에서 한자를 구성하는 이미지와 기표들, 그리고 그 조합규칙들이 만들어내는 다양한 놀이가 계발되었고 이 놀이들은 국가 신화의 생산기제가 되었으며 이렇게 생산된 신화는 권력의 진실이라고 하는 이데올로기를 끊임없이 속삭여왔다. 상술한 신화 생산의 메커니즘이 하나의 체계로 정착되어 지배권력과 불가분의 관계를 맺게 된 시기가 바로 한대이고 이와 관련하여 중국의 정통 학문으로서 성립된 것이 경학인 것이다.

 김 교수는 한자가 갖는 이러한 속성에 바탕하여 한대의 경학을 해부한다. 금문(今文) 경학에 대한 분석에서 그는 한왕조의 통치이데올로기로 변모한 오행설과 『춘추(春秋)』 해석학이 어떻게 한자의 언어 작용을 통하여 한왕조의 정통성을 합리화했는가를 살핀다. 나아가 참위설에 이르러 한자의 신화가 무한히 증식하여 마침내 유교가 신학화하는 과정, 즉 실재를 기호대로 현실화하는 문자놀이의 극한 양상을 고찰한다. 금문 경학의 이러한 폐단을 인식하고 탈신화로의 방향을 모색하여 나온 것이 고문(古文) 경학이다. 이에 대한 분석에서 김 교수는 통치 이데올로기의 재정립을 위해 개괄적 담론을 심화시키고자 했던 유흠(劉歆), 양웅(揚雄), 왕충(王充) 등 고문 경학 대사(大師)들의 언설을 파헤친다. 한대 후기에 탈신화의 결실로 성립된 『설문해자(說文解字)』에 대한 탐구에서 김 교수는 이 자전(字典)의 편찬이 갖는 의의를 모든 사물을 유일한 담론하에 통합시키려 하는, 고문 경학의 개괄 논리의 반영으로 파악한다.

경학은 공자의 교육사상에서 비롯된 것이었지만 한대에 이르러 유학의 담론이 통치 이데올로기로 채택된 이후부터 고대 중국 학술의 중심 내용으로 자리 잡았다. 한왕조는 난세를 평정하고 새로운 질서를 확립함에 있어 권력의 정통성을 부여받아야 함과 동시에 동아시아 제국(諸國)에서의 지배적인 지위를 유지해 나가야 하는 부담을 처음부터 안고 있었다. 이러한 정치적 상황은 자연스럽게 지배 이데올로기를 비롯한 권력 기술을 필요로 하게 되었고 여기에 동원된 지식 체계가 바로 유학의 담론, 즉 경학이었던 것이다. 그러므로 경학의 발전 추이에 대한 분석이 당시의 세력과는 물론 권력의 유지를 위해 만들어낸 지식의 조직과 유통 등의 권력 기술을 설명하는 열쇠가 될 수 있다고 본 것은 김 교수의 탁월한 착안이 아닐 수 없다.

무릇 고전을 정확히 이해하기 위해서는 텍스트 자체의 자구적(字句的) 의미와 핵심에 접근하려는 노력이 무엇보다 중요하다. 그러나 이러한 노력도 그 텍스트가 태동하게 된 문맥적인 요소, 즉 상황과 맥락의 파악이 선행되지 않는다면 어쩌면 의미 없는 일이 될 수도 있다. 그러므로 우리가 한대의 지식을 연구함에 있어서 이러한 컨텍스트적인 요소를 고려하지 않은 채 핵심에 도달하기란 사실상 불가능한데, 이 요소가 바로 권력과 경학의 관계이다. 즉 경학이 권력과 상호 기능한 메커니즘과 관련 지어 역동적으로 파악해야만이 경학의 교리와 텍스트를 형이상학적인 것으로만 인식하는 오류를 피할 수 있는 것이다.

경학자들은 금문학파이든 고문학파이든 공통적으로 권력의 진실을 성인이 재현한 도의 집대성이라 믿었던 경전에서 찾았는데 경전에 쓰인 고대 언어에 대한 언어관과 그에 기초한 해석을 달리한 결과로 유파가 형성되고 발전하였기 때문에 경학의 발전 추이가 중국 문헌 언어학의 발전사적인 면에서도 그대로 반영되어 나타났다고 볼 수 있겠다. 따라서 김 교수가 도리어 한자의 놀이와 그 규칙이라는 측면에서 경학의 본질, 나아가 고대 중국의 지배 기제를 추론해 낸 것은 기존 중국학에서의 경학에 대한 묵수적(默守的)인 연구 태도를 크게 지양한 것으로 주목할 만한 학술 성과라 하지 않을 수 없다. 한국의 중국학 특히 경학이나 정통 문학 분야는 중국과의 변별성에 있어서 사실상 회의적인 시각이 있어왔는데 김 교수의 이러한 시도는 한국 중국학의 자생적 역량을 현시(顯示)하는 지표로서 높이 평가되어야 할 것이다. 김 교수는 또한 논구의 과정에서 전통적인 해석 방식만을 고집하지 않고 기호학 및 후기구조주의의 언어이론 등을 다양하게 원용하였는데 이러한 시도 역시 어학 방면에서는 초유의, 신선한 방법론적 변혁이라 할 만한 것이다. 다만 서구 이론을 중국학에 적용할 때의 기본 전제, 한계, 상위점 등에 대한 고민이 서론 혹은 분석의 와중에서 표현되었으면 묵수론자들의 비난을 비껴나가기에 보다 용이하지 않았을까 하는 아쉬움이 있다.

거듭 말하거니와 한대는 고대 중국의 정치, 문화상의 정체성이 확립되었던 시기이고 따라서 한대의 문화는 모든 후대의 중국 문화

나아가서는 이를 수용한 동아시아 제국의 문화에 대해서까지 연원성을 갖는다. 우리가 이미 파악한 바 한자의 놀이와 그 규칙이 한대에 경학을 통해서 구현하고자 했던 목적은 단순히 문자의 효용이라는 측면에 한하지 않았다. 그것은 내부적으로는 국가 정통성의 수립이었지만 밖으로는 중국의 주변 민족에 대한 지배적 지위 즉 종주권(宗主權)의 확보였던 것이다. 바로 이 점을 염두에 둘 때 오늘날 우리가 목전의 효용성이나 문화보편주의의 입장에서 한자 사용의 확대 여부를 논의하는 것이 얼마나 순진한(?) 발상에 기인한 것인지 한번 되짚어보아야 할 것이다.

한자는 훌륭한 문자임에 틀림없다. 그러나 중국이 아닌 우리에게 있어서는, 잘못 다루면 다칠 수도 있다는 것이 이 책이 전하고 있는 언외(言外)의 메시지인 것이다.

『중국학보』 제40집, 1999.12.7.

고분벽화에서 화상석으로의 인식 확대

— 전호태, 『화상석 속의 신화와 역사』

전호태 교수는 잘 알려져 있듯이 고구려 고분벽화 연구 방면의 독보적인 학자이다. 그러나 이 분야는 얼마 전까지만 하더라도 냉문(冷門)이었다. 실물 자료가 모두 남의 땅에 있는 현실에서 자료에 접근할 수도, 연구 결과를 확인하기도 어려운 사정이었기 때문이다. 지금은 누구나 마음만 먹으면 덤벼들 수 있지만 어렵고 척박했던 시절, 전 교수는 남들이 돌아보지 않는 이 분야를 선택하여 각고(刻苦)의 노력 끝에 오늘의 경지를 이룩해냈던 것이다.

사실 이러한 감회는 전 교수에 한하지 않는다. 시류(時流)에 안 맞거나 학계의 몰인식으로 인해 방치되었던 분야를 대책 없는 정열 하나만으로 열악한 조건들을 극복하여 소기(所期)의 성과를 이뤄낸 학자들을 아는 사람은 안다. 필자가 전공으로 삼고 있는 중국 신화학도 형편은 마찬가지였다. 정통과 이단의 준별(峻別)이 심한 중국문학계에서 제대로 된 학문 취급을 못 받은 것은 물론이지만 과거 사회과학이 대세였던 시절, 학문으로서의 존재 가치조차 의심쩍은 시선을 감내해야 했던 것이 냉엄한 현실이었기 때문이다. 엄정해야 할 서평의 모두(冒頭)에 객담을 늘어놓는 것이 정도(正道)는 아니나 바로 이러한 사정들로 인해 전 교수와 필자는 전공이 다른데도 동병상련의 심정으로 우의(友誼)를 지속해왔고 서로의 학문에 대해 깊은 이해와 관심을 갖게 되었다. 그러다 보니 관심사를 공유하게도 되었는데 그것은 고구려 고분벽화에 많이 출현하는 신화적 제재에 대한 해석의 문제였다. 이들 제재는 고구려 문화의 산물이므로 응당 우리 문화의 범주에서 다루어야 하겠지만 상당수가 현행 중국 신화 모티프와 관련이 있기 때문에 중국 문화도 고려해야 하는 경합적(競合的) 연구 대상이었던 것이다.

전 교수의 노작 『화상석 속의 신화와 역사』(소와당, 2009)에 대한 필자의 서평 역시 이같이 끈끈한 학문적 인연의 연장 위에 주어진 과제가 아닐까 생각하면서 본론에 들어가고자 한다.

『화상석 속의 신화와 역사』의 성서(成書)는 전 교수의 고구려 고분벽화 연구(이하 '벽화 연구'로 약칭) 역정(歷程)을 살펴보면 필연적이다. 고구려 연구가 고구려 문화 내에서 규정될 수 없다는 것은 상식이다. 동북아시아 대제국이었던 고구려에서 이루어졌던 문화적 내용들은 당연히 일국적인 범주가 아니라 초국가적, 초종족적인 차원에서 살펴봐야 할 것이다. 인접한 중국은 물론 서역(西域), 돌궐(突厥) 등 고구려를 위요(圍繞)한 아시아 제국(諸國)과의 교류 및 영향관계가 중요하게 고려될 수밖에 없다. 벽화 연구의 경우 건축, 회화 등의 양식과 제재 모티프와 관련하여 특별히 돈황(敦煌)을 위시한 서역 지역과 중국 대륙의 현존 문물 및 신화, 역사, 문학, 사상 등은 깊은 의미를 지닌다. 전 교수의 벽화 연구가 고구려 고분벽화 자체에 대한 탐구로부터 시작하여 점차 돈황 벽화, 화상석(畵像石), 백화(帛畵) 등 서역 및 중국의 도상(圖像) 문물으로 영역을 확대하게 되는 것은 당연한 수순이라 할 것이다. 물론 이와 더불어 이들 도상의 근저에 있는 불교, 도교, 신화, 민속 등에 대한 이해도 심화시켜 나갔다. 전 교수는 특히 화상석에 대한 이해에 집중했는데 한대(漢代)의 독특한 도상 문물인 화상석은 고구려 고분벽화와 시대적 상거(相距)가 크지 않아 제재에 따라서는 벽화로의 변천 및 발전 관계를 논할 수 있기 때문이다.

이리하여 전 교수는『고구려 고분벽화 연구』(사계절, 2000),『고구려 고분벽화의 세계』(서울대학교출판부, 2004) 등 벽화 자체에 대한 논구로부터 연구 영역의 확대에 따라『중국 화상석과 고분벽화 연구』(솔, 2007)와 같은 비교학적 탐색을 거쳐 마침내『화상석 속의 신화와 역사』라는 화상석 자체에 대한 본격적인 해설서를 생산하게 된 것이다. 따라서 이 책은 전 교수가 자신의 전공 분야인 고구려 고분벽화를 넘어서서 중국의 화상석에까지 전문가로서의 조예를 보여준 시도적인 작품이라고 생각한다. 전 교수의 이러한 시도는 앞서 서술한 바, 연구 영역 확대의 자연스러운 귀결이기도 하지만 시의적절한 작업이기도 하다. 왜냐하면 화상석이 고대 한국 미술에 미친 적지 않은 영향을 고려할 때 극소수의 번역 소개서밖에 존재하지 않는 상황에서 전 교수와 같은 국내 학자에 의한 자생적 저술은 꼭 필요할 뿐 아니라 시도만으로도 값진 의의를 지니기 때문이다.

이와 같은 전 교수 저작의 성립 당위성을 염두에 두고 먼저 이 책의 체재를 살펴보기로 하자. 이 책은 화상석 속의 신화와 역사에 대한 해설을 목적으로 전체를 01.「신들의 공간」, 02.「불사의 꿈」, 03.「시대의 나침반」, 04.「역사의 불빛」, 05.「즐거운 세상」의 다섯 부분으로 나누어 서술하였다. 다시 내용으로 살펴보면 01.「신들의 공간」

은 신화 속의 신들, 02. 「불사의 꿈」은 불사의 존재, 03. 「시대의 나침반」은 신령스러운 동식물, 04. 「시대의 나침반」은 역사적 사건과 인물, 05. 「즐거운 세상」은 일상생활 등과 관련된 도상들에 대한 설명이다. 이렇게 보면 '신화와 역사'라고 했지만 이 책은 화상석의 모든 내용을 망라한 것은 아니나 사실상 중요한 제재를 거의 다루고 있는 셈이다. 이 책이 지닌 개괄적 성격과 관련하여 슬그머니 드는 욕심은 이 책의 체재를 지금처럼 평면적으로 내용을 나열하는 스타일로 하지 않고 조금 입체적으로 구성했으면 좋지 않았을까 하는 생각이다. 가령 앞부분에 화상석의 개념, 유형, 분포 등에 대한 간략한 서론이 위치하고 맨 뒤에 화상석이 갖는 문화적, 역사적 의미 등을 총결해주었으면 이 책이 머리와 몸통, 꼬리를 갖춘 보다 온전한 개설서가 되지 않았을까 하는 아쉬움이 있다. 그러나 저자가 처음부터 화상석에 대한 전면적인 개설서를 목표로 하지 않았다면 이는 어디까지나 필자의 욕심이다.

다음으로 이 책의 서술 방식 즉 전 교수의 글쓰기에 대해 살펴보자. 전 교수는 평소 고답적인 역사 논문 문체로부터 탈피하여 일반 대중과의 소통적 글쓰기를 자주 시도하는 학자로 알려져 있다. 교양을 위한 해설서, 어린이들을 위한 동화 쓰기 등 이러한 시도 덕분에 고구려 고분벽화에 대한 일반의 인지도는 여타 학문 분야에 비해 확실히 높은 편이다. 이 책에서도 저자는 화상석의 내용을 독자들에게 쉽고 재미있게 전달하고자 많은 배려를 했다. 가령 각 항의 이야기 단락에서는 처음에 해당 도상과 관련된 문헌설화 혹은 신화, 전설 등 근원서사나 에피소드를 제시하여 해당 도상에 대한 이야기를 자연스럽게 풀어나간다. 이어서 해당 도상의 미술사적 특징, 신화,

역사, 상징적 의미 등에 대해 친절히 설명한 후 가끔 교훈이나 권계(勸誡)를 담은 논평적인 어투로 말미를 짓는다. 이러한 이야기 방식은 상당히 설득력이 강한데 여기에는 장르적 유래가 있다. 천 년 이상 전해 내려온 중국 백화소설(白話小說)의 서사기교가 그것으로 당시의 이야기꾼 즉 설화인(說話人)들은 인자(引子)[1]라고 부르는 소설의 도입부에서 본 내용을 암시하는 고사(故事)를 말해주거나 시를 읊기도 했다. 그리고 본 이야기를 다한 후 마지막엔 교훈적인 취지의 시구(詩句)로 전체 내용을 총결하였다. 우연의 일치인지 모르나 전 교수 역시 최선의 글쓰기를 강구하다 보니 과거 설화인들의 이야기 방식을 닮게 된 것이 아닌가 생각된다. 그런데 이 책에서는 이미지 곧 도상 자료까지 제시되니 해설서로서의 설득력은 그야말로 금상첨화라 할 것이다.

다음으로 이 책의 구체적인 내용에 대해 검토해보자. 01.「신들의 공간」의 제1절 '음양조화를 위한 만남의 신 – 고매'에서는 인류의 시조인 복희(伏犧), 여와(女媧) 남매와 이들을 중매하는 고매신(高媒神)에 대해 설명하고 있다. 그런데 하남(河南) 남양(南陽) 출토 화상석을 보면 복희와 여와 사이에 상투를 틀고 우람한 체구를 한 거인이 서 있다. 이 거인의 정체는 무엇인가? 전 교수도 지적했듯이 이 거인을 창조신 반고(盤古)로 간주한 중국 측의 해석은 확실히 문제가 있다. 왜냐하면 거인 반고는 인도의 뿌루샤 신화와 같은 시체화생신화가 중국 서남방에 전래되어 정착한 신으로 보고 있는데 그 신화가 민간에서 채록된 것은 삼국시대 오(吳) 무렵으로 시기상 도저히 남양 화

---

1 득승두회(得勝頭廻)라고도 부른다. 일종의 프롤로그.

상석에 반영될 수 없기 때문이다.[2] 전 교수는 신화적 존재의 성별이 역사 시기에 들어와 바뀌는 현상을 예로 들어 이 거인을 남성 고매 신으로 추정하였다. 긍정할 수 있는 주장이긴 하지만 의문의 여지가 없는 것은 아니다. 일반적으로 중국 민간에서 고매신은 생육과 결혼 을 주관한다는 고유의 취지에서 줄곧 여성으로서의 성별을 유지해 온 것이 현실이었다. 가령 후대에까지 존속하여 고매신으로 숭배받 았던 여와, 강원(姜嫄) 등이 모두 여신이었음이 이를 입증한다. 물론 한참 후대에 월하노인(月下老人) 같은 남성 중매신이 등장하긴 하지 만 신화 시대를 반영한 화상석에서 남성 고매신의 출현은 시기상조 인 느낌이 없지 않은 것이다. 아무튼 정작 복희, 여와의 인류 탄생신 화에서 언급되고 있지 않음에도 불구하고 화상석에 나타난 복희, 여 와 중간에 자리한 신적 존재는 과연 무엇인가? 그 존재가 남성 혹은 여성 고매신이든 아니면 다른 신격이든 그것은 전승되어온 서사와 남겨진 시각 이미지 간의 괴리와 간극을 보여주는 한 징후일 것이 다.

제7절 '빛보다 빠른 화살 – 명궁 예'에서 전 교수는 명궁 예(羿)가 열 개의 태양을 쏘아 한 개만 남겼다는 신화를 은(殷)–주(周) 왕조 교 체에서 비롯한 새로운 '신화 만들기(myth-making)'의 결과물로 해석 한다. 즉 은대에는 태양 열 개가 교대로 하늘을 운행한다고 믿었는 데 하늘에는 한 개의 태양만이 존재한다고 믿었던 주 왕조가 건립 된 이후 기존의 관념을 바꾸기 위해 예의 사일신화(射日神話)를 만들

---

2 오나라 서정(徐整)의 『삼오역기(三五曆記)』, 『오운역년기(五運曆年記)』 등에 신화 내용이 전하나 이 책들은 현재 일실(逸失)되고 잔문(殘文)만 『태평어람(太平御覽)』 등에 전한다.

어 유포시켰다는 것이다. 전 교수의 이러한 해석은 왕조 교체에 따르기 마련인 상징 체계의 변환을 예상할 때 일견 납득할 수 있다. 가령 왕조가 바뀌면서 몰락한 왕조의 신화가 억압되거나 대표 상징이 격하되는 현상을 우리는 쉽게 발견할 수 있다. 그러나 개연성은 인정될지라도 실제적으로 예 신화를 그런 맥락에서 조작된 신화로 간주하기에는 무리가 따른다. 우선 예는 동이계(東夷系)의 군장(君長) 혹은 영웅으로 은 민족과 같은 계통의 인물인데 스스로 자기 나라의 상징인 열 개의 태양을 제거하고자 했다는 취지는 논리에 맞지 않는다. 아울러 주가 은의 상징을 제거했다면 열 개의 태양 신화에 기초한 십간(十干)과 같은 중요한 개념이 후세에 여전히 행세해온 현실을 어떻게 설명할 것인가? 예 신화를 이러한 정치논리보다 신화논리로 풀어본다면 예의 사일신화는 가뭄과 홍수 등이 최악의 재난으로 여겨지던 고대에 이를 주술적으로 극복하는 과정에서 발생한 기상 조절의 신화로 볼 수 있을 것이다. 예 신화에 나타난 폭무(曝巫) 의식 같은 것이 후대의 기우의례(祈雨儀禮)에 계승되고 있는 것이 이러한 해석을 지지해주는 증거이다. 무엇보다도 예 신화 유형이 한국을 비롯, 동아시아 여러 지역에서 발견되고 있다는 사실은[3] 이 신화가 결코 특정한 시기에 특정한 목적으로 만들어진 작품이 아니라는 움직일 수 없는 근거이다.

02. 「불사의 꿈」의 제2절 '어깨에 돋은 날개-우인'에서는 화상석에 표현되고 있는 불사의 존재인 신선들의 모습에 대해 설명했다.

---

3 사일(射日) 혹은 다일(多日) 모티프를 공유한 신화들이 하나의 유형을 이루고 있다. 이와는 별도로 예 신화와 고구려 건국신화와의 관련성도 제기된 바 있다.

신선 형상에서 일반인과 구별되는 가장 큰 특징은 어깨에 날개가 돋았다는 점이다. 전 교수는 이러한 형상이 초월적 존재의 몸 주위에 서기(瑞氣)나 운기(雲氣) 등으로 표현되었던 더듬이 꼴 선들이나 특별히 강조되어 그려졌던 모발 등에서 비롯한 것으로 설명하였다. 그러나 신선 형상의 성립 경위를 회화적, 양식적 차원에서만 설명하면 다소 피상적인 이해가 될 수 있다. 신선사상을 중심으로 한 도교문화의 기원이나 형성 배경 등의 관점에서 살펴보아야 할 것이다. 일반적으로 신선사상의 발생은 샤머니즘의 조류 숭배와 밀접한 관련이 있는 것으로 보고 있다. 조류 숭배에서는 토템 관념에 따라 조류와 인간을 동일시하고자 하는 욕망이 있고, 이러한 욕망은 신화에서 조인일체(鳥人一體)의 형상으로 표현된다. 칼텐마크(M. Kaltenmark)는 이러한 관점에서 『산해경』의 날개 돋친 이방인인 우민(羽民) 형상에 주목했다.[4] 그러나 반인반조(半人半鳥)의 형상은 후대에 이르러 인간과 동물이 관념적으로 분화되면서, 특히 인간이 자연에 대해 우위를 점하면서 인간이 조류를 조력자로 구사하는 형상으로 나타난다. 학이나 고니, 봉황 등을 타고 있거나 동반하고 있는 신선의 모습이 그것이다. 이러한 형상들은 화상석이나 벽화 공간에서 시대적 선후 없이 동시에 출현하기도 하지만 본래 기원적으로는 다른 관념의 소산인 것이다.[5]

마지막으로 사소한 지적이지만 01. 「신들의 공간」 제8절 '귀신 잡

---

4 Maxime Kaltenmark, *Le Lie-Sien Tchouan*(Université de Paris Centre détudes Sinologique de Pékin, 1953), pp.12~19.

5 우민(羽民)에서 신선으로의 변천에 대한 논의는 졸고, 「고구려 고분벽화의 신화, 도교적 제재에 대한 새로운 인식」, 『동양적인 것의 슬픔』(살림, 1996), 148~151쪽 참조.

는 사람들 — 신다와 울루'에서 저명한 문신(門神)인 신도(神茶)와 울루(鬱壘)에 대해 설명했는데 자획상의 착오인 듯 '신도(神茶)'가 '신다(神茶)'로 되어 있다. 같은 장 제1절 '음양조화를 위한 만남의 신 — 고매'에서도 '盤古'를 '盤高'로 표기한 단순한 착오가 눈에 띈다.

지금까지 논급한 사항들은 이 책에서 화상석의 전모에 대해 전 교수가 해설한 다양하고 풍부한 내용들 중의 극히 일부일 뿐, 이 책의 전반 가치와 미덕을 손상하는 데 이르지 않음은 물론이다. 전 교수는 한대 화상석의 대표적인 도상들을 해석함에 있어 동서양의 많은 전거를 끌어오고 각 분야의 관점과 이론을 해석의 틀로 참고한 후 자신의 관점을 제시하는 방식으로 독자들에게 가장 합리적인 설명을 제공하였다. 따라서 이 책은 고대 동아시아의 신화와 미술, 역사, 문학, 민속 등 문화를 연구하는 데에 신뢰할 만한, 좋은 참고서로서의 역할을 할 것임에 틀림없다. 이러한 성취는 전 교수의 고구려 고분벽화에 대한 끊임없는 인식 확대의 산물이라 할 것이다. 향후 전 교수의 학문이 화상석을 넘어 또 다른 진경(眞境)을 현시(顯示)하길 기대하며 소략한 논평을 마치고자 한다.

『역사와 경계』 2009.

탈근대를 위한 근대의 추체험

— 민두기, 『중국에서의 자유주의의 실험 — 후스의 사상과 활동』

1980년대 이전에 대륙과 타이완에서 나온 중국 현대문학사를 읽어보면 후스(胡適)와 루쉰에 대한 서술이 너무나 극명하게 대조를 이루어 어리둥절할 정도이다. 대륙의 경우 현대문학 성립기 후스의 역할은 거의 생략되어 있고 심지어 문학혁명조차도 루쉰의 주도하에 다 이루어진 것처럼 기술하고 있다. 타이완의 경우 이와 정반대로 완연히 후스 중심에 의해 현대문학을 설명하고 있음은 물론이다. 80년대 이후의 대륙에서 이러한 사정은 일변한다. 아직 루쉰에까지 이르지는 않았지만 대륙 작가들의 이데올로기적 레토릭을 해체하려는 조짐이 있는 반면 후스를 재평가하고 선양(宣揚)하고자 하는 움직임이 눈에 띄는 현상인 것이다.

한때 몹쓸 전염병이나 되듯이 내몰았던 그를 다시 제기하여 학습하는 대륙 학계의 변화는 어디에서 유래하는 것일까? 일단 우리는 대륙의 정치 상황 및 학술 상황의 급변을 생각해볼 수 있다. 사회주의 이념의 급속한 쇠락은 이데올로기의 공백을 가져오고 이 공백을 메우기 위해 기존에 있던 것 즉 전통으로의 회귀는 자연스런 현상이다. 최근 대륙 학계의 복고주의, 민족주의적 성향의 부활은 이러한 현상과 무관하지 않다. 그러나 현실적으로 경제 발전, 기술 혁신 등의 과제는 결국 전통과 현대화라는 이중가치의 갈등 양상으로 노정 되고 지식인들은 이러한 견지에서 1세기 전인 근대 시기와 문제의 식을 공유하는 상황에 놓이게 된 것이다. 여기에서 중국 근대의 중 요한 경험이었던 후스는 다시 검토되고 부각될 필요가 있다. 타이완 과는 달리 이제 막 민주화, 현대화가 진행되고 있는 대륙에서 후스 는 과거의 인물이 아닌 오늘의 인물인 것이다. 그러나 이른바 '후스 르네상스'라 할 정도의 후스 연구열은 과거 정치적 격랑에 의해 부 침했던 후스 자신의 일생처럼 또 다른 정치적, 문화적 소인(素因)에 의한 한 시기의 반사적 현상인가? 아니면 후스 사상이 내재적으로 갖고 있는 초월적 가치의 궁극적 승리인가? 이 점에 대해서는 다른 차원에서의 논의가 필요하다 할 것이다.

올봄에 출간된 민두기 교수의 『중국에서의 자유주의의 실험 - 후 스의 사상과 활동』(지식산업사, 1996)은 이러한 문제와 관련하여 후스 사상의 본질과 가치를 그의 삶의 역정과의 긴밀한 조응하에 논구하 고 있다. 자유주의가 후스의 사상을 관류하는 본질 정신이라는 전 제를 시종일관 견지하면서 저자는 후스의 사상과 활동을 그의 새로 운 사상 운동, 전통에 대한 태도, 자유주의자로서의 행로의 세 가지 방면에서 고찰한다. 먼저 근대 여명기에 있어서 후스의 새로운 사상 운동이란 무엇인가? 1917년 초 『신청년』 잡지에 발표한 「문학개량추 의(文學改良芻議)」라는 짧은 논문을 통해 후스는 수천 년래 지배해온 구체의 문언문학(文言文學)을 배격하고 대중적인 백화문학(白話文學) 을 수립할 것을 제창한다. 이 성명은 즉각 폭발적인 반향을 일으켜 단기간에 이른바 '문학혁명'을 가능케 하였다. 그러나 후스의 이러 한 운동은 중국 역사상 유례가 없는 것은 아니다. 왜냐하면 진시황

이래 당대(唐代)의 한유(韓愈), 명대(明代)의 공안파(公安派) 등에 이르기까지 사상운동은 항상 문자 혹은 문체개혁 등의 문학운동을 통해 수행되어왔기 때문이다. 결국 후스의 문학혁명은 자신이 품고 있던 근대사상과 표리관계에 있다. 저자는 후스의 새로운 사상의 내용으로서 진보적 문학의식 이외에도 여성해방론과 과학주의를 든다. 여성해방론은 그의 자유주의자로서의 개인인식에 기초한 것으로『인형의 집』의 작가인 입센의 사상으로부터의 영향이 두드러진다. 아울러 과학주의는 주로 학문 연구상의 방법론과 상관된 것으로 그의 미국 유학 시절 스승이었던 존 듀이의 실용주의에 힘입은 바 크다. 그의 이러한 신사고가 당시 유교적 독단론이 지배적이었던 사회에 개인의 자각 및 비판 정신을 크게 고취하게 하였음은 물론이다.

다음으로 저자는 후스의 전통에 대한 태도를 이른바 '국고정리(國故整理)'와 관련하여 설명한다. 후스는 유교를 정통으로 하는 중국 문화관을 강력히 비판하고 보수주의자들이 자기옹호 논리로서 동서양을 정신, 물질 문명권으로 구분 짓는 문화적 단순이원론을 논파한다. 그러면서도 외곬로 전반서화(全般西化)를 추구하지 않고 중국 전통문화의 미래에 대한 가능성의 탐구에도 힘을 기울였다고 저자는 평가한다. 예컨대 후스는 전통문화 가운데서도 인본주의, 주지주의 등의 전통은 계승되어야 할 것으로 특별히 강조한 바 있다.

마지막으로 저자는 자유주의자로서의 외롭고 험난한 역정을 걸어온 후스의 삶에 대해 조망한다. 그에게 있어서 자유주의란 무엇인가? 저자에 의하면 그것은 타인에 대한 용인(容忍)으로써 보장된 개인가치의 유지 발전을 사회, 정치적 진보의 근본으로 삼고, 자유가 보장될 수 있는 다원적인 사회를 만들기 위해 민주적 법치의 방법으로 점진적 개혁을 하자는 주의이다. 이러한 견지에서 군벌, 제정복고파, 공산당, 국민당 등의 모든 획일주의와 무단통치는 후스에게 거부된다. 따라서 1891년 상해에서 태어나 1962년 타이완에서 71세의 나이로 세상을 뜨기까지 그의 일생은 대륙과 타이완의 어떤 통치 세력에게도 순응하지 않았던 불기(不羈)의 삶이었다. 저자는 이러한 후스의 삶을 따뜻한 동정의 시선으로 바라보면서 후스라는 한 지식인의 행로가 비슷한 역사적 노정에 놓였던 우리에게도 깊게 음미될 수 있음을 시사하며 글의 대미(大尾)를 맺는다.

이 책은 우선 여타의 학술 저작처럼 난삽하지 않고, 평이하고 생동적인 문체로 후스의 삶과 사상을 진지하게 풀어나갔다는 점에서 돋보인다. 사필(史筆)이 본래 지니고 있던 이야기적 기능을 복원시켰다고나 할까? 근엄한 역사 관계 논저에서 일탈한 새로운 글쓰기의 형식으로 보아도 좋을 듯싶다. 고찰 내용에 있어서, 절대적 자유주의자로서의 후스의 면모를 부각시켜 그의 사상의 시의성(時宜性)을 재확인 한 것은 이 책이 거둔 값진 수확이다. 아울러 그의 사상에서 전통 중시적 요소를 끌어냄으로써 종래 후스에 대한 단순한 전반서화론자로서의 편향된 시각을 얼마간 시정한 것도 훌륭한 성과이다. 다만 아쉬움으로 남는 문제는 저자가 이해한 후스식의 자유주의가 지식인들의 리버럴하고 개인주의적인 일반 성향에 비추어 특별히 독자성을 확보할 수 있는 개념인지 보다 명확한 어의 규정이 필요한 듯싶으며 궁극적으로 오늘의 '후스 르네상스'가 거대담론을 부인하는 목전의 사조 및 대륙의 복고학풍과 일정한 상관성이 있다고 볼 때(심지어 후스와 대립되는 복고론자였던 량수밍도 나란히 르네상스를 맞고 있지 않은가!) 후스 사상의 예후를 낙관하기는 어렵지 않나 하는 생각이다. 아울러 후스가 전통문화 중에서 특별히 지목한 인본주의나 주지주의 등도 결국 서구의 로고스 중심주의로부터 유래한 항목들이기 때문에 그에 대한 전반서화론자로서의 혐의를 완전히 지우기에는 무리가 있지 않나 하는 느낌이다. 그러나 이러한 아쉬움들은 저자가 수행하고 있는 후스의 사상과 활동에 대한 탐구의 강렬한 빛의 이면에 불가피하게 드리워진 그늘이라 할 것으로 이 책의 뛰어난 성취를 손상하는 것은 아니다. 무엇보다도 기억해야 할 것은 우리로 하여금 근대의 중요한 경험이었던 후스를 공유하고 추체험(追體驗)하게 하는, 이 책이 주는 커다란 힘이 아닌가!

『창작과 비평』 1997.

스스로의 인식틀로 세계 읽기

— 심재상, 『노장적 시각에서 본 보들레르의 시세계』

인간이 만든 어떠한 이론체계로서도 이 세계의 전모를 드러낼 수 없다는 니체적 회의가 금세기 말에 거세게 부활하고 있다. 그리하여 한때 결정적인 것으로 신봉되었던 거대담론들이 슬며시 혹은 급격히 주변으로 밀려나고 반사적으로, 그동안 잊혀져왔던 다른 관념, 이단시되어왔던 논리들이 새롭게 혹은 새삼스럽게 부각되기도 한다. 학문상에 있어서의 중체서용(中體西用), 동도서기(東道西器)적인 관념도 이제 깨지고 있다. 종래 고답적인 자세만을 견지해오던 동양 사상들이 실제적인 견지에서 도구적인 틀로 탈바꿈하고 있는 현상이 그것이다. 고담준론(高談峻論)의 표상이었던 유교가 현대 경영 및 관리 기술로 활용되는가 하면 비현실, 비합리의 표본이었던 주역, 음양오행설, 노장사상 등이 문학, 예술작품을 분석하는 효율적인 장치로서 고안되기도 한다. 이러한 현상은 융, 데리다, 라캉 등에 의해 일찍이 도교, 주역 등이 그들의 철학상에 있어서 세계를 설명하는 기제로 수용된 전례로 미루어 예견될 수 있는 일이었다. 앞서의 시도들은 금후의 세계를 드러내 보일 수 있는 통합의 패러다임의 구축이라는 측면에서 선진적이며 그동안 남의 인식틀을 빌려 자신을 설명하고 포장하기에 급급했던 우리의 입장에서는 학문적 자생력과 주체성의 회복이라는 긍정적인 의미를 지니게 된다.

　국내 학계의 경우 최근 이성복 교수가 네르발의 시를 주역의 관점에서, 이해방 교수가 세갈렌의 문학사상을 노장의 시각에서 보고자 했던 것들이 이러한 노력의 일환이다. 특별히 불문학 방면에서 돋보이는 업적은 서구 세계에서 가장 일찍 발달했고 성취가 높은 프랑스 중국학과의 관계를 떼어놓고 생각할 수 없다. 19세기 프랑스 상징주의는 중국학 특히 도교학과 긴밀한 내적 교감이 있었으며 20세기 초, 리진파(李金髮), 다이왕수(戴望舒) 등 중국의 상징파 시인들에게 오히려 영향을 되돌려 주기까지 했던 것이다.

　심재상 교수의『노장적 시각에서 본 보들레르의 시세계』(살림)는 대체로 전술한 문화적 맥락을 염두에 두고 읽어야 할 노작이다. 심 교수의 문제의식은 우선 보들레르와 상징주의에 대한 기존의 연구들이 우리가 합리주의라고 부르는 서구적 시각으로부터 충분히 자유롭지 못했던 것이 아닌가 하는 의혹으로부터 출발한다. 심 교수는 이어서 보들레르의 시편들을 하나의 형이상학적 세계관의 구현으로, 그의 시어들을 그러한 비전에 대한 가장 온전한 표현으로 규정하면서 그 과정들을 좀 더 심층적으로 조명하고자 한다. 노장적 세계관은 그러한 작업을 효율적으로 이끌어가기 위해 심 교수가 도입한 하나의 해석적 틀이다. 보들레르의 시 작품들이 지니고 있는 세계관의 구조적 변화에 특별히 주목하면서 심 교수는 보들레르의 시 세계에서 로망티즘적 세계관이 지배했던 단계를 노장에서의 유위(有爲)와 무위(無爲)의 이원론적 대립관계로 파악한다. 그러나 보들레르의 시적 역정은 이원론적 세계로부터 일원론적 세계로, 배제의 미학으로부터 통합과 포용의 미학으로 발전하여 원융(圓融)의 경지에

도달하게 된다. 이러한 과정은 노장이 '견독(見獨)', '좌망(坐忘)' 등의 체험을 통해 세계의 진정성을 발견해내었던 역정에 그대로 상응한다. 궁극적으로 보들레르가 이루어낸 절대적인 심미 공간 그것은 노장의 '홀황(惚恍)'한 경계에 다름 아니다. 여기에서 심 교수는 확언한다. 시인은 바로 진인(眞人)이자 지인(至人)임을.

텍스트에 대한 진정한 이해는 텍스트를 독자 자신의 세계와 관련지을 때 가능하다는 언명은 외국문학 연구자의 경우 특히 유념해야 할 필요가 있다. 심 교수의 보들레르 시에 대한 노장적 세계관을 통한 이해는 이러한 전제의 충실한 구현이자 바람직한 예시이다. 아울러 심 교수의 시도는 다음과 같은 두 가지 측면에서 타당성의 토대를 갖고 있다. 첫째, 근대 초기 상징주의와 이미지즘의 영향으로 서구시의 언어는 동아시아의 시적 전통에 가까워졌다. 이 무렵 서구시는 그들의 전통에서 추구되어왔던 설명적이고 통사론적인 장식을 버리고, 보다 아시아적인 방식으로 이미지의 암시적인 힘에 집중했다.[6] 다니엘 키스터 교수는 예이츠(W.B. Yeats)의 시에서 동아시아 시전통 특유의 정(情)과 경(景)의 은유적인 융합을, 엘리엇(T.S. Eliot)의 『사중주(Four Quartets)』에서 한시(漢詩)와 흡사한 이미지들의 모호한 결합과 도교적 자연관을 발견한다. 고전주의 시대의 안온한 질서로부터 일탈하여 세계의 불확실성에 대한 의혹과 두려움을 누구보다도 예민하게 감지했던 일군의 시인들 – 보들레르를 선구로 네르발, 세갈렌, 랭보, 말라르메 등의 작품에서 이러한 경향이 나타나는 것은 우연한 일이 아니다. 둘째, 보들레르 연구가인 셸리에는 시인을, 대

6 다니엘 A. 키스터, 「한국인의 영시연구」, 『서강영문학』(1992), No.42.

립명제와 당착어법을 사용하여 비극적 세계로부터 낙원으로, 이원성으로부터 일원성으로 옮겨가는 존재로 규정한 바 있다.[7] 그런데 노자야말로 이러한 기법에 충실한 시인이요, 『도덕경』이 곧 압운(押韻)한 시집임은 주지의 사실이다. 다음의 예를 보자.

아주 곧은 것은 굽은 듯하고, 아주 솜씨 좋은 것은 졸렬한 듯하네(大直若屈, 大巧若拙).(* 하점은 압운 표시)

'직(直)'과 '굴(屈)', '교(巧)'와 '졸(拙)'의 대립명제 곧 이원성은 직유〔若〕에 의해 해제되고 그 순간 발생한 관념적인 부조화 즉 당착성은 대립을 넘어선 새로운 경계, 곧 일원성을 지향하게 된다. 이로써 노자의 보들레르 시 이해에 대한 유효성을 가히 상상하기 어렵지 않으리라. 그러나 이미 전제했던 바 텍스트[보들레르]에 대한 진정한 이해는 독자[심 교수] 자신의 세계와 관련 지어질 때 가능하다는 언명은 앞의 조건들에도 불구하고 보들레르와 노장을 동일시하는 데에 한계가 있음을 시사하고 있다. 예컨대 보들레르, 랭보 등의 상징과 시인들이 노장과 비슷한 형이상학적 개념을 추구하였다 할지라도 방법상 랭보의 이른바 '모든 의식의 혼란(dérèglement de tout les sens)'으로 표현되는 의식의 고양상태는 장자의 '심재(心齋)'와는 근본적으로 다른 것이다. 의식적인 차원에서 전자는 공감각(共感覺)을 통해 무의식으로의 하강을 도모했지만 후자는 무감각을 통해 자의식을 초월하

---

7   심재상, 『노장적 시각에서 본 보들레르의 시세계』(살림, 1995), 38쪽.

고자 했던 것이다.[8]

1994년 봄에 제출하였던 저자의 학위논문이기도 한 이 책에서 우리는 동서의 정신이 어떻게 조우, 회통(會通)하는가를 살피고 비교문학 혹은 비교사상적인 견지에서의 호혜적인 이해방식을 터득하게 된다. 일례로 우리는 근대 이래 지금에 이르기까지 프랑스 상징주의 시문학이 중국의 현대시에 꾸준히 미쳐온 영향의 소인(素因)을 보다 잠재적인 측면에서 이해해볼 근거를 갖게 되었다. 시적 상상력은 본질적으로 우주적 상상력이라는 믿음하에 보들레르의 시세계를 노장의 눈으로 읽으려는 심 교수의 시도는 앞서 말한 바 스스로의 인식 틀로 사물과 세계를 묘파하려는 값진 노력으로 상찬될 수 있다. 앞으로 이러한 노력이 그야말로 보들레르의 시적 역정처럼 이원론적 대립의 단계를 극복하고 일원론적 원융의 차원을 이룩해낼 때 우리는 비로소 공평무사한 이념의 잣대에 대한 희망을 가져도 좋을 것이다.

『상상』 1995.

8 유약우(劉若愚), 『중국의 문학이론』(동화출판공사, 1984), 이장우(李章佑) 역, 114쪽.

나를 움직인 한 권의 책
— 노자(老子)의 『도덕경(道德經)』

대학 2학년 때였다. 근대화에 열중하던 당시엔 모두가 서양 고전에 관심이 많았던 때라 학기 초만 되면 대학가는 데카르트, 칸트, 쇼펜하우어 등 이른바 '데칸쇼'류의 서양 고전 전집 월부상(月賦商)들로 붐볐다. 그런 와중에 '중국고전한문강독'이라는 교양과목이 있어서 신청을 했는데 『도덕경(道德經)』이 교재였다. 나이 지긋한 강사 선생님은 입담이 구수했지만 음담패설을 너무 많이 해서 첫날 강의가 끝나자 여학생들이 거의 다 도망가버리고 수강생이 반으로 줄어버렸다. 그나마 시위가 빈발(頻發)하는 통에 강의도 몇 번 듣질 못하고 휴강 중에 한 학기가 끝났다. 진도는 처음의 원문 몇 줄 나가고 덩그라니 『도덕경』 교재만 남은 상태에서 방학을 맞게 된 것이다. 그때엔 대부분의 강의가 이런 식이었다.

너무도 무료하고 시간이 흘러가질 않던 시절, 이미 사놓은 교재나 읽으면서 불면(不眠)의 밤을 보내야겠다는 생각을 하였다. 교재는 문고판 번역본으로 얄팍하기 그지없어서 한없이 만만해 보였다. 그 작은 책자 속에 세상의 생각을 바꿔놓을 엄청난 힘이 내장(內藏)되어 있으리라고는 꿈에도 몰랐다. 강의를 들을 때는 강사 선생님의 엉뚱한 이야기에 팔려서 본문을 오히려 제대로 읽지 못했는데 조용히 방안에 앉아 읽기 시작하니 한 마디 한 마디가 엄청난 충격으로 다가왔다.

"말할 수 있는 도란 영원한 도가 아니다(道可道 非常道)." 첫 장의 이 한 구절은 역사 이래 수많은 성현(聖賢), 재사(才士)의 온갖 심각한 말들을 한순간에 무색하게 만드는 폭탄선언이 아니고 무엇인가? 그리고 이어지는 신묘(神妙)한 반전(反轉)의 언어들. 무(無)에서 유(有)가 나오고, 부드러운 것이 강한 것을 이긴다. 등등…… 기존의 통념과 상식을 깨는 파격적인 개념들에 휩싸여 나는 밤새도록 책에서 손을 떼지 못하였다.

그것은 혁명이었다. 아침을 맞은 나는 이미 어제의 나가 아니었다. 그것은 마치 평생 달의 앞면만을 보고 살아온 우리가 어느 날 뒷면을 본 것과 같은 감동이라고나 할까? 그동안 유교적인 생활과 가치만이 동양문화의 핵심인 것으로 알아온 우리에게『도덕경』은 유교의 반대편에 또 하나의 소중한 문화가 자리하고 있다는 사실을 알려준다. 그것은 남성적인 것보다는 여성적인 것에, 인간보다는 자연에, 중심보다는 주변에, 이성보다는 감성에 더 비중을 두는 문화였다.『도덕경』에서 비롯한 도교(道敎) 문화는 탈근대를 운위(云謂)하는 오늘에 이르러 더욱 각광을 받고 있다. 우리는 페미니즘, 생태주의, 웰 빙, 상상력 등 이 시대의 중요한 코드들을 모두『도덕경』에서 만나볼 수 있다. 고전이 많다 하지만『도덕경』이야말로『논어(論語)』와 더불어 실로 고전 중의 고전이 아닐 수 없다. 시대가 첨단으로 가면 갈수록 더욱 진가(眞價)를 발하는 고전이 바로『도덕경』인 것이다.

『어문생활』 2007.1.24.

보편화의 계기를 맞은 동아시아 서사

— 가오싱젠, 『영혼의 산』

가오싱젠(高行健)은 누구인가?

가오싱젠은 1940년에 중국 강서성(江西省)에서 태어났다. 그는 고전문학과 예술에 대한 소양이 풍부했던 양친으로부터 영향을 받고 성장했으며 베이징외국어대학 프랑스어과에 진학해서는 연극 활동에 열중하였다. 이때 그는 브레히트에 심취하였는데 이는 후일 그가 희곡, 시, 소설 창작을 함께 수행하는 계기가 된다. 문화대혁명 이후 1980년대 초, 그는 모더니즘 소설과 현대 부조리극의 작가로 주목받는다. 1983년에 발표한 「버스정류장」은 베케트의 영향하에 쓰여진 작품으로 중국 사회의 부조리한 현실을 잘 드러냈다는 호평을 받았다. 그러나 이 작품은 "경제개혁에 대한 전망이 결여되었다"는 이유로 당국에 의해 상연 금지된다. 실의에 빠진 그는 1983년에서 1984년 사이 수차례에 걸쳐 양자강 유역에 대한 문화 기행에 나선다. 이 여행에서 얻은 경험과 지식이 후일 대작 『영혼의 산』을 집필하는 토대가 되었다.

1987년 가오싱젠은 중국을 떠나 독일을 거쳐 1988년 망명지인 프랑스 파리에 안착한다. 1989년 베이징에서 톈안먼 사태가 일어났을 때 이에 항의해서 그는 중국 공산당을 탈당한다. 이해에 탈고된 『영혼의 산』은 1990년 타이완에서 출판되었다. 2000년, 그는 마침내 『영혼의 산』으로 노벨 문학상을 수상하였고 2001년 프랑스 최고 영예인 레종 도뇌르 훈장을 받기에 이른다.

『영혼의 산』 읽기

2000년도 노벨문학상 수상작인 가오싱젠의『영산(靈山)』이 마침내 『영혼의 산』이라는 제목으로 번역, 출간되었다. 지난 몇 년간 노벨 문학상 수상자에 대한 물망을 고려해보면 중국 작가가 조만간 수상 하게 되리라는 것은 대세인 것처럼 보였다. 그것은 노벨상이 지니는 암암리의 정치성에 대한 예측에서 비롯하기도 하고 사실 중국의 개혁, 개방 이래 빠진, 아이칭, 왕멍, 베이다오 등 중국 굴지의 작가들이 한 해도 빠짐없이 후보로 거론되어왔기 때문이기도 하다. 그런데 급기야 지난해 가오싱젠으로 결정되었을 때 중국문학계는 예상했던 일이라는 반응보다는 마치 허를 찔린 듯한 당혹감에 휩싸였다. 표면상 그것은 그가 앞서의 작가들처럼 주목을 받아왔던 대가의 반열에 속해 있지 않아서이기도 하지만 여기에는 보다 근본적인 이유가 있다. 이에 대한 논의는 잠시 뒤로 미루고 우선 한국 독자들에게 생소한 이 작가의 수상작인『영혼의 산』의 작품 세계에 대해 알아보기로 하자.

『영혼의 산』의 내용은 간단히 말하면 주인공 '나'가 '영혼의 산'이라는 미지의 산을 찾아가는 실제와 환상의 순례기이다. 작가인 '나'

는 작품이 비판을 받아왔으며 아내와 헤어지는 등 곤경에 처해 있다. 그러다 폐암 선고를 받고 절망하던 중 오진임이 밝혀진다. 불합리한 사회, 예측할 수 없는 운명에 대한 고뇌는 '나'로 하여금 새로운 삶의 방향을 모색하기 위해 여행길에 나서게 하고 '나'는 누군가로부터 원시림의 '영혼의 산'이 어딘가에 존재한다는 얘기를 듣는다. 여행길에서 '나'는 변경의 강족(羌族)과 묘족(苗族) 등 소수민족의 원시종교와 민속에 몸을 맡기기도 하고 민간에 잔존해 있는 도교와 불교 의식에 동참하기도 한다. '나'는 향촌의 신화와 전설, 구전 가요에 심취하기도 한다. 여행은 실제에서만 이루어지지 않는다. '나'는 행복했던 유년기로의 추억 여행을 떠나기도 하고 '나'의 분신인 '당신'과 '그'를 통해 상상적인 여행을 감행한다. 이 여행길에서 '나'는 여러 여인과 사랑을 시도하기도 한다. 실제와 환상이 교차하는 여행의 끝에 마침내 '나'는 '영혼의 산'에 다다른다. '나'가 도달한 '영혼의 산'은 소설의 제80장에서 이렇게 표현되고 있다. "모든 것이 하얗다. 당신이 찾아다녔던 상태가 바로 이것이 아닌가? 아무 것도 가리키지 않고, 아무 의미도 없는 그림자들로 이루어진 모호한 이미지들로 가득한 이 얼음의 세계 같은 상태, 즉 완전한 고독".

소설 『영혼의 산』은 여러 가지 의미에서 읽힐 수 있다. 문화대혁명에 대한 고통스러운 기억에서는 상흔문학(傷痕文學)적 취지가 엿보이기도 하고 자연에 대한 찬미와 우려에서는 생태주의적 관점이 나타나며 전통, 민속에 대한 관심에서는 심근문학(尋根文學)적 의도가 드러나기도 한다. 그러나 여행, 길 찾기라는 본질적인 성격과 관련하여 생각해볼 때 이 작품은 개인적인 차원에서는 불가해한 삶의 진상, 역사적, 집단적인 차원에서는 중국 민족의 정체성에 대한 탐색이라는 중층적인 주제를 함유하고 있다. 그것은 이 작품이『도덕경』처럼 81장으로 구성되어 있다는 점에서도 암시된다. 즉 불가해한 삶의 진상, 정체성은 앞서 인용한 '영혼의 산'의 이미지처럼 모호하고 규정하기 어려운 도에 은연중 비유되어 있다.

한 가지 주목되어야 할 점은 작가 가오싱젠이 작품에서 보여주고 있는 문화론적 입장이다. 가오싱젠은 중국 문화의 정수를 한족(漢族)의 유교에서 찾으려 하지 않고 주변 민족의 원시종교와 도교 등에서 발견하고자 한다. 이러한 입장은 전통적인 황하문명중심론에서 벗어나 중국 문화를 상호텍스트적, 다원적으로 파악하려는 최근의 문화론적 경향과 상응한다. 가오싱젠이 추구하는 주변 문화의 지식은 리오타르의 이른바 서사지식(Narrative Knowledge)으로서 그것은 논리, 규범보다 설화의 역동성에 의존한다. 여기서 가오싱젠의 작품은 근대 서구 소설의 목적론적 의미지향성을 거부하고 자발적 이야기성을 강조하게 된다.『영혼의 산』이 동아시아의 전통소설 형식과 만나게 되는 것은 바로 이 지점에서이다.『수신기(搜神記)』라든가『요재지이(聊齋志異)』와 같은 필기체 소설에서의 옴니버스 스타일의 설화편집과 현실과 환상을 교차시키는 진환병겸(眞幻并兼)의 기법은『영혼의 산』에서 유감없이 수용되어 있다. 아울러 잡기(雜記)나 만록(謾錄) 등에서 보이는 의론(議論)이나 재학(才學) 등의 성분도『영혼의 산』에서는 기존의 소설 문법에 구애받지 않고 훌륭히 발휘되어 있다.

가오싱젠은 실상 모더니즘 작가로부터 출발했으며 누보로망, 마술적 리얼리즘, 메타픽션 등 갖가지 현대 소설 형식의 세례를 받은 작가이다. 그러나 그가 단순히 현대소설 형식을 재현함에 그치지 않고 전통의 '민족형식'을 융합하여 '고갈의 문학'이 운위되는 이 시대에 새로운 소설 형식의 가능성을 보여주었다는 데에 큰 의의가 있다. 감히 말하건대 동아시아 전통서사는 이제 그에 이르러 보편화의 계기를 맞았다고 할 수 있을 것이다. 다시 앞의 의문으로 돌아가서, 독자들은 왜 가오싱젠의 수상이 동아시아권에서 오히려 당혹스럽게 받아들여졌는지 그 이유에 대해 짐작하게 되었을 것이다. 그것은 기존의 소설문법 나아가 거대담론에 얽매여 전통서사를 스스로 소외시켜왔던 우리 이론계의 실책이 아니었던가 한번 반성해볼 필요가 있을 것이다.

『중앙일보』 2001.7.19.

중국 문화 속의 성

— 『노자와 성』·『중국의 성문화』·『중국의 남자와 여자』

동양 사회 특히 가부장적 유교문화의 본산이라 할 중국에서 전통적으로 성을 억압해왔다는 것은 상식적으로 잘 알려진 사실이다. 이러한 풍토에서 성에 대한 연구도 금기시되었기 때문에 중국의 성문화에 대한 고전적인 업적은 오히려 국외자인 네덜란드의 반 훌릭(R.H. Van Gulik)의 연구로부터 비롯된 바 있다. 그런 중국에서 근엄한 학자들이 성이라는 주제를 거의 동시에 진지하게 탐구하기 시작했다면 이는 중국학계의 일대 사건이라 할 만한 일이다.

최근 중국 전통문화에서 차지하는 성의 비중을 원형론적으로 분석한 노작으로는 굴지의 신화학자인 샤오빙(蕭兵)이 지은 『노자와 성』을 들 수 있다. 이 책에서 샤오빙은 다양한 인류학적, 민속학적 방법을 원용하여 노자 사상의 키워드라 할 도(道), 현빈(玄牝), 곡신(谷神) 등의 실체가 여성 생식기이며 결국 노자사상은 여성숭배로부터 비롯한 모성적 취지로 충만되어 있다고 주장한다. 샤오빙의 이같은 관점이 독창적인 것은 아니지만 그의 공헌은 현대의 방법론적 시각에 의해 고대의 자료를 훌륭히 객관화시켰다는 데에 있고, 그 결과 얻어진 여러 견해들은 오늘날의 에코페미니즘적 견지에서도 의미가 있다.

『노자와 성』이 도교의 여성문화적 속성을 파헤친 것이라면 전 역사에 걸쳐 중국 문화 속의 성을 탐구한 노작으로는 류다린(劉達臨)의 『중국의 성문화(상·하)』가 있다. 사회학자인 저자는 전통시대 중국의 갖가지 성 풍속—혼인, 궁중의 성, 방중술, 성문학, 동성애 등을 주제별로 나누어 분석하고 논평을 가하였다. 진화론적이고 계몽적이기까지 한 그의 관점은 대륙의 마르크스주의적 학풍에서 크게 벗어난 것은 아니지만 여성에 대한 갖가지 성적 차별 및 억압에 대한 진술은 그의 비판적 필치가 생기를 발하는 부분이다. 무엇보다도 이 책의 미덕은 보는 이의 눈과 마음을 즐겁게 하는 수많은 미술자료와 풍부한 문헌자료에 있다.

마지막으로 문제의 시야를 좁혀 중국의 남성과 여성의 성문화의 특성 및 차이성을 알고자 할 때 우리는 이중톈(易中天)의 『중국의 남자와 여자』를 만나게 된다. 미학자인 저자는 중국의 남녀를 여러 유형으로 분류하고 그들의 특성 및 그들 사이의 관계에서 벌어지는 다양한 성문화 현상—혼인, 간통, 음담패설, 매춘 등에 대해 흥미진진한 탐구를 행하고 있다. 저자는 과거의 문제의식을 현대에까지 투영하여 중국인의 성심리 및 행태를 분석하는 데에 뛰어나다.

이 세 권의 책은 모두 친페미니즘적 성향을 지니고 있다는 점에서 비슷하나 섹스와 젠더에 대한 문제의식은 미분화되어 있는 듯하다. 아울러 세 명의 저자 모두 학계의 중진 남성이라는 점도 공통점이다. "중국은 페미니즘도 남성 학자가 주도하고 있다"는 속설이 실감나는 부분이다. 중국의 성문화를 대변할 이 세 권의 책이 국내에 번역, 소개될 기회를 얻게 된 것은 중국 문화의 심층적인 이해를 위해 무척 다행스러운 일이 아닐 수 없다. 아울러 아직도 새로운 시도를 꺼리는 보수적인 국내 학계에게는 신선한 충격이 될 것으로 믿는다.

『조선일보』 2000.5.12.

중국 대중문화에 대한 냉철한 분석

— 멍판화, 『중국, 축제인가 혼돈인가』

중국에 관한 책들이 봇물처럼 쏟아지고 있다. 전문가들이 쓰거나 번역한 심각한 책들로부터 초심자들이 쓴 여행기나 견문록에 이르기까지 온갖 분야의 책들이 앞다투어 나올 만큼 중국은 이제 우리의 비상한 관심 대상이다. 그러나 이상하게도 중국의 당대 문화현상을 다룬 책이 드물다. 실용적 관점에서 접근한 정치, 경제 현실에 대한 책이나 교양을 목적으로 한 고전문화에 대한 책은 많아도 정작 동시대의 중국 문화를 논한 그럴듯한 책이 없다는 말이다. 왜일까? 중국의 당대 문화는 아무래도 우리보다 유행이 늦어서 시의성(時宜性)이 떨어질 것이라는 억측 때문일까? 아니면 중국의 문화 연구의 이론 경향이 우리와 달라 재미없을 것이라는 편견 때문일까? 그러나 2000년대 벽두부터 중국에 불어닥친 '한류(韓流)' 열풍에 스스로도 놀라워하고 있는 이즈음 우리가 중국의 당대 문화현상에 대해 무지해도 될까?

멍판화(孟繁華)의 『중국, 축제인가 혼돈인가』(김태만, 이종민 역)는 중국 당대 문화를 최근 흥기하고 있는 대중문화를 중심으로 냉철히 분석한 중국 문화 연구 방면의 수작(秀作)이다. 저자는 이 책의 모두(冒頭)에서 '문화지도(文化地圖)'라는 개념을 통해 중국 당대 문화에 접근할 것을 제안한다. 문화지도란 우리의 생활 방식과 행위 방식을 지배하는 코드로서 그것은 이데올로기, 가치관, 우상, 경전 텍스트 등으로 구성된다. 저자의 진단에 의하면 과거의 중국은 시대 정신이 선명했으나 개혁, 개방 이후 문화 충돌의 과정을 거쳐 자본주의하의 새로운 문화 환경으로 진입하면서 문화지도가 모호해지기 시작했다고 한다. 문화지도의 모호화 현상은 80년대의 두 가지 경향에 의해 촉발되는데, 그 하나는 상품화 시대의 시장이 추동하는 힘이고 다른 하나는 개혁, 개방 과정에서 주체의식을 획득한 대중이 요구하는 오락 형식이다. 자본주의화 이후 대외 문화교류와 중국 국내 문화시장이 형성됨에 따라 전통적인 문화 생산 방식, 즉 국가가 지배하던 문화 생산 방식이 와해된다. 아울러 포스트모더니즘 사조의 유입은 주류 이데올로기를 해체하고 엘리트 지식인의 정체성을 마비시켜 대중문화를 주변부에서 중심으로 끌어오는 데에 큰 역할을 하였다.

저자는 상업화된 대중문화를 '판타지 문화'라는 독특한 용어로 규정한다. 저자에 의하면 판타지 문화는 산업사회의 표징으로서 그것은 허구적인 방식으로 진실하지 않은 세계를 제공하여 인간의 소유 욕망과 말초적 성향을 유발한다. 저자는 판타지 문화의 실례로서 TV, 광고, 스타 시스템 등을 갖가지 사례를 들어 소개하고 지식인이 대중매체에 저항하는 논리를 견지하면서도 결국 대중매체에 의지하거나 함몰될 수밖에 없는 현실을 고백한다. 그러나 말미에서 지식인의 비판 기능이 궁극적으로 빛을 발할 것이라는 소망을 피력하기도 한다.

이 책이 우리에게 주는 이점은 크게 두 가지라고 본다. 한 가지는 중국 당대 문화의 지형도를 잘 그리고 있기 때문에 우리에게 중국 당대 문화의 현상을 정확하게 보여주고 있다는 점이고, 또 한 가지는 그러한 이해로부터 '한류'의 장래를 점치고 전략을 수립하는 데에 큰 도움을 얻을 수 있을 것이라는 점이다. 그러나 이 책은 엘리트 지식인의 이데올로기적 입장에서 대중문화를 폄하하려는 의도를 숨기지 않고 있는데 그 이면에는 테리 이글턴, 프레드릭 제임슨 등 제1세계 좌파 지식인의 이른바 '지도비평(指導批評)'의 영향이 엿보인다. 그들의 지도비평 역시 제1세계 지식인의 제3세계 지식인에 대한 권력 행사라는 점을 간과한 것이 이 책의 이론적 한계라 할 것이다.

『동아일보』 2002.3.9.

중국 대중문화에 대한 냉철한 분석

중국 소설사의 고전

— 루쉰, 『중국소설사략』

중국 현대문학의 아버지인 루쉰이 낙후된 조국의 정신과 문화를 개혁하기 위해 진력했던 일은 주지의 사실이다. 그의 불후의 명작인 「광인일기」와 「아큐정전」 등이 모두 중국의 봉건성과 구제도를 비판하기 위해 쓰여졌음은 말할 나위도 없다. 그런데 이렇듯 중국의 근대화에 앞장섰던 루쉰이 전통문화에 깊은 조예를 갖고 그것을 보전, 정리, 재평가하는 데에도 중요한 기여를 했다 하면 아마 일반인들은 다소 의외의 느낌이 없지 않을 것이다. 그러나 바로 이 점이 루쉰의 위대한 면이 아닌가 한다. 근대를 향한 열망의 이면에 도리어 근대 극복의 의지를 담지하고 있는 듯한 고대와 근대 간의 길항적 문화의식은 오늘의 우리에게 탈근대의 전망을 예시하는 시사로서 새롭게 읽히기 때문이다.

유년기에 고향집에서 『산해경』에 매료되었던 황홀한 시절을 회상하기도 하였던 루쉰은 특히 신화, 고전소설에 남다른 흥취를 느껴 별도의 연구를 진행시켰다. 그 결과 중국문학 연구상 기념할 만한 업적을 여럿 남겼는데 그중의 대표적인 것이 바로 『중국소설사략』 (조관희 역주, 살림, 1998. 이하 『사략』)이다. 『사략』은 원래 1920년대 초 루쉰이 베이징대학 중문과에서 중국 소설사를 강의할 때의 원고를 정리해 만든 책으로 다년간의 수정 끝에 이루어진 완결본이 1931년에 출간되어 오늘에 이르고 있다.

먼저『사략』의 체재를 보면 제1편「역사가의 소설에 대한 기록과 논술」로부터 제28편「청말(清末)의 견책소설(譴責小說)」까지 모두 28개의 항목으로 구성되어 있는데, 이 항목들은 시대순으로 배열, 서술되고 있다. 전서(全書)의 내용을 살펴보면 초반부인 제1, 2편에서 소설의 개념, 범주, 기원 등에 대해 총론적인 서술을 하고, 이후 육조(六朝)의 지괴(志怪), 당(唐)의 전기(傳奇), 송(宋)·원(元)의 화본(話本), 명(明)·청(清)의 장회(章回) 등 각 시대의 대표적 소설서사체에 대해 연원, 특징, 발전 경과, 작가, 작품 등의 사항을 중심으로 상론(詳論)하고 있다.

『사략』을 통해 본 루쉰의 소설사관의 특색으로는 다음과 같은 점들이 있다. 첫째 루쉰은 중국 소설의 개념을 소설서사체 일반의 의미로 비교적 넓게 잡고 있다. 서구의 소설 개념을 추수하지 않고 중국 소설의 문화적 토양을 중시한 루쉰의 이러한 입장은 오늘날 선견(先見)으로 평가되고 있다. 다음으로 루쉰은 중국 소설사의 흐름을 왕조사에 일치시켰는데 이는 중국문학의 두드러진 정치의식을 고려할 때 수긍이 가는 점이다. 아울러 중국 소설의 발생론에 있어서 신화에 이어 도교계 서사의 중요성을 크게 인식한 점도 특기할 만한 사항이다.

루쉰의『사략』이 나온 이후 20여 종의 중국 소설사가 출현하였지만 관점이나 서술 체재에 있어『사략』의 틀을 크게 벗어나지 않는 것을 보면 이 책이 지닌 고전적, 전범적인 지위를 확인할 수 있다. 끝으로 역자의 이 책에 대한 꼼꼼한, 그러면서도 전주(前注)를 종합한 집대성적인 역주가 이 고전의 가치를 손색없이 전달하는 데에 공헌하였음을 부언(附言)해야 하겠다.

『상상』 1998.

프랑스에서 꽃핀 도교 연구

— 앙리 마스페로, 『불사의 추구』

　도교란 무엇인가? 그것은 달의 뒷면처럼 감추어져 있던 동아시아의 무의식이며 감성이다. 상상력에 대한 폄하와 억압은 정도의 차이일 뿐 어느 시대에나 마찬가지였음을 생각할 때 과거 도교의 문화적 지위가 그다지 높지 못했으리라는 점은 추측하기 어렵지 않다. 도교는 지배계층에 의해 줄곧 이단시되어왔고 근대 이후 학문 대상으로서도 가장 늦게 주목을 받았다. 도교의 본산인 동아시아에서조차 학문적 탐구를 꺼려하고 있을 때 선각적으로 도교의 내재 가치에 눈을 뜬 곳은 뜻밖에도 프랑스였다. 계몽주의와 낭만주의 시대의 동양 탐구열로부터 착근된 프랑스 중국학은 20세기 초 마침내 근대 도교학의 개조(開祖)를 낳게 되는데 그가 바로 『불사의 추구』의 저자 앙리 마스페로(Henri Maspero, 1883~1945)이다. 이집트 학자를 아버지로 둔 마스페로는 일찍부터 학문세계에 발을 들여놓았고 베트남, 중국, 일본 등 동아시아 지역에 오래 체재하거나 답사하면서 견문과 연구를 병행하였다. 당시 프랑스 중국학은 대가인 샤반(E. Charvannes)의 뒤를 이어 마스페로, 펠리오(P. Pelliot), 그라네(M. Granet) 등의 세 천재에 의해 활짝 개화하고 있었다. 펠리오가 언어학을 바탕으로, 그라네가 사회학적 관점에서 중국에 접근하였다면 마스페로는 역사학적 견지에서 고대 중국 문화를 이해하고자 했다. 그러나 그는 방법적으로는 비교언어학, 비교종교학 등을 다양하게 원용하여 중국의 고대 언어, 민속, 종교, 신화 등을 탐구하였다.『고대중국』,『서경(書經) 중의 신화와 전설』,『중국어음운학』등 다방면에 걸친 그의 저작들은 하나하나가 괄목할 만한 업적이나 오늘날 그에게 타의 추종을 불허할 지위를 부여한 분야는 역시 도교라 할 것이다. 그것은 무엇보다도 그때까지 별로 관심사가 되지 못했던 도교를 집중적으로 연구하기 시작한 그의 혜안 때문이다.

마스페로의 도교 논고는 그의 사후에 편집, 간행된『도교와 중국의 종교(Le Taoïsme et les Religions Chinoises)』(1971)에 대부분 수록되어 있는데 이 책의 상당 부분이 작년 초『도교』라는 서명으로 이미 국내에 번역, 출간되었고 잔여 부분인「고대 도교의 양생술(Les Procédes de "Nourrir le Principe Vital" dans la religion taoïste ancienne)」을 번역한 것이 지금 소개하고자 하는『불사의 추구』이다. 원래 한 책에 속했던『도교』의 내용은 사실 도교에만 국한되어 있지 않다. 오히려 중국의 여러 종교, 신화, 민간신앙, 소수민족 문화에 대한 소개 및 조사 보고가 대부분을 차지한다. 도교에 대해서는 주로 육조(六朝) 시대를 중심으로 수련법과 종교 의식, 대중들의 종교 생활, 교단 조직, 기원 및 역사 등을 논하였다. 그 내용들이『불사의 추구』에서 부분적으로 반복되기도 하지만 결국 세목별의 정밀한 탐구로 이어진다.

도교의 근본 목표는 현세에서 육신의 불멸을 달성하는 데 있다. 이를 위해 신체 수련인 양형(養形)과 정신 수련인 양신(養神)이 필요하게 된다. 이 책에서는 우선 중국의 해부학과 생리학에 대해 소개한 다음 이를 바탕으로 태식(胎息)과 폐기(閉氣) 등의 호흡법, 성적 기교인 방중술(房中術), 체조인 도인법(導引法) 등에 대해 자세히 설명하고 논평을 곁들이고 있다. 우리를 놀라게 하는 것은 방대한 『도장(道藏)』의 원전 자료를 자유롭게 활용하고 있는 그의 어학 및 문헌학적 지식과 시종 비교학적, 객관적 자세를 견지하면서 타 문화를 공평하게 보고자 하는 그의 학문적 태도이다. 전반적으로 볼 때 그의 도교 이해는 외단(外丹)보다 내단(內丹) 방면에 치중되어 있으며 특히 상청파(上淸派) 계통의 정신수련법인 수일(守一), 존사(存思) 등에 많은 관심을 보이고 있음이 인지된다. 그러나 시대를 뛰어넘는 그의 학문도 한계가 없는 것은 아니다. 한의학과 도교와의 관계를 선후관계 혹은 독립적으로 본 것이라든가 노장(老莊)과 신선가(神仙家)를 기원적으로 동일시하는 듯한 인상 등은 그의 중국 문화에 대한 '동정적 오해'의 사례라 할 것이다. 마스페로의 도교 연구는 칼텐마크(M. Kaltenmark), 쉬뻬(K. Schipper) 등의 후학에게 계승되어 프랑스 도교학을 성립시키고 미국에까지 이를 전파시킨다. 오늘날 후기구조주의, 생태학, 여성학, 신과학 방면의 저명한 서구 학자들 치고 도교를 운위하지 않는 이가 거의 없음을 볼 때 마스페로의 도교 연구가 서구 지성사에 미친 또 다른 영향을 간과할 수 없다.

한국은 역사적으로 도교 전통이 풍부하고 마스페로보다도 이른 시기에 『조선 도교사』를 쓴 이능화(李能和, 1868~1945)와 같은 걸출한 도교학자를 배출한 나라였다. 그러나 해방 이후 고루한 학풍은 도교 연구를 이단시하였고 이러한 경향은 아직도 불식되지 않고 있다. 이 개탄스러운 한국 학계의 현실에서 한 서구 학자의 '동양' 연구서의 때늦은 출간을 바라보는 심정은 착잡하기 이를 데 없다.

『동아일보』 2000.6.22.

제3장 ──────

동양학으로
대화하고
토론하다

논쟁의 미덕

논쟁 없는 적막한 현실은 어느 시대이든 선구적인 지식인들이 겪어야 하는 고충이다. 근대 중국의 문학혁명론자들은 그들의 기관지에 파격적인 문체개혁론을 선언해놓고 초조하기 그지 없었다. 왜냐하면 마치 가라앉은 돌처럼 아무 데서도 반응이 없었기 때문이었다. 급기야 그들은 가공 인물을 내세워 스스로를 비판하는 글을 기고하고 그것에 대한 반론을 마련하는 등 일종의 '조작'을 통해 토론을 야기하고자 안간힘을 썼다. 그들에게 있어 무반응이야말로 견딜 수 없는 상황이었던 것이다. 이렇게 보면 논쟁이란 환류(環流) 현상과 같은 것이어서 학문 생태계가 원활히 순환하고 생산적이기 위해 꼭 필요한 행위임을 알 수 있다.

일반적으로 지식사회에서의 논쟁은 저마다 견지하고 있는 학문적 소신, 견해, 입장, 원칙 등의 상대적 차이성에서 유발된다. 그런데 이 차이성이란 보다 근원적으로는 세계를 바라보는 인간의 내심에 존재하는 이원적 사유기제에서 비롯한다. 동서양 학술사를 수놓았던 유명론과 실재론, 자유론과 결정론, 창조론과 진화론, 성선설과 성악설, 주리론(主理論)과 주기론(主氣論) 등 결코 완결될 수 없는 불멸의 쟁점들은 모두 대립적 개념의 쌍을 이루고 있으며, 이러한 차이성이 분화될 때 결국 크나 작으나 우리 각자는 상이한 언어 게임의 세계에 놓일 수밖에 없음을 알 수 있다.

논쟁은 여기에서 필연적이 된다. 그러나 그 논쟁은 결코 절대적, 일원적 사실로 귀착될 리 없는 게임이지만 그 과정에서의 생산성은 매우 높다. 우선 논변하는 과정에서 합리화를 통해 자신의 개념이 명석해진다. 아울러 상대방의 입장에 대해 일단 한 번 생각해보게 됨으로써 반성적 사유의 기회를 갖게 된다. 논쟁의 결과는 서로가 승복하지 않고 대립적인 채 끝나기 쉽다. 아니면 문제를 대립적 관계가 아닌 대대적(對待的) 관계로 인식할 수 있는 여지를 갖게 되면서 이해의 지평이 한 차원 고양될 수도 있다. 논쟁의 생산성은 이에 그치지 않는다. 논쟁의 당사자는 양인이지만 논쟁을 통한 앞서의 혜택은 주위의 학인들에게도 두루 미쳐 반성능력을 계발하고 문제의식을 고무하는 효과가 있다. 이러한 작용이 활발해질 때 학계는 발전적인 경지로 나아가게 된다.

우리는 역사적으로 이렇게 훌륭한 논쟁의 사례들을 알고 있다. 조금 허구적이긴 하지만 장자와 혜시(惠施)와의 논쟁을 통해 우리는 장자 사상의 실체에 보다 근접할 수 있다. 주희와 진량(陳亮) 사이에 벌어졌던 왕패(王覇) 논쟁은 동기주의와 결과주의의 양 측면에서 유학을 다시 생각하게 하면서 주류 성리학의 기본 입장을 잘 이해하게 해준다. 한국 논쟁사에서 아름다운 추억으로 남아 있는 퇴계와 기대승(奇大升) 간의 사단칠정(四端七情) 논쟁은 조선조 심성론의 높은 수준을 구현해냈을 뿐만 아니라 상대 논점에 대한 대대적(對待的) 인식의 경지를 보여줌으로써 우리로 하여금 모범적인 논쟁이 어떠한 것인지를 깨닫게 해준다.

그러나 누구나 알고 있듯이 모든 논쟁의 사례가 이렇게 아름답고 생산적인 것만은 아니다. 앞에서 주로 개인 대 개인의 차원에서 논쟁의 성격을 규정했지만 사실 논쟁은 논쟁 당사자가 속한 제도, 관습, 파벌 등 사회적 관계와 무연(無緣)할 수 없다. 즉 논쟁의 정치성을 인정하지 않을 수 없는 것이다. 그러나 문제는 정치성이 본연의 학문성을 압도했을 경우이다.

지식사회의 논쟁을 학문권력의 쟁취 혹은 수호의 취지에서 파악하는 사람들이 생각하는 논쟁이란 제갈량이 단신으로 오나라 대신들의 무수한 반론을 제압한 것이나 전국시대의 종횡가들이 삼촌설(三寸舌)로 적지에서 상대방을 설복시킨 것처럼 반드시 이겨야 하는 파워 게임 같은 것이다. 이들에게는 오로지 논쟁의 결과, 승부, 그리고 이후 도래할 권력의 동향이 중요하지 우리가 앞서 열거한 바, 논쟁의 과정에서 얻어지는 미덕 따위는 관심 밖이다. 학문권력의 정통성이 취약한 한국 학계의 경우 이러한 경향은 우심(尤甚)하다. 내재적 학문 역량 때문이 아니라 밖으로부터 주어진 권위 덕에 '잃어버릴 체면'이 있다고 생각하는 사람들일수록 결코 논쟁에 참여하지 않으며 논쟁을 걸어와도 애써 무시하는 태도를 취하기 일쑤이다. 혹 어쩔 수 없이 논쟁에 참여하게 될 경우 대개 그들은 '기원 신화' 같은 내용을 반복하여 본질주의자와 같은 목소리를 낸다. 그런가 하면 반박할 수 없는 논점일 때 그들은 지엽적인 문제를 확대해서 논점을 흐리게 하는 잔재주를 부리기도 한다. 이 열악한 논쟁의 풍토에서 한국의 선구적인 논객들이 위악적(僞惡的)인 제스처나 파격적인 언사까지 구사하여 어떻게든 문제를 환기시키고자 하는 노력들을 보면 눈물겹기까지 하다.

때는 바야흐로 다문화 간의 접합과 교융의 시대로 접어들었건만 우리의 학문 생태계는 내부적으로 여전히 순환 기능이 제대로 작동되지 않는 시스템의 형국을 하고 있다. 논쟁이 없는 학계는 학문의 제국주의를 초래할 것이고 이 같은 상황이 밖으로부터 밀려오는 문화 제국주의의 파고를 어떻게 감당할 것인지 암연(黯然)한 기분이 든다. 최근 학계 일각에서 일고 있는 비판적 글쓰기 운동이 향후 논쟁의 질과 양을 점차 변화시키지 않을까, 한 가닥 기대를 걸어본다. 장자는 논적 혜시의 묘를 지나며 "이제 살 맛이 없다"고 한탄하였는데 우리는 언제쯤 살 맛나는 논쟁의 풍토를 이룩할 수 있을 것인가?

『교수신문』 1999.6.17.

대담　　conversation

신과학과 문학의 운명
― 서울대 장회익 교수와의 대담

분석적인 것에서 전체적인 것으로…

정재서 우선 바쁘실 텐데도 대담을 수락해주셔서 감사합니다. 선생님
께서는 일찍이 현대 과학문명에 있어서의 위기라든가 앞으로
의 모색 방향 등의 문제에 많은 관심을 가지고 『과학과 메타
과학』이라는 저서를 통해서 지구 생명체적인 관점에 바탕한
온생명관의 입장을 피력하신 바도 있으십니다. 선생님의 문
제의식은 지금 현재에 있어서의 여러 가지 상황에 대한 진단
뿐만 아니라 앞으로의 전망에도 상당한 시사를 줄 것으로 생
각합니다. 우선 최근의 과학 분야에 있어서 몇 가지 커다란 변
화, 특히 물리학이나 생물학과 같은 분야에 큰 변화들이 있는
것으로 알고 있습니다. 아울러 이것들이 오늘의 시점을 하나
의 대전환기로 여기게끔 하는 근거가 되는 것 같습니다. 나아
가 앞으로 비단 과학뿐만 아니라 인문과학, 사회과학 등 모든
분야에까지 영향을 미칠 것으로 생각이 됩니다만, 우선 선생
님께서 20세기 들어와서 과학 분야에 있어서의 커다란 변화
에 대한 소개를 간단히 해주셨으면 좋겠습니다.

장회익 잘 아시다시피 서구 근대과학은 17세기를 기점으로 체계화가
되었다고 볼 수가 있죠. 그것은 서구 계몽사상하고 같은 맥락
입니다. 우리가 지식을 추구해온 것은 그 지식이 인간의 생활
을 향상시키기 때문이죠. 아주 소박하게 얘기하면 우리는 지
금까지는 우매하게 살았습니다. 이제는 자연도 알고 사회도
알고 그래서 인간이 인간답게 사는 데에 자연과학이 기여해
왔죠. 이렇게 해서 19세기 말까지는 거의 직선적인 발전을 했
다고 봐도 좋을 겁니다. 기존의 과학적인 합리성에 입각한 것
이 계속 누적적으로 발전해왔습니다. 표현이 조금 지나칩니다
만 20세기 들어서면서 물리학에서 큰 전환이 왔다고 할 수 있
는데 그것은 제가 보는 관점에서는 제2의 과학혁명이라고도
부르고 싶습니다. 지금까지 고전역학이 기반이 되고 그걸 통
해서 방법론이나 이론이 발전해왔는데, 이렇게 합리성 위에서
만들어진 과학도 불완전하고 다시 바꿀 수 있는 여지가 생겼
다는 것이 20세기 초반의 가장 획기적인 변화가 아닌가 합니
다. 그것의 아주 단적인 예가 상대성이론인데, 시공 개념이 지
금까지 우리가 생각했던 것과는 전혀 다른 방식으로 변할 수
있다는 거죠. 그리고 더 깊고 폭넓은 변화를 초래한 것은 양자
역학입니다. 이것은 과학으로서 무제한의 예측가능성을 가지
게 했습니다. 기존에 우리가 가졌던 개념의 틀만으로는 이해
할 수 없는 방식으로 이론이 전개되지요. 이것의 개념적인 틀
에 대해서는 아직도 완전히 합의된 해석이 나오지 않습니다.
하지만 분명한 것은 기존의 사고 자체를 비판적으로 보고 있
다는 의미를 함축합니다. 그래서 우리가 소박하게 과학적이라

동양학으로 대화하고 토론하다

고 하는 것에 대해 비판의 자세를 가지게 되는 것이지요. 그것이 20세기 초반에서 중반까지 주된 관심사가 되었지요. 중반을 넘어서부터는 역시 물리학적인 바탕을 통해서 직선적으로 발전하는 방식보다는 생명에 대한 이해가 더 관심을 끌고 있는 것 같습니다. 기왕의 학문적인 전통에 서 있는 것이기는 하지만 새로운 환경문제와 연결해서 생태적인 쪽에 관심이 커졌지요. 그래서 지금은 그런 쪽으로 발전하고 있는 단계라고 보아집니다. 중요한 점은 이제 문제를 단순화시키고 분석하는 것에서, 문제를 종합하고 전체적으로 보는 안목을 가져야 한다는 겁니다. 이제는 우주와 생명, 그리고 그 안에 사는 인간의 존재가 어떻게 보이느냐, 그리고 그것을 어떻게 엮어나가는가, 하는 작업이 중요합니다. 그러한 이해를 바탕으로 우선 일차적으로는 자연에 대한 기술적인 대응을 어떻게 해야 되느냐가 있겠고, 좀 더 넓게는 삶의 방향을 어떻게 설정해야 되느냐 하는 문제하고도 연결이 되겠지요.

'동양적 사고'와 '과학적 합리주의'의 조화

정재서 근대 이후부터 이러한 과학사조의 변혁들이 우리들의 의식과 다른 인접 학문에까지 많은 영향을 미쳤습니다. 가령 다윈의 진화론이 사회과학이라든가 모든 분야에 미친 영향은 아주 구조적인 것이고 획기적인 것이지요. 지금 선생님이 말씀하신 양자역학이라든가 분자생물학, 카오스 이론 같은 것이 사람들의 실제적인 의식에 얼마큼의 변화를 주고 있는지, 그리고 또 그것이 정리된 하나의 사상이나 이론 체계 같은 것으로 성립이 되고 있는지 궁금합니다. 그런 것들, 가령 양자역학 같은 것이 현재 철학이나 다른 분야에 있어서 새로운 방향으로 이론화되거나 개념화되는 것이 있습니까? 생태학의 경우는 또 어떤지요.

장회익 질문하신 것은 새로운 과학이 깊이 있는 사고라든가 정신세계에 어떻게 관여를 하느냐 하는 문제인 것 같군요. 과학적인 합리성을 바탕으로 우리 정신의 창조적인 구도를 통해서 우리가 늘 기대했던 것보다 훨씬 깊은 이해에 도달할 수 있다는 게 굉장히 중요한 것입니다. 그것은 비단 우리가 자연을 보는 관점에서만이 아니고 사회나 문화 전반에서도 그런 비약이 가능하다는 것이 중요시되어야 할 점이지요. 예컨대 동양적인 폭넓은 사고와 과학적 합리주의가 조우하여 나선형식의 인식의 발전을 이룩하게 되는 것이고, 또 그래야 하는 게 아닌가 합니다. 그런 측면에서 우선 양자역학이 철학 등의 깊은 사고에 주는 상당한 영향은 인정되고 있으나 아직 이론화된 단계는 아닌 것 같습니다.

정재서 좀 더 구체적으로 예를 들어보겠습니다. 가령 양자역학 같은 경우 주체와 객체, 주객의 문제를 얘기하지 않습니까. 고전물리학에서 객관 대상에 대해 관찰자인 주관은 항상 불변하고 고정적인 것으로 상정했던 것인데 양자역학에 이르러 이러한 주객 관계가 깨지지 않았습니까? 문학에 있어서도 근대 이후 문학은 리얼리즘을 가장 기본으로 하고 있습니다. 거칠게 말해 리얼리즘이란 바로 주체에 의한 객관 대상의 남김없는 파악을 전제로 한 충실한 재현인 셈인데 최근에는 이런 관계가 깨지고 소위 재현의 위기니 문학의 위기니 하는 말들이 나오고 있습니다. 그래서 지금까지 고수해왔던 사실주의 문학의 관념도 적지 않은 회의에 부닥치고 있습니다. 이러한 사실이 양자역학 등 과학사조의 근본적인 변화와 관련이 있다고 볼 수 있겠습니까.

장회익 직접적으로 관련성을 확인하기는 힘들 것 같고요. 과학에서 양자역학의 해석을 통해서 주체와 대상, 실재성을 어떻게 보아야 하는가, 그 관계에 대해서 잠깐 설명을 해보죠. 양자역학에서의 주객관계론은 아직은 합의된 해석이 아닙니다. 저 개인적으로는 주객 관계를 너무 섞어버릴 것이 아니라 어느 정도 분명히 할 필요가 있다고 생각합니다. 일상적인 실재성, 여기 컵이 있다, 여기 물이 있다, 하는 것까지 흐려지는 것은 아니고, 그것은 다시 보다 기본적인 개념체계 위에서 재확인되는, 아 이래서 이것은 있다는 식으로 의미를 가지는 거지요. 그러니까 실재를 근본적으로 부정할 수 없는 거고, 새로운 자리매김을 하는 거죠. 그래서 그 전체가 지금까지 일차적으로는 모순도 되고 양립이 되지 않는 여러 가지 혼란이 나오는데, 이것을 큰 틀에서 다시 보면 외견상으로 그렇게 보였던 것도 이런 관계 속에서 다 설 자리에 서는구나, 하는 쪽으로 정리가 돼가야 하고 돼가고 있다고 봅니다. 그래서 문학이라든가 사회 쪽에서도 리얼리즘이라든가 여러 가지가 다 무의미하고 깨버려야 될 것만은 아니고, 다시 한번 좀 더 큰 틀 안에서 자리매김을 한다는 차원에서 여전히 존재할 수 있다고 봅니다.

온생명(global life) 운동이라는 것은…

정재서 요즘 소설이나 작품을 보면 주객의 구분이 해체된다고 할까요, 넘나든다고 할까요, 하여튼 그런 경향들이 많이 보입니다. 역사학 쪽에서 보면 가령 신역사주의의 경우 이제까지의 객관주의에서 벗어나 극단적으로 역사에 있어서 객관적 사실이란 뭐냐, 결국은 왕조실록이나 정통 역사도 그 계층의 주관적인 입장을 합리화시키려는 하나의 기술 행위이고 그런 의미에서 보면 역사도 하나의 픽션이다, 라는 주장까지 나오고 있습니다. 이러한 상황이 일시적인 현상인지는 모르겠습니다만, 지금 현재에 있어서는 그런 징후들이 많이 있고 또 이들이 음으로 양으로 양자역학적인 사유와 닮아 있는 것은 사실입니다. 이러한 현상을 어떻게 헤쳐나가면서 선생님이 방금 말씀하신 그런 큰 틀, 즉 어떠한 패러다임을 구축하느냐가 앞으로의 과제이지 않을까요.

장회익 양자역학 해석에 있어서도 바로 그것이 문제입니다. 그 전체를 보는 틀이 아직은 완벽하게 나오지 않고 있는데, 이제 어느 정도 정리가 돼가고는 있는 것 같습니다. 그렇다면 그런 문제들도 기존의 좁은 틀을 깨야 하고, 새로운 틀로 볼 때에도 아무 질서 없이 들락날락하는 혼란만을 초래해서는 안 됩니다. 좀 더 큰 틀을 서서히 짜서 그 틀 안에서 지금까지 우리가 좋게 해석했던 여러 가지들을 확인할 것은 확인해야 합니다. 그러나 상대적인 확인이 되겠지요. 그래서 그 틀 위에 서면 이젠 더 큰 의미에서 질서로 보이고, 과거의 고정된 틀에서 보면,

이건 마음대로 넘나드는 걸로 되지만, 좀 더 큰 틀 안에서 보면 새 질서 안에서 새로운 자리매김을 하는 그런 쪽으로 가야 되지 않나 싶습니다.

정재서 그러한 움직임이 가령 생태학적인 이념의 측면에서 시도되고 있지 않습니까?

장회익 제가 '온생명(global life)' 운동을 하는 것도 우선 자연의 물리적인 질서를 기층에 깔고 그런 질서 위에서 생명현상이라는 것이 어떻게 이해돼야 하느냐는 관점으로부터입니다. 그렇게 될 때 생명이란 것이 지구상에서 어떻게 출발했고 지금까지 어떻게 내려왔다, 이런 전체적인 시각에서 지금까지 우리가 알고 있는 조각지식들을 모아보면 하나의 생명이 발생해서 지금까지 연속으로 커왔다는 각도에서 이해할 수 있습니다. 그래서 거기에 온생명이란 명칭을 부여했습니다만, 이러한 틀 안에서 보면 역사가 그 안에 담깁니다. 사실 보통 역사라고 하면 문화사를 얘기하는 거죠. 문화사는 길어야 몇만 년, 원시시대 석기시대까지 합쳐도 몇십만 년간의 진화사를 얘기해야 하거든요. 진화사라고 하는 건 생명 전체의 역사죠. 그 진화사를 통해서 생명이란 것이 성장하는 동안에 발생하는 여러 가지 내용들을 파악할 수 있습니다. 우리의 생명을 구성하는 요소에는 정신과 지능, 그리고 본능 등 여러 가지가 있을 텐데, 그것이 다 어떤 역할을 해서 만들어진 것이 문화현상이란 말이죠. 그러니까 문화라든가 역사를 그런 큰 틀 안에 담아볼 수 있는 거죠. 그래서 생명 전체의 성격, 그것의 바탕이 되는 자연의 기본 질서와 조합적으로 물리는 상황 아래서 문화라든가, 인간의 정신활동 등을 담아 놓으면 일단은 거시적인 틀 하나가 형성됩니다. 바로 이 시각 안에서 생각을 해보는 겁니다. 그러면 지금까지 역사를 보는 사람은 역사를 보는 시각, 생명을 보는 사람은 생명을 보는 시각, 심지어 물리를 보는 사람은 원자, 분자만 보는 시각으로 구분되었던 것이 하나로 합쳐져서 현상 자체에 대한 통합적인 시각을 마련할 수가 있습니다. 이처럼 우주질서, 눈에 보이지 않는 질서를 한눈에 담아서 연결해보는 것이 하나의 출발점이 되지 않을까 합니다. 물론 이 같은 시각을 통해서 구체적으로 이건 이렇다 저건 저렇다, 하고 달리 논할 상황은 아닙니다만, 일단 그런 시각을 갖춰서 통합적으로 보고 사고의 틀을 넓혀놓고 거기에서 부분부분들을 연결해가면서 보면, 부분부분만 봐왔기 때문에 오는 어떤 편향된 판단의 위험을 줄일 수 있지 않을까 합니다.

정재서 선생님의 '온생명' 개념 속에 생물 이전 무생물의 역사도 포함이 됩니까?

장회익 물론입니다.

정재서 러브록의 '가이아' 가설에서는 무생물은 포괄하지 않고 있는데요.

장회익 제 관점에서는 생명 전단계에서의 질서, 말하자면 태양과 지구 사이의 관계 때문에 오는 비평형적인 질서가 필요했다고 봅니다. 그런데 그 질서까지를 생명에다 넣으면 생명의 개념이 아주 흐려지는 겁니다. 때문에 그것은 생명 전단계의 예비적인 상황이라고 보고 흔히 얘기하는 자기 복제적인 성격을 띤 존재의 출현부터를 생명으로 간주하기도 하는 것입니다.

정재서 그러면 선생님의 관점에서, 온생명의 입장에서 앞으로의 문화
는, 구체적으로 문학도 좋겠습니다만, 어떤 개념과 방식으로
전개되는 게 바람직한지 한번 예상해볼 수 있을까요. 가령 생
태학적인 관점에서 문화라는 게 어떤 방향으로 나아갈 때에,
이것이 과연 바람직한 의미가 있는지요.

'온생명'을 향한 문학의 역할

장회익 저는 인류문명을 두 가지를 대비시켜서 봐야 된다고 생각합니
다. 하나는 물리적인 영향력입니다. 우리가 자연에 대해서 가
할 수 있는 변화, 이건 아주 직접적인 문제죠. 다음으로 우리
가 어떻게 살아야 하며 어떻게 살아갈 것인가, 말하자면 정신
적 소프트웨어적인 측면과의 조화가 문제가 된다고 봅니다.
그런데 이제는 인간이 지구 생태계에 엄청난 변화를 줄 수 있
을 정도로 물리적 영향력이 커졌는데 거기에 반해서 지금까지
인간이 어떻게 살아야 한다는 여러 가지 측면, 예를 들어서 백
년 동안에 하드웨어 쪽은 천 배 만 배의 용량이 늘어났지만 소
프트웨어 쪽은 여전히 1.5~2배 정도밖에 변화가 없었죠. 우선
이 부분에서 커다란 불균형의 가능성을 짚어볼 수 있죠. 문제
는 이러한 불균형에 대한 문제의식이 쉽사리 우리 감성에 들
어오느냐, 하는 데에 큰 어려움이 있습니다. 제가 온생명을 하
지만 온생명이 바로 내 생명이다, 라는 생각을 할 수가 없거든
요. 문학과 같은 문화의 작업은 이것을 가능하게 해주지요. 어
떤 삶이 우리에게 감동을 주고 또는 바람직한 삶인가를 생각

하게 하는 작업을 해주는 거지요. 그런 의미에서는 문학 쪽에서 굉장히 많은 걸 해야 합니다. 저는 제일 큰 어려움이 바로 이런 것이라고 봅니다. 아주 거시적인 시각, 몇억 년의 시간 간격과 전 지구적인 여러 가지 질서, 이것이 육안으로는 보이지 않거든요. 체감하기가 굉장히 어렵지요. 그것은 아주 딱딱한 어떤 과학적 이론체계 속에서만 존재합니다. 이것이 우리 몸으로 느껴지고 감성을 자극하고 또 이것이 독자들에게 공감을 일으켜야 전체 사회적 힘이 됩니다. 그런데 이러한 작업은 대단히 어렵지만 문학이 해줘야 됩니다.

정재서 문학 쪽에서는 요즘 이른바 문학생태학적인 관점에서 창작을 하고 비평도 하는 움직임이 있습니다. 생태학적인 관점이 이미 들어가 있는 분야가 윤리학이라든가 또는 경제학과 같은 분야인데 문학 쪽에도, 가령 영문학의 경우 워즈워스 등의 낭만주의 문학에서 자연과의 교감을 중시했던 정신을 재평가하거나 당대의 작품에 대해서도 그런 관점에서 비평을 하는 경향이 있습니다. 관점을 바꿔서 생태학에서 동양사상, 특히 노장의 무위자연사상 같은 것들이 수용되고 있는데 그것들의 실제적인 효능과 한계에 대해서는 어떻게 생각하십니까. 우리가 막연하게 동양 것은 신비하다, 또 그것이 뭔가를 구원할 수 있을 것 같은 기대를 갖고 있고 실제로 추구하는 사람도 있습니다만 그런 것들과의, 다시 말해서 전통사상과 생태학 등 새로운 과학적인 움직임과의 조우가 있다면 그것의 가능성과 한계성에 대해 말씀해주십시오.

동양학으로 대화하고 토론하다

장회익 우연히 제가 그런 쪽에 관심을 가져본 일이 있습니다. 단적으로는 양자역학과 『주역』을 한 번 대비시켜본 일이 있는데, 저는 이렇게 봤습니다. 동양에서 자연을 볼 때에는 뭐가 어디에 어떻게 생긴다, 어떻게 된다는 것이 일차적인 관심이 아니라 일단은 전체를 우리 삶의 장으로 보는 것 같아요. 우리뿐 아니라 우리 주변 전체가, 말하자면 우주가 삶의 장이기 때문에 가장 중요한 것은 어떻게 하는 것이 바르게 사는 거고, 어떻게 하는 것이 복되게 사는가 하는 길흉의 문제가 실제적인 관심사고, 그것에 대한 어떤 질서를 발견하면 그 질서에 맞춰 살아야 된다, 이렇게 바라봤거든요. 서구에서는 기본 원소에서 출발해서 그 원소를 더 정교하게 하는 데 힘쓰죠. 동양에도 오행이란 게 있지만 원소하고는 전혀 다르지요. 음양사상의 음양이란 것이 서구에는 없습니다. 음양의 기본이 뭐냐 하면 지나침과 부족함이라는 개념인데 서구에서는 지나침과 부족함의 관계가 전혀 없어요. 과학에서 뭐가 지나치고 부족할 게 있어요? 있는 그대로인데. 음양은 삶의 조건을 놓고 볼 때 이건 지나치고 이건 미달이고, 하는 식으로 항상 삶이란 장을 놓고 있습니다. 제가 보는 시각에 의하면 지구 생태계가 또 하나의 큰 의미에서 생명체이니까, 이러한 사상과 유사성을 가질 수밖에 없어요. 그러한 시각을 서구에서처럼 사실을 중심으로 추구해 나가서 얻은 것이 아니고, 상당히 직관적인 이해를 통해서 사물을 보고 거기에 맞춰서 가치관을 만들어온 것이죠. 그런데 문제는 현대에 와서 우리가 상이한 두 줄기의 전통을 어떻게 수용하고 의미 있게 융합하느냐일 것입니다.

정재서 주로 가능성의 측면에서 말씀을 해주셨는데 한계성은 어떻습니까?

장회익 동양에서는 구체적인 현상, 사실에 대한 명확한 이해를 하는 데 한계가 있습니다. 늘 비슷하면서도 다르니까 정확한 개념화가 안 되죠. 어떤 사람은 자기 나름대로 직관적으로 이해하다가 그걸로 끝나버리고 심지어 그 사람이 말해주는 것도 옆 사람은 못 알아듣고 이 사람은 다시 처음부터 새 출발해서 또 한 번 가고, 이게 반복되지요. 헌데 서구에서는 아주 간단한 사실의 문제라도 그것을 정확하게 기술하고 개념을 현상과 분명하게 연결하니까 이것이 하나하나 쌓여 올라간단 말입니다. 그래서 서구과학은 현재에 와서는 그 전체로 쌓인 지식의 내용이 엄청나게 커진 거죠. 동양에서는 항상 빙빙 돌아가며 순환하죠. 생태학이 대표적인 예인데 생태적인 사고는 동양에서 지금까지 해온 거지만 그런 사실이 엮어져 학문적으로 신뢰할 만한 생태학은 역시 서구과학에 있는 거지 동양사상에서는 안 나온다는 거죠. 그러니까 서구적인 방법론을 통해서 얻어진 내용을 동양적인 틀에 의해 엮으면 훨씬 더 의미 있는 것으로 가지 않겠습니까.

'순수하게 동양적인 것'의 의미

정재서 선생님 말씀을 들으니까 생각나는 게 있습니다. 선생님의 온생명 이론을 보면서 중국의 '천인감응설'의 모식과 상당히 일치하는 점이 있다고 느꼈습니다. 우주의 기본 구조와 인간이 그대로 상응하고 있다는 것, 그것은 결국 인간처럼 우주도 하나의 생명체로 보는 관점 같기도 한데 또 한의학에서 보는 인체관이 그것 아니겠습니까. 지금 말씀하신 대로 기본적인 개념이나 아이디어 자체는 동양에 있었는지 모르지만 그것이 구체화되고 실현되는 것은 역시 서구 쪽의 경험적인 여러 가지 성과들이 현실적으로 상당히 유효했지요. 그래서 단독으로 문제를 해결할 수 있다는 것은 상당히 한계가 있다는 말씀에는 동감을 하고 있습니다. 아닌 게 아니라 동양적 사고들이 정말 유효하고 위력을 발휘할 수 있는 것이었다면 근대 무렵에 그런 수모를 당하지 않았겠죠. 그러나 개념이나 아이디어 자체는 지금의 상황에 있어서는 처방적인 어떤 효용을 가지고 있지 않나 생각됩니다. 또 한 가지 우려되는 것은 지금 우리가 파악하고 있는 전통사상이라는 것도 어떤 측면에서 보면 너무 신비화되어 있고 우리들 스스로도 본질적인 것을 많이 상실하고 있지 않나, 하는 생각입니다. 우리가 지금 파악하고 있는 동양적이라는 것도 어떤 의미에서 보면 순수하게 동양적인 것인가, 하는 생각도 들긴 합니다. 서로 수용하는 과정에서 영향을 주기 때문에 어느 정도 변화되는 것은 물론 피할 수 없는 것이기는 하겠습니다만…….

장회익 한마디로 얘기한다면 서구적인 내용을 우리가 흡수해서 동양적인 자세로 발전시키는 방식이 바람직하지 않나 생각됩니다. 제가 놀라는 것은, 저희 세대가 나이가 많은 축에 들긴 합니

신과학과 명학의 명묘

다만, 처음부터 서구적인 교육을 받은 세대지 동양적인 전통을 이어받지 못했거든요. 그렇지만 서구과학을 쭉 공부해오면서 왜 이것은 좀 더 종합적으로 생각할 수 있었는데 그렇게 안 해왔는가, 또 아직도 안 하고 있는가 하는 답답한 마음을 많이 느껴요. 그래서 저는 물리학에 있어서도 그런 식으로 물리철학으로 엮어보고 있고 생태적인 측면에서도 파악하려고 하고 있습니다. 그런데 제가 유럽에 가서 온생명에 관한 발표를 한 적이 있는데 누군가가 '혹시 당신이 동양사람이라서 그런 얘기를 하는 거 아니냐'고 질문을 했습니다. 난 동양사람이란 느낌을 전혀 안 가지고 서구식으로 배우고 지금까지 해왔는데, 그 얘기를 듣고보니까 나도 모르게 동양적인 뭔가가 있어서 자꾸 그런 쪽으로 생각하려고 한 건 아닌가, 하는 느낌을 가진 적이 있습니다. 그래서 저는 역시 현대 문명, 문화적인 상황이 이제는 동양 쪽으로 왔다, 반면에 서구에는 여러 가지 한계가 왔다고 생각합니다. 그런데 단 한 가지 걱정되는 것은 금방 지적하신 것처럼 우리가 정말 순수하게 동양적인 내용을 그대로 이어받을 수 있느냐 하는 거죠. 이게 희석되고 변형된 것이 아니냐 하는 문제가 있는데, 그 문제는 어떻게 보면 불가피한 겁니다. 그렇기 때문에 지리산 청학동에서 옛날 방식대로 공부하는 사람들이 필요한 것입니다. 그렇게 순수한 것은 물론 보존해야 하지만 그걸로 다 해결될 것이라는 생각은 아닙니다. 전체적으로 우리의 틀을 가지고 받아들여서 나름대로 한 판 올리는 작업이 있어야 하는 것이죠.

정재서 화제를 조금 바꿔서, 선생님의 온생명 이론은, 생태학적인 세계관에 근거한 이 시대의 비전이라고 할 수 있는데요, 그 특징이 전체를 인식하자는 것 아닙니까. 그런데 전체를 인식하는 존재는 오직 인간이라고 하는 주장이 상당히 중요한 점이고, 가이아 이론과도 구분되는 점이라고 생각합니다. 그리고 또 어떻게 보면 동양적인 관점인 것 같으면서도 그중에서 노장적인 것보다는 오히려 유학 쪽에서의 만물지최령(萬物之最靈), 만물 중 인간이 가장 영묘한 존재라고 하는 인간중심적인, 물론 여기서 인간중심적이란 것은 자연과 대립적인 존재로서의 인간중심적인 것이 아니고요, 그런 관점이 어느 정도 들어가 있지 않나 생각했습니다. 혹시 선생님 개인적으로는 유학적인 소양이 있으신 게 아닌가 하는 생각이 들었는데, 왜냐하면 노장에서는 인간이나 금수나 사실은 차별이 없지 않습니까.

문학적 감수성이 소중한 까닭

장회익 제 이야기는 '인간중심적'으로 보자는 것이 아니라 인간은 인간의 자리를 찾고 그 역할을 해야 된다라는 것입니다. 인간도 새나 벌레와 다 같은 생명이다, 이렇게 간단하게 치부해가지고는 문제가 해결되지 않습니다. 물론 생태적으로 봐도 그렇습니다. 생태계 내에서의 역할이라든가 여러 가지 측면에서 보아도 인간은 결과적으로 굉장히 독특한 존재가 됩니다. 정신세계라는 것을 창조해냈고, 온생명의 두뇌에 해당하는 정신을 담당하는 존재로 봐야 되는데 그렇다고 해서 자연과 대립되는 의미에서의 인간, 투쟁하는 개념이 전혀 아니고, 이젠 이게 전체 내 몸이다, 내 몸을 내가 생각해야 된다, 이런 주체로서의 인간이 되는 거죠. 우리가 너무 인간을 폄하해도 안 되고 또 인간만을 보고 다른 걸 전혀 못 보는 좁은 시각에 서서도 안 되고 인간 본연의 자리를 제대로 찾아야 된다고 봅니다. 이것이 유가하고 꼭 일치하는가 하면 물론 그렇지는 않습니다. 노장과 상대적인 견지에서 보면 그 말씀이 맞습니다만.

정재서 선생님의 그런 입장을 문학적으로 문득 비유해보고 싶은 생각이 들었습니다. 이태백이 쓴 「월하독작(月下獨酌)」이라는 시가 있습니다. 달 아래에서 홀로 술을 마신다는 이 시 내용이 뭐냐면 혼자 달을 보고 술을 마시니까 달도 내 친구다, 그러면서 그림자가 나를 따라다니니까 그림자도 내 벗이다, 셋이 다같이 어울려서 함께 취한다는 내용입니다. 자신인 주체와 달, 그림자와 같은 객관적인 대상들이 같이 융합된 물아일체(物我一體)의 경지를 노래한 시이죠. 하지만 「월하독작」이라는 제목은 역시 의식하는 주체는 인간만이라는 것을 표명하고 있죠. 그러면서도 시의 내용은 주객합일의 생태적인 관점을 잃지는 않고 있습니다. 아마 문학적인 표현으로 보자면 이태백의 시에 선생님의 입장이 잘 표현된 것 같습니다.

장회익 바로 그런 점이 감수성의 소중함이라고나 할까요. 어려운 논리나 이론의 단계를 거치지 않고 바로 생태학의 본질에 접근하고 있는 것이죠. 문학은 이러한 차원에서 얼마든지 과학과 상호협조할 수 있다고 봅니다.

정재서 일각에서는 이러한 최근의 과학사조상의 큰 움직임들, 특히 가이아 이론이라든가 신과학운동에서 얘기하는 여러 가지 것들을 하나의 지적인 센세이셔널리즘 내지는 저널리즘과 같은 측면에서 보려고 하는 움직임도 있는 것 같습니다. 그러한 비판에 대해 선생님은 어떻게 생각하십니까?

장회익 당연히 비판이 따라야 하지요. 또 비판을 받을 만한 측면도 있는 것 같습니다. 너무 가볍게 일반화하는 경향도 있고, 전체적인 줄거리와 내용을 담고 그 안에서 차근차근 쌓아나가야 하는데 그것이 너무 가볍게 넘어가는 것 같아요. 그런데 잘못은 비판하는 쪽에도 있다고 봅니다. 그쪽에서도 자세를 바꾸어야죠. 문명의 방향과 큰 틀이 바뀌는데 과거에 매달리고 있으면 변화의 시기에 방향을 따라잡지 못하죠. 아직도 주류는 별로 나서지 않지만 바탕의 기본틀은 이미 지각 변동이 일어났습니다. 표면적으로 너무 가볍게 나서는 축들이 있고 주류에서 아직 그것을 의식하지 못하는 축들도 있고, 이런 여러 가지 혼란이 함께 있는 거죠.

정재서 조만간 통합적으로 망라할 수 있는 체계가 생겨야 할 텐데요. 선생님께서 그 작업에 많은 관심을 갖고 계시지요.

장회익 아무것도 아니면서도 무시할 수 없는 한 가지 계기는, 소위 세기가 바뀐다는 거죠. 시간적인 연속선상에서 보면 의미가 없는데 심리적으로 주는 영향은 상당히 크지요. 굉장히 큰 변화를 기대한다는 말이죠. 그것이 엉뚱하게 지나친 데로 가는 것은 잘못이지만, 뭔가 새로운 것을 내놓을 때 정말 관심을 가지고 보는 계기는 되고 있는 것 같아요. 별로 뜻 없는 것들은 거품현상으로 그치겠지만 정말 내용이 있는 것을 들고 나갈 때에 의미 있는 변화를 가져올 수 있는 상황이라고 보고 미래에 희망을 걸고 있습니다.

'문학'과 '과학'의 행복한 결합을 위해

정재서 아까 말씀드렸던 바이지만 요즘 과학상의 변화가 문화나 문학의 의식에 영향을 주고 실제로 창작이나 비평상에 있어서도, 가령 생태학적인 관점 같은 것이 하나의 유용한 틀로써 기능할 수 있다는 것이 현실로 나타나고 있습니다. 또 한 가지는 오늘날의 신과학적인 의식 자체가 문학에 있어서 주제화되는 것을 예상할 수 있습니다. 실제로 SF소설이라든가 영화에서도 컴퓨터 시대를 살아가는 인간의 모습이나 문제점을 많이 얘기하고 있습니다. 아울러 소재적인 측면에서도 신과학적인 자료들이 많이 활용이 되기도 합니다. 이것은 문학에서 이제까지 없었던 새로운 장르가 만들어지고 있는 상황입니다. 주제의식 방면뿐만이 아니라 소재적인 측면에서도 신과학이 문학에 굉장히 많은 영향을 미치고 있는 것이 현실입니다.

장회익 아주 반가운 일인데요, 사실 문학은 그런 면에서 어려움을 상대적으로 많이 겪지 않을까 합니다. 예를 들어서 영상매체 같은 경우 우리가 지금까지 보지 못했던 동물의 이상한 생태, 달에서 지구를 찍은 사진과 같은 걸 우리에게 줘서 시각적으로 직접적인 감성에 호소하는 게 상당히 많거든요. 이 같은 현상을 지켜보면서 문명이 너무 시각적인 방향으로 가고 있지 않은가 하는 우려를 씻을 수가 없습니다. 과거에는 뭘 얘기하려고 해도 글로 써서 알리는 수밖에 없었는데 지금은 시각적으로 보여주니까 새로운 세대들은 문자적인 상상 단계를 거치지 않고 시각적인 것으로만, 바로 즉각적으로 들어가는 문제가 있습니다. 이것은 그동안 확실히 보지 못했던 것을 세밀하게 보여준다는 장점도 있지만 이렇게 하면 그 나름대로의 틀, 매너리즘에 빠지지요. 그래서 역시 문학 나름의 상상력을 강조하고 정신세계를 넓혀주는 작업이 중요하다고 보는 거죠. 예컨대 생태학적인 상상력을 제고하고 그것을 잘 발휘한 문학작품이 독자에게 주는 감동은 영상매체 이상일 것입니다.

정재서 카프라의 『현대물리학과 동양사상』이란 책도 상당히 많은 영향을 줬습니다. 그 책에 대해서는 찬반양론이 있겠습니다만 카프라가 태극이니 음양을 가지고 이야기를 많이 했기 때문에 문학 쪽에서도 음양오행설적인 틀을 가지고 작품을 분석하려는 시도도 나왔습니다.

장회익 카프라는 물리학을 하는 사람인데 제가 볼 때 동양사상에 대한 이해는 조금 떨어지는 것이 아닌가 생각하지만 약간의 일탈은 별로 무리가 없습니다. 그런데 문제는 그다음에 있습니다. 그걸 읽는 사람들이 자기 나름대로의 생각을 넣어서 엮어내는데 거기에는 상당한 무리가 따르더라구요. 그래서 심한 경우 상황을 왜곡시키기까지 하는 것이죠. 저는 카프라 책 자체에서는 못 느꼈는데 그것을 인용한 사람들의 글을 보면 다른 시각으로 해석해서 이상한 쪽으로 활용을 하더군요. 문학은 상상이 중요한데 상상을 못 하게 제거해버리면 문학적으로는 쓸모가 없게 되어버리죠. 그런 데서 어려움이 있지 않은가 생각합니다. 아주 이성적으로 말씀드리면 상상의 방향이 내용에 대한 철저한 이해를 바탕으로 해나가면 좋을 건데, 상상이 내용을 왜곡시키는 방향으로 나가면 아주 비뚤어지는 거죠. 그래서 그러한 작업을 문학계가 많이 해야 할 겁니다. 과학은 과학계에서 그러한 형태의 서술을 하되 잘못 이해되지 않는 방향으로 작업을 해주어야 합니다. 그 밖에도 가능하면 이해를 깊이 해놓고 그 이해의 틀이 흔들리지 않도록 해야지요. 그 작업들이 기존의 수준까지 다 가서 한 발자국씩 더 올라가야 합니다. 앞으로의 세대들이 어려운 일들을 감당해야 하는 것이죠.

정재서 한 가지 재미있는 사실은 문학과 과학이 먼 것 같으면서도 가까운 것이 주로 신과학 쪽의 성공적인 저술들을 보면 문학적인 장치를 상당히 많이 활용하고 있다는 겁니다. 『가이아』도 그렇고 『현대물리학과 동양사상』도 그렇고 결국 문학적인 필치가 딱딱한 과학적인 내용을 가슴에 전달하는 데 더욱 효과적이라는 사실을 입증하는 셈이죠.

장회익 그래서 저도 최근에 그런 문학적인 시도를 하고 있습니다. 내가 이해하기 위해서 쓰는 것이라면 간단한데 다른 사람이 일차적으로 이해를 하는 것이 중요하고, 그보다 중요한 것은 마음에 와서 닿는 내용이 중요한데 그것이 종래의 과학적 기술로는 한계를 느끼는 부분이죠.

정재서 가령 프레이저의 『황금가지』는 문학작품으로서도 손색이 없죠. 그러면서도 인류학 방면의 훌륭한 고전인데, 논리와 감성을 겸할 수 있는 것이 어려우면서도 바람직한 경지라 말할 수 있겠습니다. 이제 시간이 많이 흐른 것 같은데 오늘 말씀하신 다양한 내용을 몇 마디로 압축해주시면 감사하겠습니다.

장회익 요컨대 변화의 시대가 도래했다는 것은 누구도 부인할 수 없는 사실이고 현실적으로 그 흐름은 물리학, 생물학 등의 분야에서 크게 감지되고 있습니다. 이 시점에서 우리에게 요청되는 것은 동서양 인류의 온갖 지혜를 바탕으로 한, 보다 포괄적이고도 전일적인 사고의 큰 틀입니다. 바로 이러한 견지에서 그동안 소외되었던 동양적 이념들이 재평가되고 활용되어야 할 당위성이 생겨납니다. 그러나 이것이 곧바로 서구적 이념의 용도폐기를 의미한다면 그것 또한 지나친 이분법적 사고의 소산일 뿐입니다. 문학, 예술은 이 시점에 있어서 그 특유의 상상력과 감성의 힘으로 과학에 대한 상보적 작용기제로서의 소임을 다할 뿐 아니라 그 역할이 오히려 소중해지리라 생각합니다. 이제 문학과 과학은 서로 소원한 관계가 아니라 상호협력하는 관계임이 분명합니다.

정재서 오늘 장시간 좋은 말씀 해주셔서 감사합니다. 늘 건강하시고 선생님의 '온생명' 운동이 앞으로 더욱 확산되기를 기원합니다.

『상상』 1996.

토론　discussion

모옌, 최원식, 박이문 선생의 발표에 대하여

오늘 평소 존경해오던 세 분 선생님의 발표를 듣고 많은 가르침을 받음과 아울러 의견을 개진할 수 있는 시간을 갖게 된 것을 무한한 기쁨으로 생각합니다. 그리고 이렇게 훌륭한 자리에 참여할 수 있는 기회를 마련해준 대산문화재단에 대해서도 심심한 감사를 드립니다.

그럼 세 분 선생님의 논고에 대한 의견을 발표 순서대로 말씀드릴까 합니다.

모옌 선생님은 자신의 창작 경험과 중국의 문학 전통에 근거하여 동아시아 문학이 지향해야 할 목표에 대해 말씀해주셨습니다. 결론적으로 선생님은 모든 작가들의 창작은 자기 민족의 현실 그리고 자신의 고향에서 출발해야 한다는 입장에서, 동아시아 작가들이 개성을 더욱더 강조하고 발휘해야만 동아시아적인 공통성을 실현할 수 있으며, 아울러 동아시아 작가들의 작품이 구체적인 개성화를 이룰때, 필연적으로 동아시아 지역의 독특한 문학으로 성립되어 세계 문학에서 고유한 지위를 차지할 것이라고 전망하셨습니다.

모옌 선생님은 일찍이 작품 『붉은 수수밭(紅高粱)』을 통해 중국의 토착성과 전통을 바탕으로 농촌과 역사 현실을 밀도 있게 그려낸 바 있으며 이 작품은 영화로 개작되어 세계적으로도 찬사를 받은 바 있습니다. 창작에서 전통을 무엇보다 중시하는 심근문학(尋根文學)의 주요 작가이기도 한 선생님께 저는 두 가지 질문을 드리고 싶습니다.

모옌 선생님이 개인적으로 영향을 많이 받았다고 표명한 가브리엘 마르케스의 마술적 리얼리즘은 주지하다시피 서구의 사실주의 기법이 남미 토착문화의 독특한 환상적 정조와 결합하여 빚어진 창작 방식입니다. 저는 동아시아의 토착문화와 오랜 소설 전통에서 비롯한 고유의 기법 등이 서구의 창작 기법과 만날 때 얼마든지 마술적 리얼리즘 못지않은 훌륭한 창작 방식을 생산해낼 수 있다고 믿습니다. 가령 한샤오궁(韓少功)이나 가오싱젠 등 일부 작가들에 의해 시도되고 있는 고대 필기소설(筆記小說) 문체의 실험적 운용 같은 것은 다분히 의도적이지만 동아시아 소설의 개성화를 위해 의미 있는 작업이 아닐까 생각합니다.

모옌 선생님께 드리고 싶은 질문은 동아시아 전통 소설의 기법이 당대 동아시아 소설의 개성화와 관련하여 어떠한 의미가 있을 것인가 하는 점입니다. 그리고 심근문학이 단순히 개방화 시기 중국 소설의 특정한 형태에 머물지 않고 동아시아, 나아가 세계문학 속에서 고유한 지위를 획득하기 위해서는 어떠한 노력이 필요한지에 대해서도 말씀해주셨으면 합니다.

최원식 선생님께서는 예(例)의 동아시아 정세에 대한 날카로운 인식과 동아시아 연대에 대한 소신에 찬 구상을 바탕으로 동아시아 공동어의 구축을 제안하였습니다. 저는 이 제안이 기왕의 동아시아 시민 혹은 지식인 연대 운동과 더불어 실질적으로 동아시아 연대를 추동하는 중요한 발언이라고 봅니다. 최원식 선생님과 개념 및 방법상의 차이는 있지만 동아시아 연대와 일맥상통하는 취지에서 동아시아 문화론 혹은 동아시아 상상력의 회복을 주장해온 저의 입장에서는 언제나 선생님의 견해로부터 보다 현실성 있고 냉철한 분석의 도움을 받습니다. 이번에도 선생님은 동아시아 공동어의 구축이라는 주목할 만한 제안을 하셨는데, 다만 그 실체가 무엇인지에 대해서는 분명히 언급을 하지 않으신 것 같습니다. 선생님이 구상하신 동아시아 공동어의 실체는 과연 무엇입니까? 과거의 공동문어 곧 한문으로 복귀하는 것은 아니라고 하셨는데 그렇다면 현대 중국어입니까? 아니면 한국어 혹은 일본어입니까? 인구 비례로 보아 현대 중국어가 되지 않는다면 현실적으로 가장 공평한 언어는 그래도 영어라고 할 수밖에 없지 않습니까? 실제 정치, 경제상으로는 공동어로서 한중일 간에 영어가 사용되고 있지 않습니까? 그러나 그 경우 우리가 생각하는 동아시아 고유의 소통 체계라고 말할 수는 없겠지요. 그렇다면 선생님은 상징적인, 혹은 선언적인 차원에서 동아시아 공동어라는 개념을 구사하신 것인지 아니면 이 개념의 실체를 무언가로 상정(想定)해두고 계신 것인지 좀 더 분명히 말씀해주시기를 청합니다.

한 가지 다른 문맥에서 질문을 드린다면 선생님의 종래의 동아시아론에서 중국의 의도나 입장을 우리 편의대로 지나치게 낙관하고 있거나 잘못 파악하고 있지 않았나 하는 느낌이 든다는 것입니다. 가령 선생님은 중국의 역사적 대사(大事)가 주로 동방 쪽에서 이루어져왔기 때문에 동아시아와 특별한 연대 의식이 있다고 판단하신 것 같은데 이 생각은 좀 일방통행적이지 않나 싶습니다. 역사적으로 중국과 서방과의 관계를 보면 실크로드의 개척 이래, 불교와 인도 문명 등이 중국 문화에 미친 막대한 영향은 오히려 동방에 비할 바가 아닙니다. 근대 이후 동방의 비중이 중국의 전 역사에서 서방이 차지하는 비중을 말소할 수 있다고 생각한다면 지나친 자기중심적 사고가 아닌가 합니다. 현재 대륙의 동서남북을 모두 접하고 있는 중국이 특별히 동아시아 그리고 한국에 인식의 우선권을 부여하고 있다는 근거 없는 낙관이 지난번의 역사 문제와 같은 양국 간 엄청난 인식의 편차를 예상치 못하게 한 것이 아닌가 생각합니다. 이 점에서 선생님의 기존의 동아시아론에 대해 재고의 여지는 없는 것인지 의견을 여쭙고자 합니다.

박이문 선생님은 폭력과 야만이 난무하는 이 시대에 평화를 위한 글쓰기와 관련하여 시인의 사회적 책임과 시적 의무에 대해 말씀하셨습니다. 선생님은 특히 시적 글쓰기야말로 폭력과 억압에 대한 근원적 차원에서의 저항과 극복의 방식임을 역설하시고 진정한 의미에서의 평화를 위한 글쓰기란 정치적, 이념적 성향을 띠지 않은 순수문학의 차원에서 철저하게 문학적이고 시적인 작품을 생산하는 것이라고 주장하셨습니다. 이러한 주장의 이면에는 선생님께서 평소 강조하시던 생태학적 세계관이 깔려 있는 듯합니다. 왜냐하면 폭력을 배태한 과학적 언어와 대립되는 시적 언어야말로 생태학적 행위의 소산이기 때문입니다. 저는 선생님의 이러한 견해가 미래의 세계에 대해 구원적 복음의 의미를 지닌다고 생각합니다.

그럼에도 불구하고 선생님의 전반적 논조를 보면 이성과 그것이 빚어낸 문명에 대한 궁극적 확신이 느껴집니다. 선생님은 폭력, 야

동양학으로 대화하고 토론하다

만과 이성, 문명을 명확히 대비시켰습니다. 그리고 시적 언어는 사실상 문명 이전의 소통 방식인 신화적 언술과 친연성이 있는 것인데 문명의 범주에 귀속시켰습니다. 여기에서 저는 선생님이 주장하시는 생태학은 인문주의가 기초하고 있는 이성에 신뢰를 둔 생태학이며 그 이성에 대한 비판은 해체가 아닌 자기 제한 수준에 머무르고 있지 않나 하는 인상을 받게 됩니다. 이러한 점들은 선생님이 인용하신 사례들에서도 잘 나타납니다. 가령 선생님은 자신의 꼬리를 입으로 물고 있는 뱀 우로보로스를 스스로 파멸을 초래한 오늘날의 문명으로 비유하셨습니다. 그러나 반이성주의적 경향의 연금술이나 카를 융의 상징 체계에서 우로보로스는 의식과 무의식의 통일, 이성과 감성의 조화, 대극(對極)의 합일 등을 의미하는 통합 상징으로 표현됩니다. 그것은 문명의 모순된 양면성을 표현하는 것이 아니라 조화로운 문명의 양상을 보여주는 것이 됩니다. 아울러 선생님은 태양을 향해 날다 추락한 이카로스를 언어의 날개를 펴고 높은 이상을 향해 질주하는 시인의 모습으로 찬미하셨습니다. 그러나 이카로스 패러독스라는 말도 있듯이 이카로스 신화는 실상 지나치면 해를 자초하는 인간의 욕망에 대한 경고의 의미를 함유하고 있습니다.

저는 선생님의 비유가 잘못되었다고 말씀드리는 것이 아닙니다. 이성과 그것에 기초한 인문주의의 비중을 어떻게 보느냐에 따라 똑같은 사물에 대한 해석이 이렇게 달라질 수도 있다는 점을 말씀드리고자 하는 것입니다. 길을 한참 돌아왔지만 결국 여기에서 제가 말씀드리고자 하는 궁극적 취지는 다음과 같은 것입니다. 즉 이성만 있고 영성(靈性)이 없는 생태학, 교감이 없는 시적 글쓰기가 과연 이 문명의 상처를 근본적으로 치유할 수 있을까 하는 의문입니다. 저의 이 솔직한 느낌에 대해 설명을 주신다면 저는 선생님으로부터 또 한 번 값진 가르침을 받는 것이 될 것입니다.

이상 세 분 선생님의 논고에 대한 질의를 마치고자 합니다. 혹시 주제에서 벗어나거나 저의 능력 부족으로 진의(眞意)를 오해한 부분이 있더라도 너그러이 양해하시고 가르침을 주시면 감사하겠습니다. 다시 한번 세 분 선생님의 훌륭한 논고를 경청하고 의견을 나눌 수 있게 된 기회를 행운으로 여기며 두서없는 토론문을 맺고자 합니다.

대산문화재단 서울국제문학포럼, 2005.5.26.

프린스턴대 앤드루 플랙스 교수의 논고
「고전 중국 소설에 나타난 자아의 유가적 개념」에
대하여

먼저 본인은 그동안 글로만 접해왔던 앤드루 플랙스(Andrew Plaks) 교수를 이렇게 직접 대면하고 함께 문제를 토론할 수 있는 기회를 갖게 된 것을 무척 기쁘게 생각한다. 플랙스 교수의 훌륭한 저작들, 이를테면『홍루몽의 원형과 우의(The Archetype and Allegory in the Dream of Red Chamber)』라든가『명대의 사대기서(The Four Masterworks of the Ming Novel)』같은 책들은 한국의 중국 소설 연구자들 사이에서도 이미 잘 알려져 있다. 개인적으로 나는 학생들에게 서구 학자들의 중국학 연구 성과를 중시할 것을 강조하는 편이다. 왜냐하면 서구 학자들의 연구는 동양권의 성과(주로 일본의 성과에 치중한 경향이 있긴 하지만)의 바탕 위에서 비교적 객관적인 태도와 참신한 이론으로 천착하는 통합적인 경향을 보여주기 때문이다. 비록 비숍(J. Bishop) 교수의「Some Limitations of Chinese Fiction」과 같은, 받아들이기 어려운 편견을 과시했던 논문도 드물게 있긴 하지만 대체로 서구 학자들의 노작은 상술한 미덕들로 인하여 은연중 모범적인 학문 성과로 간주되어왔다. 플랙스 교수의 중국 소설 방면의 연구는 특히 독보적이다. 깊은 사상적 소양과 넓은 이론적 조망, 무엇보다도 중국 문화를 편견 없이 바라보려 하는 태도 등은 플랙스 교수의 견해를, 추종할 수 없을 만 큰 독창적이고 심원하게 만드는 요인들이다.

플랙스 교수는 주목할 만한 이 논고에서 사대기서(四大奇書)를 위시한 명청(明淸)소설을 서구 근대 시기의 고전적인 명작들과 상응한 위격(位格)에서 그 소설성 및 소설적 가치를 논의할 것을 제안한다. 플랙스 교수는 서구 근대소설을 결정지었던 내면의식 곧 자아에 대한 탐색이 명청소설의 경우에도 못지않게 심각히 추구되었음을 논증한다. 플랙스 교수에 의하면 그것은 유학의 수신(修身) 철학과 긴밀한 상관이 있다. 플랙스 교수의 이 매력적인 제안은 다시금 과거 비숍 교수의 주장을 상기시킨다. 비숍 교수는 중국의 전통소설이 근대성을 확보하지 못한 중요한 이유 중의 하나로서 바로 이 내면 탐색의 부재를 거론한 바 있기 때문이다. 이 놀라운 반전이라니!

플랙스 교수의 제안은 솔직히 파격적인 느낌을 주지만 논증은 그 느낌을 상쇄하고도 남을 만큼 치밀하고 객관적인 설득력을 지니고 있다. 그러나 사안이 워낙 중대한 만큼 우리는 플랙스 교수의 여러 논거들을 세밀히 검토할 필요가 있다.

첫째로, 플랙스 교수는 명대의 장편소설이 서구 근대소설과 특성을 공유할 수 있는 전제조건 중의 하나로서 18세기 소설 발흥 시기 유럽의 사회, 경제적 상황과 명 중엽의 상업경제 및 시민사회의 성숙이라는 상사점(相似點)을 들었다. 그러나 이는 좀 거친 착목(着目)이 아닌가 싶다. 필립 황(Philip Hwang)은 근래의 논고(「The Paradigmatic Crisis in Chinese Studies」)에서 명 중엽을 예로 들어, 서구와 중국이 일견 유사한 사회, 경제적 상황이라고 해서 다 함께 동일한 방향으로 문화나 제도가 변화되지 않는다는 사실을 논증하였다. 예컨대 서구의 경우 이 시기 공익시설의 증대가 수반되었지만 중국에서는 그러한 변화가 없었다는 것이다. 공익시설에의 요청은 오히려 사적 공간에 대한 강한 의식의 반증이다. 중국이 이러한 의식의 변화가 없는 상황에서 서구 소설과 마찬가지의 변화를 가정하는 것은 피상적인 소견이라 하지 않을 수 없다. 아울러 여기에는 플랙스 교수가 일찍이 문인소설(Literati Novel)로 규정한 명청소설의 지위를 서구 근대소설에 맞춰 성급히 자리매김하려 한 데서 빚어진 도식화의 혐의도 없지 않아 보인다.

둘째로, 플랙스 교수에 의하면 명청소설에서의 내면 탐색을 가능케 한 중요한 사상적 동기는 유학의 수신 철학에서 비롯한 자아의 완성 개념이다. 그런데 유교적 자아가 서구 근대의 코기토로서의 소설적 자아와 과연 상응할 수 있는지 의심스럽다. 유교적 자아는 이성적 주체로서의 서구 자아와는 달리 강한 신체성에 근거하고 있으며 그 완성이 관계 맺음 속에서 이룩되는 관계적 자아이다. 이 경우 명청소설 속의 자아탐색이 과연 서구 근대소설의 그것과 동일한 층위에서 논의될 수 있는 성격의 것인지 반문하지 않을 수 없다.

셋째로, 플랙스 교수는 이른바 '자아의 역설'이라는 논리에 의해 사대기서 작품의 내적 갈등과 주요인물들의 자기 모순적 성격을 설명하고 있다. 즉 자아에 대한 추구가 심화되면 그것이 사욕(私慾)으로 전화(轉化)되어 스스로 파탄을 일으키게 된다는 공식이다. 그러나 주인공들의 모순된 행태는 이러한 추상적, 심리적 요인보다 플랙스 교수가 문인(Literati)이라고 규정한 명대 소설작가들의 사회적 위상에서 기인했을 가능성이 크다. 다시 말해서 사대기서의 경우 몰락한 하층 사족(士族)인 이들 작가들은 계층적으로 상층 귀족과 시민계급의 중간에 존재하게 되는데 사족으로서 자신들의 이상과 민중의 성향, 양자를 동시에 만족시키기 위한 글쓰기를 하다 보니 어중간한 인물 형상이 빚어지고 만 것이다. 유비(劉備), 송강(宋江), 삼장법사(三藏法師) 등의 성격이 약속이나 한 듯 모두 우유부단하고 모순에 차 있는 것은 이러한 이유 때문으로 생각된다.

끝으로 플랙스 교수의 이 논고는 서사담론(Narrative Discourse)의 차원에서 동서 소설을 비교하여 차이점보다는 공통점을 부각시킴으로써 두 문화 간의 회통(會通)을 시도하려 한다는 점에서 큰 의의가 있는 것으로 평가된다. 그러나 비교의 과정에서 서구 근대소설을 특권화한 느낌이 드는 것은 이른바 '부르주아 서사시'의 목적론적인 여러 전제들을 명청소설에서 확인하려 하는 태도가 엿보이기 때문이다. 여기에서 드는 소박한 의문은, 왜 명청소설이 서구 근대소설에 의해 호명되어 스스로의 몸으로 그와 닮은꼴임을 입증해야 하는가 하는 점이다. 이러한 입장은 과거 명대 혹은 그 이전에서 자본주의의 맹아를 찾아 중국이 일찍이 근대를 지향했다는 증거를 확보하고자 했던 노력들과 어떠한 차이점이 있는지 궁금하다. 그러한 노력들은 결국 마르크스주의 패러다임의 세계사적 보편성을 설명해주는 사례로서의 의미만을 갖기 때문이다. 이질적인 문화 간에는 통약(通約) 가능한 것이 있지만 통약 불가능한, 그대로 두어야 할 것도 있다. 명청소설은 설사 서구 근대소설과 일정 부분 특성을 공유한다 할지라도 여전히 '이야기성'이 '소설성'보다 강하며 진환병겸(眞幻幷兼)의 독특한 색채를 띠고 있다. 서구 근대소설을 특권화하여 양자의 통약 가능성만을 추구할 때 중국 소설의 이러한 특성들은 배제될 수밖에 없고, 명청소설을 서구 근대소설과 대등하게 보려는 플랙스 교수의 순수한 의도는 자칫 '동정적(同情的) 오해'에 도달할지도 모른다. 근래 서구에서도 소설의 본질, 발생에 대한 여러 수정주의적인 가설들이 나오고 있지만 오히려 서구 근대소설을 특권화하지 않을 때 중국 소설과 서구 소설이 조우할 가능성이 더 많지 않을까 하는 생각이다.

이상 두서없이 몇 가지 문제 제기를 하였지만 플랙스 교수의 의미심장한 본의를 파악하지 못한 채 오히려 본인이 일방적인 오해를 거듭하였을까 두려운 심정이다. 그럼에도 불구하고 플랙스 교수의 논문을 오랜만에 접하면서 내내 지적 세례의 즐거운 경험을 만끽할 수 있었음을 고백해야 하겠다. 마찬가지로 플랙스 교수의 이번의 한국 초행(初行) 역시 유익하고 아름다운 여정이 되기를 빌면서 논평문을 마치고자 한다.

성균관대학교 동아시아학술원 초청강연, 2011.

가라타니 고진 선생의 논고 「동아시아의 이상」에 대하여

오늘 고려대학교 개교 100주년을 기념하여 평소 학문적으로 존경해오던 가라타니 고진 선생님을 모시고 '동아시아의 이상'에 대한 논의를 경청하고 말씀을 나눌 기회를 갖게 된 것은 실로 큰 영광이라 하지 않을 수 없습니다.

고진 선생님은 오늘의 강연에서 우리들에게 '동아시아의 이상'과 관련하여 무척 의미 깊은 내용과 주목할 만한 제안을 하셨습니다. 고진 선생님은 세계 경제 패턴의 주기적 반복과 그에 따른 국가체제의 변동을 주의 깊게 관찰한 후 자본과 국가의 반복-강제적 특성에서 벗어나는 방안으로서 탈이데올로기화된 문화적 정체성의 문제를 제기하셨고 진정한 동아시아의 문화적 정체성은 자본과 국가에 대항하는 사람들의 결속과 연합을 통해 형성된다고 주장하셨습니다. 아울러 이를 선취한 모범적인 인물로서 오카쿠라 덴신과 야나기 무네요시를 예거하셨습니다.

고진 선생님의 이러한 논지는 깊은 사려와 학문적 혜안에서 나온 것으로서 우리들로 하여금 지금까지의 동아시아 논의를 반성적으로 숙고하게 하였습니다. 특히 자본과 국가의 반복-강제적 특성에 대한 고진 선생님의 진단은 현재 한국에서 1990년대 이후 왜 동아시아 담론이 흥기하고 있는지 그 원인을 잘 설명해줍니다. 한국의 지식인들은 바로 120여 년 전 열강의 틈바구니에서 고투하던 조선 말기의 상황이 오늘 반복—재현될 수도 있다는 강박관념에서 자유롭지 못한 것이 사실이기 때문입니다.

고진 선생님의 해박한 경제 지식과 이에 기초한 다이어그램에 대해 저는 많은 시사를 받았을 뿐 비평할 능력을 갖고 있지 못합니다. 다만 저는 고진 선생님이 바람직한 '동아시아의 이상'과 관련하여 언급한 오카쿠라 덴신과 야나기 무네요시의 문화적 입장과 탈이데올로기화된 문화적 정체성의 문제에 대해 제 나름의 소회(所懷)를 피력함으로써 고진 선생님의 또 다른 가르침을 기대하고자 합니다.

고진 선생님은 덴신의 논문 「동양의 이상」에서의 유명한 발언 "아시아는 하나" 속에 '국가'의 개념이 들어가 있지 않다고 보셨습니다. 다시 말해서 오카쿠라의 취지는 탈이데올로기화된 미학적 이상의 가능성을 보여준 것으로 평가하신 듯합니다. 그러나 논문의 후반부를 좀 더 주의 깊게 읽어보면 우리는 다른 느낌을 갖게 됩니다.

그런데 이런 복합적 통일을 특히 분명히 실현하는 것이 일본의 위대한 특권이었다. 이 민족이 지닌 인도—타타르의 피는 그것 자체가 이 두 가지 원류를 흡수하여 아시아적 의식 전체를 반영할 자격을 스스로에게 부여한 유산이었다. (…) 이처럼 아시아 문명의 박물관이다. 아니 박물관 이상이다. 왜냐하면 이 민족의 비범한 특질은 옛것을 잃지 않고 새것을 환영하는 현대적인 일원론의 정신 속에서 과거의 이상이 지닌 모든 변화 국면에 스스로 유의하게끔 만들기 때문이다. (…) 일본을 근대적 강국의 지위로 끌어올리면서도 항상 아시아의 혼에 충실히 머무르게 하는 것은 바로 이 끈기이다.

고진 선생님은 덴신의 순수한 미학적 이상이 후일 '대동아공영권'
의 논리로 악용되었다고 보셨지만 저는 아시아에서의 일본의 역할을
특권화한 위의 언급에서 이미 정치적 의도성을 배제하기는 어렵다고
봅니다. "아시아적 의식 전체를 반영할 자격"이라는 말에서 우리는
'대동아공영권' 대표로서의 일본의 자부심을 미리 읽습니다.

야나기 무네요시는 식민지 상태에 있던 조선의 문화적 정체성을
긍정한 양심적인 학자임에 틀림없습니다. 그럼에도 그가 조선의 미
를 '비애(悲哀)'라는 퇴영적이고 수동적인 미적 범주로 규정한 것은
그가 관방학자들과는 뚜렷이 다른 입장을 지녔음에도 여전히 제국
의 특권을 향유한 학자로서 식민사관의 일정한 영향을 벗어나지 못
했음을 보여줍니다. 물론 무네요시는 '비애의 미'에 머무르지만은
않았습니다. 후기에 민예론(民藝論)을 전개하면서 조선 공예품의 역
동적 아름다움을 발견한 것도 사실입니다.

무엇보다도 제가 말씀드리고자 하는 것은 오카쿠라 덴신이나 야
나기 무네요시가 페널로사나 에즈라 파운드 등으로 대표되는 당시
서구의 반근대주의자 혹은 프리미티비즘(원시주의)과 긴밀한 사상적
조응관계를 지니고 있다는 사실입니다. 최근의 탈식민주의 논의에
서 밝혀진 바 있듯이 페널로사 등은 서구의 대안으로서 동양을 이상
화시켰고 동양의 문화적 정체성은 여기에서 다분히 '만들어진' 감이
없지 않습니다. 오카쿠라 덴신이나 야나기 무네요시가 이러한 서구
의 대안으로서의 동양에 고무되어 동양의 문화적 정체성을 '재발견'
하는 데에 심혈을 기울였다고 말한다면 지나친 표현이겠지만, 얼마
간의 개연성을 부인하기는 어렵지 않나 합니다. 우리는 덴신의 「동
양의 이상」에서 바로 이 '재발견'의 기쁨을 확인할 수 있기 때문입니

다. 다시 말씀드려 저는 고진 선생님이 '동아시아의 이상'의 모범적인 선례로서 거론한 오카쿠라 덴신이나 야나기 무네요시의 경우도 서구의 대안으로서 이상화된 동양의 문화적 정체성을 재생산했다는 혐의로부터 완전히 자유롭다고 보질 않습니다. 이 점에 대해 고진 선생님의 가르침을 다시 청하고자 합니다.

다음으로 저는 국가와 자본에 의해 물들지 않은 동아시아의 문화적 정체성 즉 탈이데올로기화된 문화적 정체성의 가능성을 역설한 고진 선생님의 견해에 적극 동의하면서도 그 실효성에 대해 의문을 제기하고자 합니다. 기본적으로 저는 문화와 국가, 자본 그리고 이데올로기는 항상 연계되어 있어서 비록 탈이데올로기화된 문화일지라도 장래에 어디로 향할지 점치기 어렵다는 생각입니다. 예컨대 1970년대 이후 동아시아 학계를 풍미했던 가설로서 '유교자본주의론'이 있었습니다. 일본을 비롯 한국, 타이완, 홍콩, 싱가포르 등 동아시아 제국의 경제적 성공을 설명하기 위한 문화논리로서 출발하였던 유교자본주의론은 하버드대학의 뚜웨이밍 등 철학자들에 의해 정교하게 다듬어져 한때 동아시아의 문화적 정체성을 대표하는 가설로서 군림하였습니다. 그러나 국가와 자본이 아닌 순수한 동양학자들에 의해 제기되었던 이 가설의 귀착점이 이른바 '대중화권(大中華圈)'의 구상과 무관하지 않다는 것은 알 만한 사람이면 다 아는 사실입니다. 그것은 우리가 동아시아의 문화적 정체성의 화신이라고 생각해온 유교 자체가 함장(含藏)하고 있는 정치성 때문입니다. 차등관계와 그에 따른 윤리적 덕목을 바탕으로 성립된 유교문화의 논리에서 윤리적, 도덕적 귀착점은 결국 개인으로부터 국가로 향하게 되는데 그 실체는 대국이자 세계의 중심인 중국입니다. 이렇게 볼 때 우리는 과연 국가와 자본이 간여하지 않은 동아시아의 문화적 정체성이 존재할까 하는 의구심을 갖지 않을 수 없습니다. 우리가 동아시아 문화의 정체성을 논의하면서 문화의 정치성을 과연 도외시할 수 있을까 하는 것이 마지막으로 고진 선생님께 드리고 싶은 질문입니다.

이상으로 고진 선생님이 제기하신 동아시아의 문화적 정체성의 문제와 관련하여 두 가지 개인적 소회를 말씀드렸습니다. 다시 한번 오늘 고진 선생님의 강연에서 받은 지적 세례에 감사드리며 두 가지 존의(存疑) 사항에 대한 가르침을 정중히 청하는 바입니다.

고려대학교 개교 100주년 기념 학술대회, 2005.5.24.

김우창 선생의 논고 「생태적 숭고미 : 산수화의 이념」에 대하여

먼저 평소 존경해오던 김우창 선생님의 발표에 대한 토론을 맡게 되어 외람되기도 하고 또 한편 영광스럽기도 합니다. 선생님께서는 산수화의 미학적 특성과 의의에 대해 서양미술과의 비교학적 관점을 견지하고 시종 오늘의 문제의식을 잃지 않으면서 논의를 펼치셨습니다. 특히 동서양의 자료와 이론을 넘나드는 해박하고 깊은 선생님의 논의는 중국문학을 전공하는 저에게 많은 점을 일깨워 주었습니다.

저는 논고를 대하기 전에 선생님의 최근의 노작 『풍경과 마음』(생각의나무, 2003)을 미리 읽어보았습니다. "동양의 그림과 이상향에 대한 명상"이라는 부제가 달린 이 책을 접하여 동양미술에 대한 선생님의 전반적인 안목을 엿보고 오늘의 논고에 접근하고자 하는 의도에서였습니다. 따라서 저의 질문은 동양미학의 개별적인 내용보다 그러한 논의의 이면에 존재하는 정치적, 이데올로기적 함의와 관련된 좀 포괄적인 것이 되겠습니다. 심원한 선생님의 견해에 대한 반론이라기보다 동양학자로서의 소감을 개진하여 가르침을 청하고자 하오니 즐겁게 읽어주시기 바랍니다.

저는 근대 학문의 세례를 받은 우리들이 동양의 전통을 느끼고 서술할 때 대체로 두 가지 차원에서의 '동정적 오해'(이 표현은 니담[J. Needham]에게 행해졌던 비판에서 나온 바 있습니다) 혹은 본의 아닌 왜곡이 있을 수 있다고 생각합니다.

　우선 첫 번째 차원은 공간의 차이에서 오는 것으로, 탈식민주의 논의에서 많이 얘기된 것이지만, 대상에 대한 신비화된, 이그조틱한 정서일 것입니다. 동양의 것이 무엇인가 원시적이고 순수한 내용을 담고 있고 그것이 서구 정신에 결여된 것을 보충해주거나 대안이 될 수 있을 것이라는 이러한 정서를 레이 초우(Rey Chow)는 '원시에의 열정(Primitive Passion)'이라고 불렀던 것으로 압니다. 제가 근래의 이 진부한 주제를 다시 제기하는 이유는 우리가 동양의 산수화에 대해 지니고 있는 정서에 대해 재고해야 할 필요가 있지 않나 해서입니다. 선생님도 언급하셨듯이 산수화의 이면에는 동양 고유의 자연관이라든가 인생관이 있습니다. 그것은 주로 은일자(隱逸者)나 도인들의 세계관으로 대표될 것입니다. 동양에서의 시화일체(詩畵一體)의 전통을 염두에 두면서 고려해보아야 할 것은 남북조(南北朝) 시대에 있었던 사령운(謝靈運)으로 대표되는 산수시로부터 도연명(陶淵明)으로 대표되는 전원시로의 전환입니다. 그 자신 화가이기도 했던 사령운은 경물의 묘사에만 치중한 이른바 사경(寫景)의 산수시를 썼는데 이 경향이 도연명에 이르러 자연 속의 심경을 써내는, 즉 사의(寫意)의 전원시로 바뀐 것입니다. 이후 전원시의 대가인 도연명은 산수화 혹은 인물화에서 은일자의 표상으로 등장합니다. 그런데 도연명의 삶을 들여다보면 우리의 통념과는 다른 충격적인 면모를 보게 됩니다. 도연명이 유유자적했던 도인이 아니라 강력한 정치 지향을 지녔었고 그것에 대한 좌절로 인해 극심한 내면의 고통을 겪었던 문인이라는 사실은 전기 연구를 통해 잘 알려진 일입니다. 그러나 이러한 사실이 도연명의 자연에의 경도(傾倒)를 부정하지는 못합니다. 문제는 도연명의 은거(隱居)입니다. 이 은거는 우리가 생각하듯 순수하고 낭만적인 의도의 산물이 아닙니다. 고대 중국에서 은거는 벼슬길에 나가기 위해 쌓아야 하는 경력과도 같은 당시 사족 계층의 관행이었습니다. 모두 다 그렇다고는 볼 수 없겠지만 일반적으로 은거의 궁극적 목적은 출사(出仕)에 있었지 자연에 있었던 것이 아닙니다. 조선 시기 문인들에게서도 이러한 성향을 볼 수 있습니다. 소위 강호에서의 지락(至樂)을 노래하는 강호가도(江湖歌道)의 취지가 결국 자연 복귀가 아닌 관계 복귀에 있음은 국문학에서도 잘 알려진 사실입니다.

선생님 역시 동서양의 이상향을 비교하는 자리에서 동양의 이상향이 서구의 그것처럼 초월적인 모습을 취하지 아니하고 세속적이고 현실적으로 그려져 있음에 이미 주목하신 바 있습니다. 그렇다면 우리가 알게 된 은일자 도연명의 초상으로 미루어 산수화 속의 은일자는 상상되어온 것처럼 자연에 몸을 내맡긴, 마냥 무심하기만 한 존재가 아닐런지도 모릅니다. 그의 내면은 서구 지식인인 들뢰즈가 자신의 유목민적 구상을 펼치기에 적합한 이방의 사막처럼 텅 비어 있지는 않습니다. 사막은 농경민의 후예인 우리 눈에 쓸모없는 텅 빈 공간일지 몰라도 유목민 자신에게는 삶의 의지로 충만된 공간이 아니겠습니까?

이제 마지막으로 다른 하나의 차원, 곧 시간의 차이에서 오는 인식의 상위에 대해 말씀드리고자 합니다. 우리는 오늘의 편의와 효용성에 의해 과거의 일을 재정의하는 경우가 많습니다. 가령 생태나 환경 등은 기본적으로 근대 이후 자연과학으로부터 비롯한 개념이고 우리는 이로부터 이 시대의 소망스러운 자연관을 도출해냈습니다. 다시 말씀드려서 우리가 지금 보고자 하는 자연은 자연 그 자체의 모습과는 거리가 있다 하겠습니다. 우리는 오늘날 생태주의라는 시대의식에 젖어 있습니다. 따라서 산수화의 자연관은 결국 우리가 필요에 의해 창안한 자연관의 범위를 크게 벗어나지 못하리라는 생각입니다. 산수화의 이면에는 풍수사상이 있고 다시 그 이면에는 자연과 인간을 동일시하는 천인합일관(天人合一觀)이 있습니다. 이 천인합일관에 의해 동양의 회화에서는 대부분 자연이 배치됩니다. 산수화뿐만이 아니라 신체 내부를 그린 내경도(內經圖), 심지어 춘화에서도 자연이 배치됩니다. 그리고 이러한 배치의 미학적 경지는 자연시나 산수화에서 정경교융(情景交融)이라는 최고의 의경(意境)으로 추구되어왔습니다. 정경교융이란 인간의 정서와 자연이 융합되어 피아의 분별이 사라진 혼연일체의 경지를 의미합니다. 물론 위에서 말씀드렸듯이 산수화 속 은일자의 욕망을 생각할 때 이러한 경지도 당대 동양의 시대의식에 의해 상상된 것일 수도 있겠습니다. 그러나 어쨌든 저는 산수화의 자연관이 오늘날 생태주의의 대안으로서 인식되는 한 그것이 산수화 내지 동양 본연의 자연관과는 분명히 차이가 있을 것이라고 생각합니다.

이상 소략하나마 오늘의 우리가 동양의 전통에 접근할 때 야기될 수 있는 두 가지 인식상의 오류에 대해 말씀드렸습니다. 선생님의 논고에서도 이미 이러한 문제점들에 대한 시사를 담고 있습니다만 편견이나 선입견을 가급적 배제하면서 우리의 동양성을 어떻게 규정해야 하는지 좀 더 자세한 고견을 들려주시면 감사하겠습니다.

서울대학교 국제학술대회 〈시각예술에서의 동양성 다시 보기〉, 2003.11.27.

베이징대 원루민(溫儒敏) 교수의 발표에 대하여

　먼저 중국 현대문학의 대가이신 원루민 선생님의 발표를 직접 듣고 가르침을 청할 기회를 갖게 된 것을 영광으로 생각합니다. 원 선생님의 발표는 실로 루쉰(魯迅) 탄생 120주년이 되는 오늘 우리들로 하여금 루쉰의 소중한 덕목과 가치를 다시 한번 깨닫게 해주고 미래의 루쉰학을 위해 큰 시사를 던지고 있다 할 것입니다. 선생님의 발표에 깊은 경의를 표하며 후학으로서 몇 가지 가르침을 청하고자 합니다.

　우선 제가 궁금한 점은 선생님께서 과연 루쉰을 위해 입론을 한 것인가 아니면 루쉰의 문학 텍스트를 위해 입론을 한 것인가 하는 점입니다. 중국문학의 전통에서 흔히 작가와 작품은 동일시되지만 근대 이후 그 거리는 전보다 멀어졌습니다. 우리는 인간 루쉰과 그의 문학 텍스트가 완전히 일치한다고 단정하기 어렵습니다. 작가가 의식적으로 창작한다 해도 그의 글쓰기에는 무의식의 서사가 있을 수 있기 때문입니다.

　다음으로 선생님께서 루쉰을 위해 입론하신 가장 큰 동기 중의 하나는 최근 포스트모더니즘 사조의 연장에서 행해진 해체주의적, 탈식민주의적 비평이 루쉰에게 가한 폄평(貶評)에 대한 불만인 듯싶습니다. 확실히 그러한 비평은 마치 육조(六朝) 청담(淸談)의 말류 현상처럼 공리공담과 현학주의에 빠져 있습니다. 가령 천샤오메이(陳小美) 등 일부 학자들의 논의에서는 논점이 피아불분(彼我不分)의 경지에 이르러 제국주의의 본질을 흐리게 하는 경우까지 있음을 보게 됩니다. 최근 일본의 역사 교과서 문제는 간접적으로 그들의 이러한 논점과 상관되고 있습니다. 그러나 저는 청담의 말류가 논의의 혼란을 가져왔다고 해서 청담 자체가 지닌 문화사적 의의를 말소할 수 없듯이 해체주의나 탈식민주의가 갖는 본질 접근에의 순수한 욕구를 거세할 수는 없다고 봅니다. 따라서 루쉰도 이들이 요구하는 종족, 여성, 권력 문제 등에 대한 질문을 감당해야 중국문학만의 위인이 아닌 세계문학의 위인으로 거듭나리라고 생각합니다. 예컨대 저는 「광인일기(狂人日記)」의 '연대가 없는 역사책'에 대한 대목에서 헤겔의 중국에 대한 편견의 그림자를 발견합니다. 헤겔은 일찍이 중국을 두고 '시간이 없고 공간만 차지하고 있는 나라'라고 혹평하지 않았습니까? 이 상사점(相似點)에 대해 루쉰은 설명할 의무가 있습니다.

민족성 비판도 마찬가지입니다. 민족성이란 개념 자체가 동아시아에는 본래 없던 것이 근대국가를 형성할 무렵 서구로부터 주입되고 상상된 것이라는 견해는 학계에서 상식이 되어 있습니다. 우리는 아Q라는 중국 민족성이 근대적 요청에 의해 상상되고 만들어진 것일 수도 있다는 가정을 해볼 수 있습니다. 왜냐하면 아Q의 정신 특질은 당시 근대로 향하고 있던 동아시아의 모든 민족들이 공유했던 특질일 수 있기 때문입니다. 한국의 경우 저명한 문인 이광수 역시 한국민족에 내재한 아Q적 본성을 비판하여 민족개조론을 제창한 바 있습니다. 그러나 그의 민족성론은 일본 근대에 의해 촉발되고 상상된 것이라는 혐의를 면치 못합니다.

끝으로 제가 생각건대 루쉰의 저술은 중국문학에서 이미 경전이 되었으며 루쉰학은 사실상 경학(經學)의 지위에 이르렀습니다. 저는 루쉰 경학의 성립을 부정적으로 보고 싶진 않습니다. 싫든 좋든 경학은 수천 년간 동아시아 문명을 지탱해왔던 큰 기둥이었기 때문입니다. 다만 경학에도 금문(今文) 경학과 고문(古文) 경학이 있어서 상호 보완의 관계를 유지해왔듯이 루쉰 경학(만약 있다면)에서 그러한 반면의 쟁론이 왕성하게 일어났으면 하는 바람입니다. 두서없는 질문을 들어주셔서 감사합니다.

한양대학교 국제학술대회 〈루쉰 · 근대성 · 동아시아 · 21세기〉, 2001.12.15.

게리 스나이더와 김종길 선생의 발표에 대하여

오늘 두 분 선생님의 논고를 직접 듣고 이렇게 의견을 나눌 기회를 갖게 된 것은 저에게 있어서 실로 큰 행운이 아닐 수 없습니다. 평소 경모(敬慕)해오던 두 분 선생님의 지론에 대해 저는 질문으로서가 아니라 스스로의 공부를 더욱 확충하고자 하는 차원에서 가르침을 청하고 싶습니다.

우선 게리 스나이더(Gary Snyder) 선생님은 에머슨(R.W. Emerson, 1803~1882)과 소로(H.D. Thoreau, 1817~1862)로부터 발원한 미국문학에서의 동양정신 수용의 전통을 계승하신 분으로서 '미국의 한산(寒山)', '미국의 선종(禪宗) 시인'으로 불릴 만큼 동양문학의 정수를 체득하신 분으로 알고 있습니다. 선생님의 문학 풍격이 당대(唐代)의 시인 왕유(王維, 699~761)에 가장 가깝다든가 선생님이 번역한 한산시집이 미국 문단에 미친 영향 등의 언급도 비교문학계에서 익히 알려진 사실입니다. 그러나 오늘의 발제와 관련하여 무엇보다도 중요한 것은 선생님의 생태학적 세계관 및 문학의 바탕에 도교와 선불교가 깊이 깔려 있다는 사실일 것입니다. 저는 유감스럽게도 오늘의 논고의 중심인물인 일본의 선승(禪僧) 도겐(道元)의 사상에 대해 문외

한임을 면치 못합니다. 따라서 논고에서 도겐을 통해 표현하고자 하는 선생님의 생태사상을 앞서 열거한 선생님의 동양사상적 기반, 그리고 선생님이 그간 이룩하신 문학의 테두리 안에서 한번 논의해보고자 합니다.

레이 다스만(Ray Dasmann)은 인류의 문화를 욕망 충족과 약육강식의 원리가 지배하는 생물권 문화(biosphere culture)와 조화로운 공생관계를 추구하는 생태계 문화(ecosystem culture)로 구분한 바 있습니다. 이 중에서 우리가 지향하는 이상은 당연히 생태계 문화가 될 것입니다. 그러나 자연계에는 이 두 가지 문화의 특징이 다 함께 존재한다고 보아야 할 것입니다. 그런데 다윈(C. Darwin)이 살았던 제국주의 시대에는 적자생존의 측면만이 부각되어 그것이 자연계의 본성으로 인식되었고 오늘날 환경위기의 시대에는 공멸의 위기감으로 인하여 조화와 공생의 측면이 특별히 부각되고 있지 않나 생각됩니다. 다시 말씀드려서, 역사적 견지에서 보면 이 시대에 우리가 이상화하고 있는 자연의 덕성은 자연 그 자체로부터 유래한 것이 아니라 우리의 당대 의식에 의해 재현된 것일 수도 있다는 얘기입니다. 이러한 취지에서, 위기에 처한 오늘의 현대인이 희구하는 자연이란 실상 현대인에 의해 대안으로 선택되고 구상된 자연일 수 있습니다. 극단적으로 우리는 자연을 사랑한다기보다 우리의 자연에 대한 나름의 이해 방식 자체를 사랑한다고 말할 수 있을지 모릅니다. 서구 생태주의자들의 자연관에 혹 이러한 측면이 있는지 이 점에 대해 말씀해주시면 고맙겠습니다.

다음으로 선생님은 일찍이 『신화와 원본(*Myth & Texts*)』 중의 한 시구에서 중국의 인문주의자인 공자를 비판한 적이 있습니다. "'인간은 우주의 중심이며 음식과 빛깔과 소리를 즐기려고 태어난 오행의 정수이다. (…)' 내 등에서 내려라 공자야, 그런 소리는 이제 역겹다 ('Man is the heart of the universe/the upshot of the five elements,/born to enjoy food and color and noise…'/Get off my back Confucius/There's enough noise now)"라는 구절이 그것입니다. 그러나 아시다시피 『논어』에는 "지혜로운 자는 물을 좋아하고 어진 자는 산을 좋아한다(知者樂水, 仁者樂山)"는 이상적인 인격을 자연과 동일시한 구절도 있습니다. 공자의 인문주의와 서구의 인문주의는 차이가 있지 않을까요? 아닌 게 아니라 선생님은 후일 송대(宋代)의 시인들—육유(陸游), 소식(蘇軾), 매요신(梅堯臣) 등—에 대해 논평하시면서 그들이 중원(中原)의 생태 파괴를 막는 데에 적극적으로 참여했던 기본 정신이 유교사상이라는 점을 긍정하고 유교, 불교, 도교 3교를 동등하게 보겠다는 입장을 피력하신 바 있습니다. 그렇다면 생태주의와 관련하여 선생님의 유교에 대한 이러한 인식의 변화는 어떻게 해서 이루어진 것인지 알고 싶습니다.

이제 김종길 선생님의 논고에 대해 가르침을 청하고자 합니다. 선생님의 논고는 실로 동서양의 자연관과 문학에 대한 깊은 성찰이 우러난, 그리하여 읽는 이로 하여금 많은 점을 생각게 하는 훌륭한 글이 아닌가 합니다. 우선 선생님은 동아시아에서 '자연'이라는 단어가 객관 대상이 아니라 존재 방식으로서의 자연을 전통적으로 의미해왔다고 말씀하셨습니다. 이러한 지적은 동아시아 자연관의 본질을 날카롭게 제시하신 것이라 할 수 있습니다. 사실 『노자』의 다음과 같은 구절, "사람은 땅을 법칙으로 삼고 땅은 하늘을 법칙으로 삼으며 하늘은 도를 법칙으로 삼고 도는 자연을 법칙으로 삼는다(人法

地, 地法天, 天法道, 道法自然)"에서의 자연을 우리는 바로 그러한 의미로 읽어야 합니다. 그것을 객관 대상으로서의 자연의 의미로 해석하면 앞의 '천(天)'·'지(地)'와 문의(文意)가 겹치는 모순이 생기게 되지요. 그러나 중국의 전통 시대에 존재 방식으로서의 자연의 의미만이 있었던 것은 아닙니다. 위진(魏晉) 시대 이후 자연을 대상으로 관조하는 기풍과 더불어 산수문학(山水文學), 전원문학(田園文學)이 크게 일어나면서 '자연'은 그러한 의미로 읽히기도 합니다. 도연명(陶淵明)의 유명한 「귀원전거(歸園田居)」 시의 첫 수 마지막 구절, "오랫동안 새장 속에 갇혀 있다가 이제야 다시 자연으로 돌아왔네(久在樊籠裏, 復得返自然)"라는 표현이 그것입니다. 그렇다면 우리는 동아시아에서 '자연'이라는 단어가 위진 시대 이후로는 존재 방식으로서의 자연과 관조 대상으로서의 자연의 두 가지 의미로 함께 쓰여왔다고 보아야 할 것입니다.

다음으로 선생님은 서구와 중국의 문학 전통을 비교함에 있어 독특한 관점을 제시하고 계십니다. 저는 대체로 선생님의 관점과 근본 취지에 동의하면서 한두 가지 구체적인 내용에 대해 사견(私見)을 말씀드리고자 합니다. 선생님은 모방론을 중국과 구별되는 그리스인들의 문학관으로 간주하셨지만 중국의 경우에도 『역경(易經)』「계사전(繫辭傳)」이나 유협(劉勰)의 『문심조룡(文心雕龍)』 등에서 인문(人文)을 천문(天文)에 유추하면서 이미 그러한 논의를 펴고 있는 것을 볼 수 있습니다. 아울러 선생님은 서구문학에서 서사문학이 우세했던 데 비해 동아시아의 경우 시가문학이 주류였다고 대비적인 차원에서 동서양의 문학 전통을 개괄하셨습니다. 그러나 중국 문학사에서는 시가 당대(唐代)를 고비로 점차 쇠퇴하고 송대(宋代) 이후 소설. 희곡 등 서사문학이 흥기하는 것으로 보는 것이 정설입니다. 물론 시는 청대(淸代)까지도 정통 문학으로서의 지위를 잃지는 않습니다. 그러나 명분상의 정통성과 현실적으로 그 장르가 성행했느냐는 별개의 문제입니다. 이러한 추세는 서구문학도 마찬가지가 아니겠습니까? 시가 고전시대부터 정통의 지위를 누려왔음에도 불구하고 후대로 오면 실제로는 천시받던 소설(novel)이 가장 성행하는 장르가 되지 않았습니까?

이어서 선생님은 유종원(柳宗元, 773~819)의 「강설(江雪)」 시의 마지막 구절, "독조한강설(獨釣寒江雪)"을 제3형식의 구조로 해석하여 통상적인 번역을 뛰어넘는 독특한 감상의 경지를 보여주셨습니다. 이 시의 경우 흔히 산수화의 주제가 되기도 하였는데 그때 화제(畫題)로서 '독조한강(獨釣寒江)'이라는 표현이 쓰였던 것을 보면 '한강'을 부사구로서 해석하는 것이 관례였던 것을 알 수 있습니다. 그러나 근래 타이완(臺灣) 삼민서국(三民書局)에서 나온 구섭우(邱燮友) 교수의 『신역당시삼백수(新譯唐詩三百首)』에서는 선생님의 견해와 같이 제3형식의 구조로 해석하고 있으니 참고하시기 바랍니다.

다음으로 선생님께서는 하이쿠(俳句) 시인 마쓰오 바쇼(松尾芭蕉, 1644~1694)의 한 작품 중에서 작자의 정서가 투영된 달빛 속의 싸리나무의 이미지를 엘리엇(T.S. Eliot)이 말한 '객관적 상관물'로 보셨습니다. 아마 이러한 경지를 중국 시학상의 용어로 표현한다면 '정경교융(情景交融)'이라 할 것인데 저는 동아시아 전통시대의 '정'과 '경'의 개념이 근대 이후 서구의 주객(主客) 관계론으로 설명되기에는 무언가 다른 점이 있지 않나 생각합니다. 다시 말씀드려서 '정경교융'의 상황을 '객관적 상관물'의 개념으로 남김없이 표현할 수 있는 것인지 그 점에 대해 여쭙고 싶습니다.

끝으로 선생님은 김소월의 「산유화(山有花)」를 두고 자연 속의 고독에 대한 우주적 연민, 승화된 애수 등의 표현으로 평가를 내리셨습니다. 저는 선생님의 탁월한 견해에 공감하면서 문득 퇴계(退溪)의 다음과 같은 시조 한 수를 떠올렸습니다. 즉 "유란(幽蘭)이 재곡(在谷)하니 자연이 듯디 죠희/백설(白雪)이 재산(在山)하니 자연이 보디 죠해"라는 구절입니다. 김소월의 「산유화」와 의경(意境)이 비슷한 이 시조에서는 연민이나 애수보다는 자연의 자족적인, 소박실재론적인 의미가 묻어나고 있습니다. 본래 자연의 모습이 이러한 것이 아닐까요? 만일 김소월이라는 시인의 역사적 존재성을 괄호 안에 넣고 「산유화」를 읽을 때 우리가 느낄 수 있는 자연의 모습은 애상적인 것보다 담백한 것이 아닐까 이런 생각을 해보았습니다.

두 분 선생님의 논고를 읽고 떠오른 단상(斷想), 평소에 품었던 생각들을 이렇게 두서없이 개진해보았습니다만 처음에 말씀드렸듯이 이것들의 대부분은 질문이라기보다 두 분 선생님의 가르침을 통해 안계(眼界)를 넓히고자 하는 저의 마음의 발로입니다. 고견(高見)을 제시하시어 후학의 귀를 열어주시길 기대하며 이상 토론문에 대신합니다.

대산문화재단 서울국제문학포럼, 2000.9.26.

인명 및 용어

동양화의 길을 걷다

도서 및 작품

동양학의 길을 걷다